KB126977

희귀본
살인사건

희귀본
살인사건

스코틀랜드 책방 미스터리

페이지 셸턴 장편소설

이수영 옮김

나무옆의자

차례

감사의 말

먼저, 스코틀랜드에서 오랜 시간을 보낸 나의 동료 작가 리사 섀퍼, 너무 고마워요. 에든버러와 스코틀랜드의 온갖 지도를 보내주고 통찰력을 빌려주어서, 그리고 나의 정신 나간 질문들에 모두 대답해주어서(아직도 해주고 있어서) 얼마나 감사한지 몰라요. 리사, 당신의 도움과 우정에 깊은 감사를 보냅니다.

스코틀랜드 사람들은 내가 상상한 그대로였어요. 아니, 더욱 좋았죠. 특히 알렉산드리아 깁슨과 그녀의 엄마에게 감사해요. 사랑스러운 이 두 여성은 내가 자신들의 시골집을 마구 돌아다니며 구조를 확인하고 벽에 설치된 희한한 전력 기계를 살펴보도록 허락해주었어요. 가이드 관광 때 만난 버스 기사와 동료 관광객들은 내가 질문을 하고 메모를 하는 동안 어마어마한 인내심을 보여주었죠. 나를 참아주어서 정말 고마워요.

상황이 여의찮아 우린 처음 예약했던 스코틀랜드 여행을 가지 못했어요. 그러고 나서 다시 계획을 잡아 마침내 도착했을 때 처음 들른 곳이 여행사 '카디스 앤드 위처리 투어즈(The Cadies and Witchery Tours)'였죠. 우리가 놓친 여행 이야기를 듣더니 우리 이름 옆에 표시를 하고 다시 돈을 받지 않았어요. 늘 손님들에게 그런 배려를 베푸는 것 같았어요. 그들의 세심한 관심은 우리의 여행을 더욱 완벽하게 만들어주었답니다. 공연 예술에 가까운 그들의 설명도 너무 즐거웠어요. 감사합니다.

『희귀본 살인사건』의 무대가 된 동네에 책방이 하나 있었어요. 소설에서처럼 '갈라진 책'이라는 이름은 아니지만 내부 장식은 조금 참고했지요. 그곳의 주인은 너무 좋은 분들이셨어요. 사진을 찍어도 되느냐는 요청에 바로 허락해주셨죠. 스코틀랜드에서 가장 작은 펍인 '조그마한 펍(Wee Pub)'도 그래스마켓(Grassmarket)에 있어요. 이름과 위치를 모두 가져왔지만 그 밖의 것은 거의 창작이에요.

에든버러에는 서점이 참 많아요. 그중 많은 곳을 둘러보았는데 모두 구경하기에도, 사진 찍기에도 좋더군요. 나의 자료 조사를 수월하게 해주어 고맙습니다.

『희귀본 살인사건』은 허구의 작품이지만 나는 실제 장소와 이야기들도 엮어 넣으려 노력했어요. 그래도 스코틀랜드의 아름다움과 그곳 사람들의 친절함을 충분히 전달하기에는 역부족이지 않았을까 싶네요. 혹시라도 잘못된 점이 있다면 그건 전적으로 제 불찰일 겁니다.

프롤로그

구인

왕과 왕비, 그리고 왕자와 거지 같은 이들이 사용해온 책상 앞, 편안하고 안전한 자리에 앉아 세상을 여행하고 싶은 대담한 모험가를 찾습니다. 책과 희귀 원고를 취급하는 소박한 서점에서 잃어버렸다고 생각되는 것들을 찾아내고, 갈 곳 잃은 물건들을 올바른 주인에게 돌려주는 작업을 도와줄 예리하고 지적인 조사관을 구합니다. 이 다중 직책은 당신을 상상도 하지 못했던 곳으로 데려가줄 겁니다. 모든 것을 변화시킬 준비가 된 사람만 지원하세요. 스코틀랜드의 에든버러에서 근무하는 자리임에 유의하시고요.

아마도 우연이었을 것이다. 그 모든 조각이 맞아떨어지기 위해 정확히 어떤 일들이 작동했는지는 결코 알 수 없을 테지만, 이것

하나는 분명했다. 캔자스 대학에서 문학과 역사로 석사를 받고 쭉 일해온 캔자스 주 위치타의 작은 박물관에서 해고 통지를 받았을 때, 나에게는 모험이 필요했다. 나는 대담한 사람이 아니었지만 그렇게 되고 싶었다. 그래서 우연히 그 구인 광고를 보았을 때 생각할 것도 없이 즉각 이메일을 보냈다. 그리고 일 분 후에 한 통의 전화를 받았다.

새로운 상사가 될 에드윈 매컬리스터라는 남자와 한 시간 반을 통화했다. 그의 가벼운 스코틀랜드식 발음에 어느 정도 익숙해지자 대화는 물 흐르듯 이어졌다. 뭐, 아주 막힘이 없지는 않았지만 단어들을 점점 더 잘 이해할 수 있게 되었다. '야'는 '예'를 의미한다는 것도 확신하게 되었다. 사실 그는 몇 번 '예'라고 하기도 했지만. 알아듣지 못한 단어도 있었으나 대서양을 건너온 전화이니 그럴 수 있다고 생각했다.

전화 통화는 술술 진행되어 어느새 나는 캔자스의 농장에서 자랐다는 얘기까지 하고 있었다. 농장은 너무 광활한 곳이어서 10대 때는 '사방이 벽으로 막힌 곳에서도 참고 살 수 있을까' 하는 생각을 했다. 그러나 농장을 떠나, 고등학교와 농장 일이라는 쉽고 지루한 세계를 떠나, 대학에 가서 실내에서 책에 코를 박고 있거나 교수의 말에 귀를 기울이고 있는 동안이 내 삶에서 가장 행복한 순간이라는 사실을 깨달았다. 나는 그에게 벽을 좋아하게 됐을 뿐 아니라 갈망하게 되었다고 말했다.

나는 매컬리스터 씨에게 고백했다. 도서관 구석에서 책을 쌓아놓고 몇 시간 동안 방해받지 않고 읽거나 역사적 유물이 가득한 대학 자연사 박물관 지하에서 무언가에 깊이 매혹되어 있을 때가 최고의, 그리고 가장 완벽한 순간이었다고 말이다. 그렇게 벽들에 둘러싸여 있을 때 편안하고 아늑했다고. 도서관과 지하에서의 시간을 경험한 후 캔자스의 농장들은 폐소공포증과 반대의 증세를 일으키는 원천이 되었다. 나는 매혹적인 물건들, 즉 책과 유물처럼 나를 매혹시키고 나에게 말을 거는 물건이 가득한 곳에 있어야 하고 그런 곳에서 일해야 하는 사람이 되었다. 매컬리스터 씨는 내 얘기를 좋아했고, 열심히 호응해주었다.

위치타의 박물관에서 일하는 동안 보존과 관리 전문가 훈련도 받았다. 나는 작지만 재미있는 직장에서 생각도 못 한 방향으로 왕성하게 일하고 성장했다. 늘 새겨들으며 배웠다. 예산 감축으로 인한 뜻밖의 해고는 내 인생 최악의 사건이었다. 첫 직장에서 아무렇게나 내동댕이쳐진 것이다.

'여기에 서명하세요. 이건 퇴직금이에요. 나갈 때 문 조심하고요.'

결국 다른 직장을 구해야 했다. 하지만 아무 직장이나 구하고 싶진 않았다. 나 자신을 다시 쏟아부을 수 있는, 나를 손짓해 부르는 일을 원했다. 조금 지나친 소망이긴 했다. 오래 기다릴 여유는 없었다.

매컬리스터 씨에게 전화로 얼마나 많은 얘기를 털어놓았는지 모르겠다. 벽이며 책이며 유물이며 나의 꿈에 대해 모두 알려주는 것이 너무나 자연스럽게 느껴졌다. 그는 내가 수많은 희귀 도서와 원고를 돌봐왔을 뿐 아니라 화석, 역사적 의상, 공예품 같은 유물들의 보존과 분류 일도 꼼꼼히 해왔다는 것에 상당한 관심을 보였다. 심지어 버팔로 박제도 다뤄봤다고 하자 매컬리스터 씨는 한바탕 웃고 나서 내가 그런 경력을 가지고 있다는 사실이 무척 마음에 든다고 했다.

당연히 나에 대해 모든 걸 말하지는 않았다. 조금 남다른 면, 전혀 그럴 상황이 아닐 때에도 아주 가끔 정신이 빠져나간 듯 보일 수도 있는 상태가 된다는 점에 대해서는 넌지시 언급만 했다. 하지만 그런 설명을 전화로, 더구나 새 상사가 될지도 모르는 낯선 사람에게 하기는 쉽지 않은 법이다. 비록 한 통의 전화로 친구가, 그것도 평소의 고민을 털어놓을 수 있는 절친이 된 것 같긴 했지만 말이다.

"색시, 정말 완벽하게 좋은 분 같아요."

매컬리스터 씨가 아르(r) 발음을 스코틀랜드의 푸른 언덕들처럼 펼쳐냈다.

"당신에게 일자리를 제공하고 싶은데, 받아주면 정말 영광이겠어요."

그의 서점 '갈라진 책'은 희귀 원고와 오래된 서적을 다루는 전문점이며 에든버러 구시가 그래스마켓이라는 지역의 (그의 말에 따르면) 가장 매력적인 중심부에 둥지를 틀고 있었다. 매컬리스터 씨는 웃으며 그래스마켓은 중세 때 시장이 있던 곳이고 공개 처형이 벌어지던 장소였지만 지금은 완전히 문명화가 되었으니 걱정 말라고 말했다.

나는 너무 신이 났지만 처음에는 잠시 망설였다. 대화 내용을 돌이켜보니 나 자신에 대해서는 많이도 말했지만 상대방에 대해서는 물어보지 못한 것이 많았다. 원래 선천적으로, 거의 강박적으로 호기심이 많은 성격인데, 질문도 하지 않고 메모도 하지 않았다니…… 참 드문 일이었다. 나답지 않게 직장 환경이나 업무에 대해서도 구체적으로 묻지 않았다. 그러나 곧 그의 질문에 대한 나의 대답 속에 결국 내가 알아야 하는 모든 것이 들어 있음을 자각했다. 그래서인지, 혹은 너무 깊이 파고들면 그의 스코틀랜드 타탄 무늬 치마에 찢긴 흔적이라도 있는 걸, 그래서 내 직장이 완벽하지 않다는 걸 깨닫게 되는 게 두려워서인지, 더 이상 알고 싶지 않았다.

"감사합니다, 매컬리스터 씨. 저도 그 일을 하고 싶어요."

나는 대답을 한 뒤 내 삶 전체를 뿌리 뽑아 스코틀랜드의 에든버러로 이사 간다는 생각에 잔뜩 들뜨고 행복해졌다. 완전히 새로운 삶과 경력을 시작하는 것이다. 모험이었다. 대담한 모험.

"정말 잘됐네요! 그리고 부디, 날 에드윈이라고 불러줘요. 나에게 악감정 있는 사람들 빼고는 다들 그렇게 부르니까."

"고마워요, 에드윈."

그때 머릿속에서 또 다른 목소리가 울렸다.

'즐겁기만 한 일은 아니더라도 새로운 경험은 할 수 있을 테지.'

합리적이고도 시의적절한 충고 한마디를 떠올리게 한 윌버 스미스의 『일곱 번째 두루마리』에 나오는 인물에게 조용히 감사 인사를 전했다. 진한 독일식 발음이었지만 명징하면서도 설득력 있는 말투였다. 이것은 내 습관들 중 하나로, 아빠가 '책벌레 목소리'

라고 부르는, 좀처럼 남들에겐, 특히나 낯선 사람에겐 털어놓지 않는 습성이었다. 나는 딴생각에 빠져버린 걸 들키지 않으려 서둘러 말을 이었다.

"얼른 시작하고 싶어요."

새로 닥칠 모든 것들 틈에 끔찍한 사건들도 끼어 있다는 걸 그 때는 예상하지 못했다. 어찌 보면 당연했다. 스코틀랜드가 아닌가. 셰익스피어의 맥더프 같은, 기괴하고 무시무시한 등장인물들의 고장이면서 독립과 자유의 기치 아래 컬로든과 배넉번 같은, 진짜 역사에 나오는 피비린내 나는 전투들이 벌어졌던 곳이다. 1800년 대에는 윌리엄 버크와 윌리엄 헤어가 흥청망청 살인을 벌인 뒤 시체를 해부학 수업에 팔아넘기기도 했다. 그래, 스코틀랜드는 모험과 잘 어울리는 곳이지만 사악한 기운이 떠도는 곳이기도 했다. 어떤 일을 겪게 될지는 곧 직접 알게 될 터였다.

하나

"어, 어."

나도 모르게 끙끙거렸다. 손잡이를 잡으려고 손을 휘저어보았지만 문 위에는 손잡이가 없었다. 대신 옆면에 있었다. 그리고 손잡이 옆의 문은 생소한 방향으로 열렸다. 나는 좌석에 앉아 흠칫거리며 어떻게든 발을 단단히 딛고 택시 안에서 튕겨오르지 않으려고 애썼다. 뒷좌석엔 안전띠가 없었다. 내 안전은 행운과 개인적 균형 감각에 맡겨졌다.

택시 기사가 말했다.

"거, 미안해요. 꼭 잡아요. 급커브가 저 쪽에 또 있어서. 금방 닿긴 할 거예요. 그래스마켓으로 바로 가죠?"

적응이 덜 된 상태여서 억양이 짙은 택시 기사의 말을 알아듣는 데 시간이 좀 걸렸다. 아직 스코틀랜드 사람을 몇 명 만나지 못했지만, 공항에서 만난 사람들과 비행기 옆자리에 앉았던 슈렉 닮은 남자, 그리고 택시 기사의 억양은 활기차고 유쾌했다. 하지만 스코틀랜드에 도착한 지 겨우 한 시간 사십칠 분밖에 되지 않았다. 천천히 다시 말해달라고 부탁하지 않고서는 소통이 어려웠다.

비행기 바퀴가 에든버러 공항에 닿은 이래로 종이 한 장을 손에 꼭 쥐고 있었다. 그것을 다시 한 번 보며 택시 기사에게 서점과 그래스마켓 호텔의 주소를 불러주었다. 이곳에서 살 집을 찾을 때까지 머물 곳이었다.

"서점 이름이 '갈라진 책'이에요?"

"네, '갈라진 책'이에요."

"첨 듣네. 내가 꽤 떨어져 살긴 해요. 맑은 날엔 한참 어슬렁 걸으면 되고 버스 타면 금방이야. 맑은 날은 많이 보지 못할 거예요. 기죠? 아, 미안합니다. '기죠'는 '알겠죠'라는 뜻이에요."

"고맙습니다."

나는 백미러를 보며 미소 지었다.

"그래요. 내가 책을 엄청 읽는 편은 아니라서. 거 우리 아줌씨가 그지. 하루 한 권은 읽을걸. 게스트하우스에서 힘들게 일해도 저녁엔 꼭 한 권씩 읽어. 우린 두 채 있어요. 게스트하우스 말이에요. 거 우리 아줌씨가 또 동네 초등학교에서 일주일에 몇 시간씩 아이들에게 읽는 법을 알려줘요. 야, 책을 정말 좋아해. 내가 대신 넓적한 컴퓨터 기계로 읽으라고 하나 사줄까 했는데 전연 싫대. 그랬으면 이메일 정도는 쓸 수 있었을 텐데."

이번에는 택시 기사의 말을 훨씬 잘 알아들을 수 있었다. 그가 알아듣기 쉽게 말해줘서 그런 건지, 내가 벌써 요령을 터득한 건지는 확실치 않았다. 스코틀랜드 말은 영어에 게일어가 조금씩 섞여 있는 건 줄 알았는데, 조사해보니 '스코츠'라는 말이 따로 있었다. 스코츠어는 게일어도 아니고 영어도 아니었다. 전연 아니었다. 결코 아니었다.

택시 기사가 목에 건, 작은 비닐에 든 카드를 보니 그의 이름은 일라이어스였다. 카드 속 사진에는 모자를 쓰고 있지 않았지만 오늘은 적당히 바랜 얇은 검은 스웨터와 맞춘 듯한 뉴스보이 캡을 쓰고 있었다. 머리칼은 거의 없었고 귀 위쪽에만 회색 털이 복슬거렸다. 얼굴은 부은 듯했고 코도 너무 컸지만 보기 싫진 않은 모습이었다. 백미러로 쳐다보는 파란 눈이 내 눈과 자꾸 마주쳤다. 맑고 밝은, 행복해 보이는 눈이었다. 나는 그를 처음 보자마자 믿음이 가서 다른 택시들보다 더 둥글고 땅딸해서 웃겨 보이는 그의 택시에 냉큼 올라탔다. 이 택시 기사는 토페카에 사는 나의 작은할아버지 '모리'와 비슷하게 생겨서 더욱 반갑게 느껴졌다

믿을 만해 보이는 사람을 찾고 있었던 것 같다. 어쩌면 좀 낯익어 보이는 얼굴을 찾았는지도 모른다. 내 나라의 절반을 가로지른 후 또 대서양을 가로지른 비행기 여행을 한참 하고 났더니 흥분도 되고 불안하기도 했다. 실은 불안감의 구덩이가 깊게 파인 상태였다. 어쩌면 심해보다 더 깊어졌을지도 모른다.

장거리 여행에 시차도 있어 나는 기진맥진 지친 상태였다. 거기에 긴장감과 더불어 불안한 예감까지 추가되고 있었다. 혹시 이러다 사고가 나더라도 너무 심한 사고는 아니길 빌었다.

택시는 크라이슬러의 크루저와 비슷하게 생겼지만 폭이 약간

넓고 천장도 높았다. 세단이나 밴 같은 차보다는 좀 더 들창코 같은 모양이었다. 검은 차의 앞뒤 범퍼에는 찌그러진 자국이 있었다. 앞문에는 '매케너 택시'라고 적힌 광고판이 비뚤게 붙어 있었다. 작은 할아버지를 닮은 친근한 눈매의 기사만 아니었다면 딱히 신뢰감이 갈 외양은 아니었다.

나는 용감하고 대담해 보이려고 애를 쓰고 있었다. 29년을 살아오면서 처음 캔자스 주를 벗어난 처지라는 걸 누구에게도 들키고 싶지 않았다. 나는 어른이었고 어떤 일에도 대처할 수 있었다. 내가 살던 곳에도 도시가 있었고, 교통 정체라는 게 있었다. 에든버러 정도로 번화한 곳은 아니었고 지금 내가 겪고 있는 이런 교통 정체는 없었지만. 더구나 뒤바뀐 통행 방향 때문에 너무 정신이 없어 아무 생각도 할 수가 없었다. 하지만 이런 차이점 때문에 주눅들거나 입을 닫고 있진 않을 것이다. 적어도 생각은 그렇게 하고 있었다.

택시가 좌회전을 하자 언덕 위의 성이 온전히 눈에 들어왔다. 당연히 나는 나의 새 동네에 대해 엄청나게 조사를 했고, 에든버러 성은 가장 먼저 가보고 싶은 곳이었다.

"저거네."

나는 차창을 올려다보며 혼잣말을 했다. 지금은 성의 뒷배경으로 엷은 회색 구름까지 드리워져 있어 장엄한 풍경에 불길한 기운을 제대로 더해주고 있었다.

"야. 저게 우리 성이죠. 가볼 만해요. 아마 우리 시에서 제일 관광객이 많은 곳일걸. 색시도 이번 여행 때 들를 게죠?"

"네. 하지만 저는 휴가를 즐기기 위해 이곳에 온 게 아니에요. 이곳에 일자리를 얻었어요. 취업 비자 같은 것도 다 받았고요."

"미국서 여까지 온 거예요?"

"네. 캔자스 주 킹맨이라는 곳 외곽의 농장에서 자랐어요. 일은 위치타에서 했고요."

"야? 캔자스가 어디 있죠?"

"아, 나라 딱 한복판에 박혀 있어요. 사실 미국의 지리학적 중심이 캔자스의 레바논이라고 해요."

"저런, 거서 예까지 오다니 엄청 반갑네요. 거 우리 아줌씨랑 나랑 저녁 초대 해야 할 것 같은데. 서점서 일할 거예요?"

"네."

"근처에 살 거고? 호텔에서 살 건 아니죠?"

"아파트…… 그러니까 플랫(월세를 내는 다세대 주택을 미국에서는 아파트, 영국에서는 플랫이라고 한다—옮긴이)을 구하려고요."

에드윈이 호텔 방을 예약해주었지만 되도록 빨리 내 집을 마련하고 싶었다. 내일부터 출근하기로 했지만 그렇게 오래 기다릴 순 없었다. 에드윈이 호텔과 서점이 가깝다고 했다. 나는 가방만 내려놓고 바로 서점으로 갈 생각이었다. 플랫은 주말에 찾아 나설 예정이었다.

일라이어스가 코를 찡그리고 그 밑을 손가락으로 문질렀다.

"색시, 도움이 필요하겠네. 말만 해요. 내가 구경도 시켜주고 살기 좋은 데, 꼭 피해야 할 데를 알려줄게요."

"그래주시면 감사하죠."

정말 괜찮은 곳을 찾으려면 많은 사람의 도움과 조언이 필요할 터였다.

"내가 하고 싶어서 하려는 거요."

일라이어스가 백미러를 흘긋 보며 말했다.

"그럼 먼저 호텔에 들를래요?"

"네, 부탁드립니다."

"아이고, 미국 말씨가 예쁘기도 하네요. 거 우리 아줌씨가 들으면 간지러워 죽으려고 하겠네. 어, 그, 우리 아줌씨도 색시처럼 새빨간 머리요. 지금은 백발 미인이지만 소싯적엔 꼭 그래 빨갰어요."

"꼭 만나 뵙고 싶네요. 안 그래도 스코틀랜드가 나에게 좀 더 잘 맞지 않을까 싶었어요. 캔자스에는 빨간 머리가 별로 없거든요. 물론 위치타에선 그렇게 눈에 띄지 않았지만 농장에서 자랄 땐 아빠가 멀리 지평선에서 내 머리가 불타오르는 걸 보고 집을 찾아온다고 했을 정도였어요."

일라이어스가 미소를 지었다.

"어이쿠! 색시, 그거야말로 미국 사람다운 생각이에요. 우리 스코틀랜드에도 저, 말하자면, 미국만큼이나 빨간 머리가 드물어요. 우리 고장에 다 모여 있는 게 아니에요."

"정말요?"

"야, 정말이죠."

저 옛날 스코틀랜드 공주와 똑 닮았다는 소리를 듣지 않을까 내심 기대했던 터무니없는 희망이 순식간에 날아갔다. 그렇게 조사를 하고도 스코틀랜드에서 빨간 머리가 주류가 아니라는 사실을 몰랐다.

나는 눈에 확 띄는 머리색과 피부색 때문에 시달리며 살아왔다. 불타는 빨간 머리, 누구보다 창백한 피부에 흩뿌려진 주황색 주근깨, 엷은 녹색 눈. 우리 농장이 있는 고장의 작은 읍내에서 나를 처음 보는 사람이 보이는 반응에 이골이 난 터였다. 보통은 화들짝 놀라며 작게 비명까지 질렀다가 그걸 감추려고 억지로 미소를 짓는 연쇄 반응이 이어졌다. 하지만 위치타와 스코틀랜드에서는 한 번 더 돌아볼 정도는 아닌 듯했다.

디즈니 만화 영화 같았던 공상을 하고 혼자 씩 웃은 뒤 뒷좌석에 기대앉아 옆의 차창으로 언덕 위의 성을 올려다보았다. 사진으로 봤을 때도 엄청나 보였지만 실제로 보니 더 인상적이었다. 위압적인 절벽에 요새를 이룬 갈색 화산암 성벽은 수 세기 전의 것이라고 했다. 잘 차려입은 귀족들이 치장을 한 말을 타고 위풍당당하게 성으로 올라가는 모습을 상상해보았다. 지금 위치에서는 성으로 들어가는 길이 보이지 않았다. 사람의 발길이 닿을 수 없는 곳에 도사리고 앉은, 뚫고 들어갈 수 없는 곳처럼 보였다.

다시 구인 광고 생각이 났다. 왕과 왕비, 왕자와 거지 같은 이들이 사용해왔던 책상에 대한 언급이 있었다. 정말 왕실에서 썼던 책상에서 일하게 된다는 건지, 아니면 그냥 수사적인 표현인지 궁금했다. 어쨌든 어서 빨리 에든버러 구석구석을, 가능하다면 스코틀랜드 전체를 탐험하고 싶었다. 그중에서도 성은 가장 먼저 가봐야할 곳이었다.

그런데 그 전에 적응해야 할 일이 많았다. 도로는 차들로 너무 붐볐고, 차들은 속도가 빨랐다. 다들 차들 사이의 공간은 필요가 없다는 듯 운전했다. 게다가 진행 방향도 반대였다. 일라이어스가 좌측통행으로 올바른 차선을 찾아 돌았는데도 나는 그가 반대 차선으로 돌진해 들어가는 줄 알고 기겁한 순간이 한두 번이 아니었다. 얼마나 시간이 지나야 나의 뇌가 좌측통행에 맞춰 재편성될까 걱정이 되었다.

차들만 서로 붙어 다니는 것이 아니었다. 건물도 다닥다닥 붙어 있었다. 건물과 건물 사이에 좁은 골목이 나 있는 경우도 있었지만 창밖으로 지나가는 풍경 속에는 대부분 하나의 높다랗고 아름다운 오래된 건물들이 계속해서 이어졌다. 수많은 특징을 한꺼번에 알아보기는 어려웠지만 건물들은 중세에서 초현대를 아우르고 있었다.

과격한 커브 덕에 택시 안에서 약간의 무중력을 경험하며 버티고 있는데, 언뜻 오래된 건물에 네온사인이 붙어 있는 것이 눈에 들어왔다. 현대적인 네온사인과 고색창연한 돌벽이 어쩐지 잘 어울린다는 생각이 들었다. 모든 것이 조화로워 보였다. 개성적인 부분도 정말 많이 눈에 띄었지만 모두 제자리를 찾아 들어가 있는 듯했다.

에든버러는 위치타와 전혀 달랐다. 이 단순한 네 마디로는 호기심이 가득한 나의 혼돈 상태를 표현하기 많이 부족하지만 그래도 정확한 표현이었다. 이 생경함이 편안하다고 할 수는 없어도 예상치 못했던 바는 아니었다.

"그래스마켓에 도착했습니다."

일라이어스가 운전대를 왼쪽으로 휙 꺾어 어느 좁은 도로 가장 자리에 택시를 세우며 말했다. 이번에도 몸이 붕 뜰 정도였지만 그 럭저럭 버텨냈다.

네모난 광장이었다. 뭐, 그냥 좀 길쭉한 공터라고도 할 수 있지 만 작은 시내 광장이라고 불릴 만한 곳이었다. 주변의 오래된 건물 들 1층엔 작은 가게들이 자리 잡았고 그 가운데 공간을 자갈 포장 된 도로가 에워싸고 있었다. 광장은 벤치들을 놓고 농부 장터 천막 을 세우는 등 공동체 공간으로 좋아 보였다. 지금도 길쭉한 공간의 많은 부분을 농산물 판매대들이 차지하고 있었다.

"우리 왼쪽으로 세 번째 집이 색시네 서점, 저 짝을 따라 쭉 가서 꺾어지는 데가 색시네 호텔. 거서 꺾으면 로열마일로 가는 언덕이 나와요. 그 길을 따라 계속 가면 성도 나오지. 성의 이름이 본래 캐 슬와인드요. 올라가려면 꽤 숨이 차지만 금방 가요."

'갈라진 책'은 직사각형 광장의 좁은 면 중간에 위치해 있었다. 확연히 오래돼 보이는, 아주 귀여운 세 개의 상점 가운데 두 번째 집이었다. 서점 전면창 안에는 책이 높다랗게 쌓여 있어 상점 내부 로 한 줄기 빛도 들어갈 수 없을 것 같았다. 맨 위 몇 센티 빼고는 빈틈이 보이지 않았다. 게다가 마구잡이로 쌓여 있어서 당장이라 도 달려 들어가 기우뚱한 줄과 더미들을 바로잡고 제본이 망가졌 을 것이 분명한 책들은 구해내고 싶었다. 하지만 당장 행동으로 옮 기지는 않으리라. 언젠가 꼭 해야 할 일이긴 했지만 지금 그것부터 하겠다고 달려들면 좋아할 사람은 없을 것 같았다. 차근차근 하자.

서점 양옆에는 작은 가구점과 프랑스 제과점이 있었다. 가게들을 살펴보니 서점이 옆 공간까지 사용하고 있는 게 아닌가 싶었다. 서점과 제과점 사이에 가게 자리가 하나 있었는데 간판도 없고 전면창도 불이 꺼져 있었다. 서점에서 쓰는 공간이라고 짐작할 근거는 없었지만 왠지 그럴 것 같았다.

제과점 창문 위에는 '파티세리'라는 간판뿐이었지만 창문 안의 선반을 보니 형형색색의 페이스트리와 과일과 크림을 채운 케이크, 대니시들이 놓여 있었다. 순간, 단 것을 참 좋아하는 내 입에 군침이 돌았다. 성보다 제과점에 먼저 가게 될 것 같았다.

가구점 전면창 뒤 받침대에는 낡은 의자 두 개가 놓여 있었다. 간판에는 '프레이저의 곱게 쓴 중고 가구와 커버 교체 가게'라고 써 있었다. 가게 앞면이 넓지 않아 간판은 두 줄이 필요했다.

서점의 빨간 알루미늄 걸이 간판에는 노란 글자로 '갈라진 책'이라고 써 있었고, 그 아래에는 '도서 공급처'라는 말도 써 있었다. 나는 도서 공급처라는 말이 마음에 들었다.

이곳은 도로도, 인도도 상당히 좁았다. 누군가가 서점에서 나오면 잔뜩 긴장한 채 택시 뒷좌석에 앉아 있는 캔자스 출신 빨간 머리 여자와 눈이 마주칠 만큼 가까운 거리였다. 나는 침을 꿀꺽 삼키고 빠르게 뛰고 있는 심장을 가라앉히려 애썼다.

그때, 거리 다른 쪽을 언뜻 보니 운명처럼 훈훈한 기운이 감돌며 나의 긴장을 누그러뜨려주는 곳이 보였다. 다른 전면창만큼의 넓이도 안 되는 좁은 가게 건물에 무늬를 새기고 녹색으로 칠한 나무틀이 둘러져 있었다. 가게 위의 간판에는 더욱 진한 녹색 바탕에 검은 글씨로 '딜레이니의 조그마한 펍, 스코틀랜드에서 가장 작은 펍'이라고 써 있었다.

내 이름도 딜레이니다. 저 사랑스러운 펍을 가게 될지는 모르겠지만 그곳에 내 이름이 써 있는 것을 보는 것만으로도 이곳에 온 것이 옳은 결정이라는 또 하나의 징조를 찾은 듯했다.

주변을 얼른 둘러보니 다른 펍들도 눈에 들어왔다. 식당도 한둘 보였다. 작은 식품점들과 '테이크 어웨이(take away)'라는 문구가 붙은 가게도 몇 군데 있었다.

"테이크 어웨이라는 건 음식을 사서 테이크 아웃(take out)해 나와도 된다는 거죠?"

"야. 저짝에 캐슬록이라는 곳이 있는데, 거기 피시 앤 칩스가 젤 맛있어요. 뭐 에든버러에서 형편없는 피시 앤 칩스를 찾기도 힘들지만."

"알려줘서 감사해요. 그런데 가게들 위쪽 공간은 뭐예요? 플랫이에요?"

가게들 위로 높이 솟은 건물들의 상층부는 더 고색창연해 보였다. 세월에 낡은 돌벽과 좁다란 창문들. 제각각의 지붕들에는 뾰족탑과 피뢰침, 텔레비전 안테나들이 흩어져 있었다.

"야, 대부분 그럴 거예요. 비싸요, 엄청."

나는 고개를 끄덕였다. 직장에서 가까운 곳에 살면 좋겠지만, 그리고 봉급도 잘 받을 예정이지만 아직 이곳의 물가를 모르니 비싸다는 게 어느 정도인지 알 수 없었다.

"성 바로 옆에서 일하게 됐네요."

나는 높이 솟은 화산암들을 올려다보며 말했다.

"야, 색시."

일라이어스가 백미러로 미소를 지어 보냈다.

"호텔은 바로 저기라고요?"

"야, 바로 앞까지 데려다줄 수 있어요."

일라이어스가 기어를 움직였다.

"부탁이 있어요, 일라이어스. 나 대신 가방만 좀 가져다주실 수 있어요? 도저히 더 기다릴 수가 없어서 그래요. 체크인하는 시간도 아깝거든요. 서점에 바로 가보고 싶어요."

나는 지갑을 열고 20파운드와 10파운드 지폐를 하나씩 꺼냈다. 미터기에는 19파운드가 찍혀 있었지만 가방을 옮겨주는 사례를 해야 하니까.

"그러죠."

일라이어스가 돈을 받고서 코를 찡그리더니 10파운드는 돌려주었다.

"감사합니다."

"그리고 꼭 전화해요, 자그마한 색시."

일라이어스는 자신의 명함에 전화번호를 휘갈겨 주었다.

"명함에 있는 번호 말고 여기 써준 휴대 전화로 해요. 일단 가방 배달하러 갔다가, 다시 데리러 올게요. 다음에 갈 데도 어디든 태워줘야지. 거 우리 아줌씨가 틀림없이 오늘 저녁 식사에 초대하고 싶어 할 텐데. 전화만 하면 데리러 갈게요."

나는 명함을 받아 들고 휘갈겨진 번호를 들여다보았다. 뭐라고 대답해야 할지 몰라 머뭇거리고 있는데 다행히도 일라이어스가 먼저 배려를 해주었다.

"전화하면, 아줌씨도 같이 데리고 나갈게요. 내가 무서운 놈이 아니라는 걸 알 수 있게."

나는 미소를 지었다.

"감사합니다. 그런데 오후에 어떻게 될지 몰라서요. 오늘 밤도 그렇고요."

일라이어스는 "야, 갈 데 있으면 그냥 전화해요. 저녁이야 언제든" 하고는 잠시 멈췄다가 말을 이었다.

"겁주려는 건 아닌데, 여기는 괜찮은 도시지만 밤에 혼자 다니지는 마요. 누구랑 같이 다니든지 택시를 불러요. 내가 아녀도 괜찮으니. 조심하는 게 최고죠."

"감사합니다, 일라이어스."

"야, 별말씀을."

택시 문을 열고 좁은 보도 위로 나가기까지는 생각보다 더 큰 용기가 필요했다. 일라이어스가 택시를 빼 저쪽의 낮은 언덕길을 향해 떠나가며 경적을 한 번 울리고 창밖으로 손을 흔들었다.

나는 조금 후회가 됐다. 하지만 곧 정신을 차리고 미소 지었다.

"왜 이래. 용기를 내야지."

나는 핸드백을 고쳐 메고 새로운 모험을 향해 발을 내디뎠다.

둘

　서점 문을 밀고 들어가니 문 위에 달린 종이 딸랑거렸다. 나는
잠시 멈춰 서서 나의 새로운 직장을 탐색했다. 서점엔 손님도, 직
원도 없었다. 오히려 다행이었다. 잠시 혼자서 분위기를 만끽했다.
스코틀랜드에서 가장 작다는 펍의 이름 덕에 불안감이 좀 풀렸다
면, 서점 내부는 운명을 확신시켜주는 듯했다. 나는 내가 와야 할
곳에 와 있었다. 이곳은 엄밀히 말해 박물관은 아니었지만 박물관
과 같았다. 책들의 박물관 같은 곳이니까. 좀 어수선했지만 진짜배
기였다.
　서점은 넓지도, 비좁지도 않았다. 그래도 모든 책장이 꽉꽉 들어
차 있었다. 책이 단정하게 쌓여 있는 곳도 있었고, 아무렇게나 놓
여 있는 곳도 있었다. 나는 정돈해달라고 호소하는 책들의 목소리
에 정신이 팔리지 않으려 마음을 다잡고 시선을 돌렸다.
　왼쪽에는 계산대로 쓰는 책상이 있었다. 작은 현대식 금전 등록

기와 신문 두세 부가 놓여 있었고, 서너 권의 책이 삐딱하게 쌓여 있었다. 그것들도 똑바로 정리하고 싶었지만 욕망을 억눌렀다. 컴퓨터는 아무 곳에도 보이지 않았다.

서점은 4미터 정도 폭에 깊이는 10미터가 조금 못 되는 듯했다. 뒤쪽 벽에는 스테인드글라스 창문이 있었는데, 천칭 저울 오른쪽에 동전이 쌓여 기울어진 문양이었다. 그 창 왼쪽 옆의 공간에서 빛이 들어왔다. 그 공간의 뒷벽에 위치한 유리문이나 긴 창문으로도 빛이 들어오는 것 같았지만 내가 서 있는 곳에서는 판단하기 어려웠다. 높은 천장은 아치형 몰딩으로 마감되어 있었고, 밝은 노랑이 칠해져 짙은 색 목재 책장들과 잘 어울렸다. 서점 가운데에 있는 두 개의 커다란 탁자도 짙은 색 목재였다. 바닥은 누리끼리한 백색과 금색의 소용돌이무늬 리놀륨이었다. 아니면 대리석인가? 나는 쭈그리고 앉아 바닥을 만져보고 싶은 걸 참았다. 바퀴 달린 사다리가 높은 왼쪽 벽 책장에 붙어 있었다. 오른쪽 벽에는 사다리가 없었고 벽이 뒤쪽으로 쭉 이어지지도 않는 듯했다. 좀 더 자세히 보려고 한 발짝 떼는데, 누군가의 목소리가 들렸다.

"도와드릴까요?"

약간의 스코틀랜드 억양이 느껴지는 목소리였다. 어디서 말을 하는 건지 알 수 없어 한 바퀴 둘러보았다. 심지어 문밖도 살폈다.

"어, 안 보이나요?"

다시 목소리가 들렸다. 일라이어스보다 억양이 덜할 뿐 아니라 훨씬 젊은 사람의 말투였다.

"어디에 계시는지 모르겠어요."

나는 주변을 살피며 말했다.

"아, 거 오른쪽 조금 위쪽이에요. 조명 때문에 안 보일 거예요. 한 발짝 정도 움직이면 보일 거예요."

나는 한 발짝 더 앞으로 가서 노란 천장에 매달린 오래된 황동 조명 불빛 주위를 두리번거리다가 복층 발코니에 서 있는 젊은 남자를 발견했다. 놀랍게도 그는 셰익스피어 시대 옷을 입고 커다란 책을 펴든 채 나무 난간에 기대어 미소를 지으며 나를 내려다보고 있었다. 스무 살도 되지 않아 보였다. 머리도 길고 옷차림도 그래서 공연을 준비하는 중인가 싶었다.

"안녕하세요. 도와드릴까요?"

남자애가 다시 물었다.

"안녕하세요. 딜레이니 니콜스라고 해요. 새 직원이에요."

"딜레이니? 내일 오기로 하지 않았나요? 미안해요. 잠시만요. 바로 내려갈게요."

남자애는 책을 덮고 뒤쪽에 내려놓더니 짧은 계단을 내려왔다. 가만 보니 그 작은 발코니 뒤 책장에도 책들이 빽빽했다.

"난 햄릿이에요. 나도 여기서 일해요. 파트타임으로요."

남자애가 손을 내밀며 말했다.

캔자스 출신으로서 악수를 주저하도록 배우지는 않았지만 나도 모르게 멈칫하고 말았다. 나는 "이름이 햄릿이에요?" 하고 물은 뒤에야 겨우 친근하게 손을 맞잡을 수 있었다.

햄릿이 웃었다.

"야, 그래요. 부모님이 지어준 이름이에요."

30

"잘 어울리네요."

나는 레이스가 살랑거리는 그의 웃옷을 힐끔 보며 미소 지었다. 햄릿이 다시 웃었다.

"알아요. 황당하죠? 난 배우이기도 해요. 오늘 오후에 공원에서 셰익스피어 연극을 공연할 거라서 이렇게 입고 있는 거예요."

"그랬군요. 내가 맞춰볼까요? 공연에서 햄릿 역을 맡은 거죠?"

"아뇨, 오늘은 맥더프 역을 할 거예요. 왕을 죽여야 하죠. 왕의 이름을 말하면 운수가 나쁘대서요. 그래도 당신은 알죠?"(맥더프는 맥베스를 죽인 인물이다―옮긴이)

"그럼요. 어휴, 근데 방금 결말을 말했잖아요."

햄릿은 조금도 주저하지 않고 손을 내저으며 걱정하는 척하는 내 말을 일축했다.

"어쨌든 좀 모호한 결말이잖아요. 셰익스피어는 명확한 걸 좋아하지 않았으니까요."

"정말 그래요."

대화를 해보니 햄릿이 10대가 분명하다는 걸 알 수 있었다. 또래에 비해 무척 성숙하고 귀여워 불안감 가득한 10대 소녀들에게 인기가 많을 것 같았다. 마른 편에 기름한 검은 머리, 지적인 갈색 눈동자에서는 놀랍게도 예술가적 고뇌 같은 것도 약간 엿보였다.

"니콜스 씨, 에든버러에 오신 것을 환영해요. 언제든 도움이 필요하면 말씀하세요."

햄릿이 예의 바르게 고개를 끄덕이며 말했다.

"고마워요. 이곳에 오게 되어서 너무 기뻐요. 내가 일찍 오긴 했죠? 서점을 둘러보고 싶어서 못 기다리겠더라고요."

"언제든 환영이죠."

잠시 침묵이 흘렀지만 전혀 불편하지 않았다.

"그런데 혹시, 내가 어떤 일을 하게 될지 알고 있나요?"

햄릿이 눈을 깜빡였다.

"모르겠네요. 에드윈이 곧 올 거예요. 홍차나 커피 한잔 드릴까
요? 미국인들은 커피를 좋아하죠? 이곳 사람들도 그래요. 여기에
도 좀 있는데 인스턴트예요. 얼른 옆집에 가서 원두커피를 얻어 올
게요."

"아니에요, 둘 다 좋아해요. 주전자 있는 곳만 알려주면 직접 가
져다 마실게요. 방해하면 미안하니까."

"이리 와요. 같이 끓여 마시죠. 제대로 구경도 시켜드려야 하니
까. 에드윈 올 때까지 좀 절거릴 시간도 있고요."

햄릿이 자기가 내려온 계단 쪽으로 다시 몸을 돌렸다. 내가 머뭇
거리자 돌아보며 미소를 지었다.

"위로 올라가면 비밀 통로가 있어요. 여기가 예전엔 은행이었거
든요."

"비밀 통로 좋아요."

나는 대꾸하며 '절거릴 시간'도 좋은 것이길 바랐다.

계단 뒤를 보니 서점의 오른쪽 벽은 일직선으로 뻗은 게 아니었
다. 계단 뒤, 발코니 아래에 다른 방이 쑥 들어가 펼쳐져 있었다. 그
곳 역시 책장들에 책이 가득했고, 가죽이 닳은 독서 의자 두 개와
나무 의자 네 개가 딸린 네모난 탁자가 하나 놓여 있었다. 탁자 위

엔 책과 종이가 어지러이 쌓여 있었다.

나는 햄릿을 따라 계단을 올라갔다. 계단 위에서 왼쪽으로 돌아 좁은 발코니 옆의 짧은 복도를 지나갔다. 예전에 이곳이 은행이었을 때, 이 발코니는 경비원들이 사람들을 감시하는 망루 역할을 했을 것 같았다.

햄릿이 복도 끝의 문을 열었다. 그는 안으로 들어가기 전에 돌아보며 말했다.

"사실 이 문으로 들어가면 옆 건물이에요. 에드윈이 이 위쪽을 사무실로 사용하고 있죠."

그러고는 문 너머 옆 건물의 1층을 가리켰다.

"우리 주방, 화장실, 그리고 에드윈의 창고가 저 아래에 있어요."

"책 창고인 거예요?"

"어, 책만은 아니에요. 에드윈이 자기 수집품 얘기 안 했어요?"

햄릿이 물었다.

"네, 안 했어요. 솔직히 에드윈과 서점에 대한 얘기를 그다지 듣지 못했어요. 주로 내 얘기만 했죠."

"그랬군요. 음, 직접 보면 반할 거예요."

햄릿의 반응을 보니 진심으로 하는 말 같지 않았다. 에드윈이 창고에 대해 말하지 않은 것, 내가 자세히 묻지 않은 것이 의아한 듯했다. 혹은 내가 창고를 보고 좋아할 거라고 생각하지 않는지도 몰랐다. 햄릿은 애매한 미소를 지으며 우중충한 천장에 달려 있는 알전구의 불을 켰다.

옆 건물은 서점 건물에 비해 그다지 쾌적한 분위기가 아니었다. 또 다른 발코니와 계단이 나왔다. 그런데 햄릿은 2층 사무실은 안내해주지 않고 복도를 그냥 지나쳐 창문에 불이 꺼져 있던 1층으로 내려갔다. 바닥엔 얼룩이 묻어 있었다. 나는 이곳의 바닥이 대리석처럼 좋은 재질이 아니길 빌었다. 서점에 가득했던 오래된 책과 잉크 향은 사라졌다. 이쪽에서도 그 유쾌한 향이 어렴풋이 느껴지기는 했지만 퀴퀴한 냄새와 빵집에서 스며든 설탕 풍미 같은 것이 주로 배어 있었다. 그렇게 불쾌한 냄새는 아니었지만 좀 의외였다. 오래전에 솜사탕을 팔던, 이제는 폐허가 된 놀이동산을 연상시키는 장소였다.

건물 중간에 또 다른 복도가 뒤쪽으로 이어져 있었다. 뒤쪽 벽에도 창문이 있었지만 스테인드글라스는 아니었다. 길고 지저분한 창에서 빛이 조금 들어와 복도를 밝혔다.

"오른쪽 첫 번째 문은 화장실이고 다음 방은 우리의 자그마한 주방이에요. 왼쪽 문이 창고고요. 잠겨 있지만 에드윈이 당신에게 열쇠를 줄 거예요."

나는 창고 문을 바라보았다. 다른 것들에 비해 두드러지게 눈에 띄었다. 위압적일 정도의 밝은 빨강에 화려한 소용돌이 장식이 조각되어 있었고, 다른 평범한 문들보다 조금 컸다.

"빨리 보고 싶네요."

내가 조용히 말했다.

햄릿은 대답하지 않고 나를 주방으로 안내했다. 멋진 곳은 아니었다. 둥근 탁자와 의자 두 개가 한쪽 구석을 차지하고 있었다. 반대쪽 벽에는 선반 몇 개와 작은 냉장고, 차와 커피 도구, 전기 주전자 두 개가 있었고, 창살이 쳐진 창문 아래에 개수대가 있었다.

"잠깐, 창문에 불 꺼진 가게 옆은 빵집이었던 것 같은데, 여기 벽에 어떻게 외부로 난 창문이 있죠?"

"야, 건물 사이에 골이 있어요."

햄릿이 대답하며 주전자 하나에 물을 채웠다. 나는 그 옆으로 가 창밖을 내다보았다.

"골목이요?"

"야, 골목이지만 우리는 골이라고 불러요. 건물들이 너무 바짝 붙어 있어 공간이 별로 없거든요. 거기에 딸린 사연도 많아요. 이름도 다 있는데, 주로 오래전에 거기서 살았던 사람 이름을 따거나 거기 위치해 있던 가게 이름을 따요. 여기는 '소장 골'이에요. 아무래도 교도소 소장이 여기 살지 않았나 싶은데, 확실하진 않아요. 에드윈은 알 거예요."

그러고 그는 잠시 말을 멈췄다가 나를 보았다.

"로열마일을 따라 나 있는 에든버러 구시가가 '도시 위에 세워진 도시'라는 거 알아요?"

"무슨 말이에요?"

"에든버러 시 지하에 골과 굴 들이 미로처럼 엉켜 있어요. 여기 그래스마켓은 안 그렇고, 저쪽 구시가 밑은 그래요."

햄릿이 성 쪽을 향해 고갯짓했다.

"우리가 구경시켜줄게요. 직접 보면 이해가 갈 거예요."

"흐음, '골'이라고요. 재미있네요."

나는 다시 창문을 내다보았다.

"몰래 들어오려는 사람은 없나요?"

"에드윈이 보안에 신경을 많이 써요. 창고도 그렇고 끔찍할 정도로 꼼꼼하고 각별하게 조심해요."

"창고에 뭐가 있는지 얼른 보고 싶네요."

"에드윈이 오면 바로 보여줄 거예요."

주방에는 평범한 유리 조명이 켜져 있었지만 알전구와 마찬가지로 그림자가 너무 많이 생겼다. 햄릿의 눈빛이 왠지 초조해 보이는 듯했지만 눈부신 조명 때문인지, 무슨 걱정이 있는 건지 알 수 없었다.

"뭐예요?"

내가 물었다.

"더 할 말 있는 거 아니에요?"

햄릿이 나를 한참 쳐다보다가 슬며시 미소 지었다.

"할 말이야 많죠. 하지만 에드윈이 해야죠."

그리고 주전자 코드를 꼽고 머그잔 두 개, 티백 두어 개, 우유 한 팩을 꺼내 탁자에 놓았다.

"앉으세요."

막 의자 하나를 꺼내 앉으려는데 종소리가 울렸다. 좀 떨어진 곳이라 내가 잘못 들은 것일 수도 있지만 독특한 소리였다.

"아, 에드윈일 거예요. 아니면 로지거나. 로지도 직원이에요. 손님일 수도 있죠. 에드윈이 창고에 있는 물건 때문에 약속을 잡는 경우도 있어요. 잠깐 다녀올게요."

"나도 가도 돼요?"

"그럼요."

우리가 미처 계단을 오르기도 전에 또다시 한껏 높은 목소리가 들려왔다.

"해엠릿! 이리 와서 좀 도와줘."

햄릿이 서둘러 올라갔고 나도 발맞춰 따라갔다. 한 여인이 가게 안으로 반쯤 들어와 서 있었다. 목에 색색의 목도리를 잔뜩 감고 쇼핑백을 여러 개 들고 있었다.

"로지, 잠깐만. 내가 들어줄게요."

햄릿이 계단을 달려 내려갔다.

"아휴, 힘든 아침이었어. 지각해서 미안하지만 어쩔 수가 없었어. 진짜."

로지가 말했다.

"괜찮아요."

햄릿이 무언가가 가득 담긴 쇼핑백 세 개를 받으며 말했다. 그래도 아직 여인의 팔엔 몇 개의 쇼핑백이 주렁주렁 걸려 있었다.

로지가 내 쪽을 보며 "고마워, 자기. 야, 여, 이것도. 아, 미안해요"하고 말했다.

나는 미소를 지으며 지친 뇌를 억지로 돌려 햄릿보다 강한 그녀의 억양을 해석해보려 애썼다.

"손님 앞에서 너무 난리를 쳤네. 미안해요, 색시."

"아, 전 손님이 아니에요. 여기서 일하려고 미국에서 온 딜레이니 니콜스예요."

"그 캔자스 사람?"

로지가 말했다.

"네."

"너무 반가워요. 정말 기다렸어요. 이런 기쁜 일도 생기니, 한시름 놓이네요."

"저도 만나서 반가워요."

"그래요. 자, 헥터를 받아요. 오늘 아침에 무슨 일이 있었는지, 두 사람과 차 한잔 마시며 들려줄게요."

로지가 나에게 목도리로 보였던 작은 갈색 털뭉치를 건넸다. 목도리가 내 손을 핥아서 하마터면 떨어뜨릴 뻔했다. 로지가 건네준 것은 작은 개였다.

"어머나."

나는 앞머리가 늘어진 개를 보며 미소 지었고, 개도 나를 보며 할딱거렸다. 그렇게 조그만 분홍색 혀는 처음 보았다.

"오, 벌써 당신을 좋아하네요."

"저도 이 녀석이 마음에 들어요."

이 동물이자 개, 인형이자 목도리 흉내쟁이와 사랑에 빠지지 않는 것은 불가능할 것 같았다.

"잘됐네. 햄릿, 주전자에 물 올려. 내가 아침에 무슨 사건을 겪었는지 얘기해줄게."

주전자에서 호각이 울렸다. 늦은 밤에 멀리서 들려오는 기차 소리 같았다.

"벌써 끓이고 있었어? 그럼 가자."

로지가 앞장서서 뒤쪽 탁자로 걸어갔다. 우리를 지나쳐 가는 그녀에게서 라벤더와 초콜릿 냄새가 났다. 햄릿이 내 팔에 손을 올리며 조용히 말했다.

"정말 좋은 부인이에요. 곧 익숙해질 거예요."

"그럼요."

머리가 빙빙 도는 듯했다. 흥분과 피곤으로 뒤범벅된 전형적인 상태였다. 더 이상의 기대감도, 더 이상의 기다림도 필요 없었다. 나는 여기, 희귀본과 고서적 한가운데에 서 있었다. 스코틀랜드 에든버러의 그래스마켓 한복판에 뚝 떨어져 이제까지 만나본 중 가장 매력적인 두 명의 동료도 만났다. 게다가 수수께끼의 창고도 지척에 있었다.

"정말 그럴 거예요."

"그럼 됐네요. 가죠."

셋

로지의 나이는 일흔에 가까운 것 같았지만 건강하고 자신감이 있어 보였다. 완고하게 사방으로 뻗친, 대충 짧게 자른 듯한 회색 머리는 그다지 신경 쓰지 않는 듯했다. 얼굴에는 화장을 한 흔적이 조금도 보이지 않았고, 주름들은 배치 명령이라도 받은 것처럼 눈과 입을 중심으로 동심원을 그리며 보기 좋게 퍼져나갔다. 함께 앉아서 보니, 처음 받은 인상보다 키가 훨씬 작은 것 같았다. 외투를 벗고 목도리를 푸니 조그맣고 마른 몸집이었다.

쇼핑백들에도 목도리가 가득했다. 그녀가 직접 뜬 것이라고 했다. 본격적으로 대화를 하기 전에 햄릿이 로지가 뒤쪽 탁자에 앉도록 도와주며, 그녀의 목도리가 근처 미용실에서 팔리고 있다고 설명해주었다.

또한 헥터에 대해서도 알게 되었다. 헥터는 로지가 가는 곳은 어디든 함께 다녔고, 로지의 개이긴 하지만 '갈라진 책'에서 일하는 사람은 누구나 헥터에게 봉사를 해야 했다. 헥터는 내 무릎에 편안히 앉아 환영 인사를 해주고 있는 듯했다. 이미 내 마음을 빼앗은 헥터를 다시 로지에게 돌려줄 수 있을까 걱정하고 있는데, 로지가 아침에 일어났던 사건 이야기를 시작했다.

"와, 난 경악스러워!"

로지가 입을 떼고 나서 고개를 천천히 흔들며 홍차를 한 모금 마셨다. 햄릿과 나는 서로 마주 보았다.

"기사가 어째 그 불쌍한 남자를 못 봤는지 몰라. 다들 늘 아무 데서나 길을 건너잖아. 건널목이 있어도 소용없지. 그래서 보통 큰 차 기사들은 엄청 조심한다고."

"무슨 일이었는데요, 로지?"

햄릿이 물었다.

"내가 늘 그랬듯이 한눈팔지 않고 양초막 골을 가고 있었어. 한 손엔 목도리들을 들고, 한 손엔 헥터를 꼭 잡고 말이야."

자신의 이름이 거론되자 헥터가 잠깐 귀를 쫑긋하며 고개를 들었지만 아무 일 없는 것을 확인하고 다시 엎드렸다.

로지는 "근데 거기서, '회색 수도회 바비'에서 멀지 않은……"이라고 하더니 잠시 말을 멈추고 나를 바라보았다.

"개 동상이라오. 언제 구경시켜줄게요."

로지는 깊은 숨을 들이마시고 말을 이었다.

"끼이익, 하는 브레이크들 소리가 들렸어. 그냥 소리가 아니라, 찢어지는 듯한 굉음이었다고. 커다랗고 엄청 시끄러운. 쳐다보니 버스였어. 관광객 버스 있잖아. 2층에, 지붕이 없고."

로지가 다시 나를 쳐다봤다. 이번에는 내가 자기 말을 알아듣는지 살피는 듯했다. 솔직히 이 가게까지 오는 동안 그런 버스를 봤는지 기억은 나지 않았지만 어떤 걸 얘기하는지는 알 수 있었기에 고개를 끄덕였다.

"쳐다보니 버스가 휘청거리며 한참을 가다가 멈춰 섰어. 그 짧은 순간 남자도 하나 보였어. 건널목도 아닌 도로 가운데에 서 있었지. 바보처럼 입을 벌리고 손을 든 채로 말이야. 왜! 왜 다른 쪽으로 뛰어서 피하지 않았지? 왜 건널목에서 건너지 않았냔 말이야? 이해가 안간."

로지는 탁자를 팔꿈치로 쾅 찍으며 얼굴을 손에 파묻었다.

로지의 말은 일라이어스와 햄릿의 중간쯤이었다. 알아들을 수는 있었지만 마지막 몇 문장은 너무 빨리 얘기해서 특히나 주의를 기울여야 했다. 일라이어스가 나를 위해 일부러 말을 천천히 해주었다는 것을 알 수 있었다. 로지는 분명 친절한 사람 같았지만 말을 천천히 해줄 생각은 하지 못하는 것 같았다. 적응해야 하는 사람은 나였으니까.

햄릿이 로지의 어깨에 손을 올렸다.

"괜찮아요?"

"괜찮아, 햄릿. 하지만 그 버스, 그 남자를 쳤어. 기사의 잘못이 아니었어. 정말로. 하지만 누구 잘못이었든 무슨 상관이야. 그 남자가 어떻게 됐는지도 알 수 없는데."

"그럼 기사 잘못이 아닌 걸 목격한 거네요?"

"야, 물론이지. 남자가 건널목이 아닌 도로 한복판에 있었다고.

혼자서. 기사는 제 할 일을 했지. 멈춰야 할 때 멈췄고. 하지만 도로 한복판에 사람이 있었던 데다가 여기 거리들이 온통 구불텅거리 니······."

로지가 말끝을 흐리고 눈을 깜빡이며 멍하니 눈앞의 탁자를 내려다보았다. 그리고 생각난 듯 덧붙였다.

"적어도 나는 분명히 그렇게 봤어."

"하지만 백 퍼센트 확신하지는 못하는 거예요?"

햄릿이 잠자코 생각에 잠겨 있다가 물었다.

"확신했지. 경찰이 나한테 물었을 때 최대한 내가 본 그대로 말했어. 내가 본 것에 한 점 의심도 없어."

"하지만 보지 못한 게 있을 가능성은요?"

"알 수 없어, 햄릿."

로지는 충격을 받은 상태인 듯했다. 그런 상황을 목격하면 누구도 생각을 가다듬기 쉽지 않을 것이다.

"얘기한 경찰 전화번호는 받았어요?"

내가 묻자 로지가 고개를 끄덕이며 자신의 바지 주머니를 두드렸다.

"뭔가 다른 게 생각나면 전화하면 돼요. 경찰도 이해할 거예요. 그런 일을 늘 겪을 테니까요. 사람들이 가끔 잘못 보기도 한다는 것도 알 테고요."

경찰이 정말 그럴지 나로선 알 수 없었다. 그저 목격자의 말만 믿을 수도. 하지만 로지가 괴로워하게 놔둘 순 없었다. 말을 바꾸면 경찰이 싫어할 수도 있지만, 분명 그런 일은 자주 일어날 것이다. 나는 그렇길 바랐다.

"그렇겠지."

로지가 말했다. 아직 눈물을 흘리지는 않았지만 그러기 직전인 것 같았다.

"딜레이니 말이 옳아요."

햄릿이 말했다.

"그런 걸 보다니 힘들었겠어요. 트라우마가 되잖아요."

"정말 그래."

로지가 말했다.

"남자는 바로 구급차에 실려 갔어. 내가 병원에 가서 그 남자가 잘 있나 살펴보면 주제넘은 짓일까?"

햄릿이 미간을 좁혔다.

"경찰에 전화해서 그래도 되는지 물어보는 게 좋겠네요."

"어휴, 그래야지. 오늘 전화해서 경찰한테 내가 잘못 본 걸 수도 있다고 알리고, 그 남자를 찾아가도 되냐고 물어볼 거야. 아이구 야, 정말 그 남자가 괜찮았으면 좋겠어."

"하지만 지금은 뭘 해야 하는지 알죠?"

햄릿이 자신의 무릎을 치며 말했다.

나는 갑자기 햄릿이 입은, 딱 붙는 무릎길이 바지를 뭐라고 부르는지가 생각이 났다.

"뭐?"

로지가 물었다.

"딜레이니에게 창고를 보여줘야죠. 보면 분명 좋아할 거예요."

"어머나!"

로지가 훌쩍이며 미안한 표정을 지었다.

"다른 건 전부 까맣게 잊고 있었네. 에드윈은 오늘 오지 않을 거
야. 집에 일이 있다고 했어. 에드윈이 딜레이니에게 창고를 직접
보여주고 싶을 것 같아. 어차피 내일 오는 줄 알 테니까. 사실은 나
나 네가 대신 해버리면 기분 나빠할지도 몰라. 자기가 딜레이니를
얼마나 잘 채용했는지 계속 떠벌렸잖아."

"아, 그래요……."

햄릿이 말했다.

"에드윈에게 전화해볼까요?"

로지가 나에게 물었다.

"아뇨, 괜찮아요. 일은 내일부터 시작하기로 했으니까요."

게다가 나는 좀 지치기도 했다. 정말이지 갑자기 피로가 몰려왔
다. 내일 기운차게 일을 시작할 수 있도록 잠을 좀 자두어야 했다.

"당신도 피곤하겠지, 아가씨."

로지가 말했다.

나는 눈만 깜빡였다.

"기진맥진하겠죠."

햄릿도 웃으며 말했다.

"그러네요."

"내일도 모험은 계속될 거예요."

로지가 말하더니 몸을 기울여 속삭였다.

"에드윈은 경매에 갔다우."

"책 경매요?"

내가 물었다.

"그건 아닌 거 같아."

로지가 약간 몸을 떼며 나지막이 말했다.

나는 다시 눈만 깜빡였다.

"경매는…… 그것도 역시 에드윈이 직접 설명해주고 싶어 할 거예요."

햄릿이 말했다.

내가 햄릿을 보자 그는 또다시 편안하게 미소 지었지만, 아까도 눈치챈 예술가적 고뇌가 숨겨진 눈빛이 순간 번뜩였다. 그것은 괴로움이었다. 어쩌면 생각했던 것보다 큰 문제일 수도 있다는 느낌이 들었다. 나의 새 동료들은 뭔가 숨기는 것이 있었다. 하지만 내 직감이 맞는 건지, 아니면 시차 때문에 과민해져서 그런 건지 알아내기 힘들었다. 아직 에드윈도 만나보지 못했고, 누군가의 행동에서 뭔가 숨겨진 의미를 읽어내기는 정말이지 너무 이른 시기였다.

"알았어요."

나는 동의하고 미덥지 않은 느낌을 떨쳐냈다.

"좋아요. 그럼 나는 경찰에 전화 좀 하고, 햄릿은 당신을 호텔까지 데려다줘야겠네. 에드윈은 내일 일곱 시쯤에 올 거예요. 괜찮겠어요?"

로지가 말했다.

"그럼요."

내가 대답했다.

가장 힘든 일은 헥터를 남겨두고 떠나는 것이었다. 나는 내일 다시 헥터를 볼 수 있다는 약속을 받은 뒤에야 자리에서 일어섰다. 그리고 그제야 내가 기진맥진한 정도가 아님을 깨달았다. 당장 쓰러질 것 같았다.

햄릿이 언덕 위 호텔까지 데려다주었다. 나는 체크인을 하고 건물 안을 이리저리 헤맨 끝에 나의 아늑한 방을 발견했다. 부모님에게 무사히 도착했다는, 곧 다시 연락하겠다는 짧은 이메일을 쓰고 나자 더 이상 아무것도 할 수 없었다. 심지어 멋진 시장 풍경이 내려다보일 창문도 열어보지 않았다. 베개에 머리를 누이면서 겨우 열두 시가 되었다는 것을 깨달았다.

나는 다음 날 새벽 다섯 시 알람이 울릴 때까지 한 번도 깨지 않았다.

넷

 에드윈은 비쩍 마른 사람이었다. 키가 크고 다리도 길었다. 아름다운 음성과 억양 때문인지, 몸가짐 때문인지, 왠지 귀족 같다는 생각이 들었다.

 그는 나를 껴안고 무사히 도착해 얼마나 다행인지 모른다며 큰소리로 환영해주었다. 나는 옆집에서 산 페이스트리 한 상자도 들고 들어갔는데, 배도 고프지 않았고, 프랑스에서 겨우 북해만 건너면 나오는 땅에서 만든 프랑스식 페이스트리라고 해도 피곤하고 긴장한 내 혀 위의 맛봉오리들을 깨우기엔 역부족이었다. 나는 크림이 많이 든 빵을 하나 우물거렸지만 별 맛을 느끼지 못했다.

 휴식을 취했지만 마음 깊이 불안했다. 우리는 곧장 뒤쪽 탁자로 갔고, 햄릿과 로지도 재빨리 페이스트리를 하나씩 들고 각자의 일을 보기 시작했다. 오늘도 화려한 빨강 목도리를 두른 로지는 어제보다 훨씬 차분해 보였다. 어제 병원에 갔었냐고 묻고 싶었지만 적당한 때가 아닌 것 같아 나중에 기회를 보기로 했다. 햄릿은 탁자 위 물건들을 정리한 다음, 낮고 널찍한 나무 상자를 한쪽에 놓고 펜을 담아 두었다. 햄릿이 업무용으로 쓰는 탁자인 것 같았지만 전혀 거리낌 없이 물건 몇 개를 치워 페이스트리 상자를 놓을 자리를 만들어주었다.

햄릿은 낡고 바랜 청바지에 흰 셔츠를 입고 느슨하게 타이를 매고 있었다. 연극 의상을 입고 있지 않아도 셰익스피어 작품에서 튀어나온 인물처럼 보였다. 그 모습에서 어제처럼 고뇌 같은 것이 내비치는지 알아보려고 그를 바라보다가 햄릿과 에드윈 사이에 감도는 긴장감을 포착했다. 두 남자는 무뚝뚝하게 인사한 뒤 빠르게 돌아섰다. 그런데 뭐, 나도 너무 긴장한 상태라 분위기 파악을 정확히 할 형편은 아니었다. 차라리 이런 직감이 그만 좀 무뎌졌으면 좋을 것 같았다.

나는 너덜너덜해진 기분으로 새벽에 일어났다. 한 번도 깨지 않고 거의 열일곱 시간을 잤다는 것을 깨닫고 짜증이 났다. 심지어 몸 한 번 뒤집지 않은 것 같았다. 잠에 많은 시간을 낭비했다. 하지만 그렇게 기절하다시피 보낸 시간 덕분에 시차를 극복하게 된다면 그나마 좋을 수도 있겠다는 생각이 들었다.

그러고 나서는 눈앞에 닥친 현실이 생각났다. 오늘 새 직장에서 일을 시작한다. 새 상사를 만나기로 했다. 내가 에드윈이 마음에 들지 않거나, 에드윈이 내가 마음에 들지 않으면 어쩌지?

우리는 서점에 동시에 도착했다. 포옹하고 반갑게 인사한 뒤, 에드윈이 문을 잡고 페이스트리 상자를 든 내가 먼저 들어가도록 손짓했다. 우리는 더할 수 없이 편안하고 진심 어린 대화를 나누었지만 어쩐지 나는 쉽게 긴장을 풀 수 없었다.

"딜레이니, 오늘은 나 대신 맡아주었으면 하는 일들 가운데 하나에 대해 배우게 될 거예요. 가능한 한 빨리 당신이 전담해주었으면 하지만, 쉽지 않은 일이에요. 그러니 정말 준비가 되었는지 아주 솔직히 알려줘야 해요."

"물론이죠."

"이제 경매에 갈 거예요. 언젠간 당신에게 나 대신 입찰할 재량을 줄게요."

"나보고 당신 돈을 막 쓰라고요?"

내가 미소를 지으며 말했다.

정말이지 다른 사람의 돈을 쓴다는 건 나에게 편한 일이 아니었다. '자기 일은 스스로 하라'는 식의, 나의 중서부 사고방식과도 썩 조화를 이루긴 힘들어 보였지만 자신감을 보여줄 필요가 있어 보였다.

"야. 바로 그거예요."

에드윈이 조금도 주저하지 않고 대답했다.

"난 늙었어요. 아프지는 않지만요. 사실 건강 상태는 최고지요. 그래도 나중에 허둥지둥하는 것보단 준비를 해두는 편이 낫다고 생각해요. 안 그런가요?"

"저도 그렇게 생각해요. 어떤 경매인가요? 책 경매예요?"

"오늘은 아니에요. 좀 다른 건데, 아직 자세한 건 알려주지 못하겠네요."

"좋아요."

나는 속으로 '지금 자세히 알려주면 더 빨리 일을 전담하는 데 도움이 될 텐데' 하고 생각했다. 하지만 뭐, 어차피 에드윈 마음이니까.

"곧 이해하게 될 거예요."

에드윈이 재빨리 덧붙였다.

에드윈이 볼 안쪽을 깨물고 나를 찬찬히 살펴보았다. 캐리 그랜트처럼 잘생긴 남자였다. 어쩌면 지미 스튜어트를 더 닮았는지도 모른다. 고전적이고 깔끔하게 다듬어진 차림이었지만 햄릿과 로지처럼 혈색은 창백했다. 머리는 소금과 후추를 뿌려 놓은 듯한 회색이었고, 완벽하게 뽑고 빗은 듯한 짙은 눈썹은 소금색뿐이었다.

"당신에게 '갈라진 책'의 모든 일을 알려줄 가장 좋은 방법을 생각해봤어요. 방이 하나 있어요, 딜레이니. 당신이 보면 흥미로워할 것들로 가득찬 방인데, 그곳에 당신 책상도 둘 거예요. 하지만 아직은 보여주지 말아야 할 것 같아요. 지금으로선 너무 벅찰 수 있을 겁니다."

"좋아요."

왜 벅찰 거라고 하는지 짐작도 되지 않았지만 내 책상이 신비로운 방 안에 있게 될 것이라는 사실은 좋았다. 조각으로 장식된 붉은 문이 생각났다. 시차를 거의 극복하고 나니, 어제 로지에게 안을 보여달라고 부탁할 걸 하는 후회가 됐다. 이제는 오늘이 끝날 때쯤엔 볼 수 있게 되기를 바라는 수밖에 없었다.

"잘됐네요. 그럼 출발할까요? 가면서 더 얘기하죠."

에드윈이 일어서며 로지를 불렀다.

"로지?"

"앞쪽에 있어요."

로지가 대답했다.

"제니에게 전화해줄래요? 어제 말한 장소에서 만나자고 해줘요."

그러고서 이어진 침묵이 너무 무거워 나는 재빨리 일어나 에드윈을 따라갔다. 서점 앞으로 나가자 로지가 계산대에 앉아 있었고, 햄릿은 이동 사다리에 선 채 꼼짝 않고 있었다. 햄릿은 미간을 좁히고 에드윈을 뚫어지게 쳐다봤다.

"제니도 경매에 가나요?"

로지가 물었다.

"야, 그래요. 우리가 새로 합의한 사안 중 하나죠."

에드윈이 로지에게 대답하고 나에게 설명해주었다.

"제니는 내 동생입니다, 딜레이니."

나는 고개를 끄덕였지만 다른 서점 직원들의 하얗게 질린 얼굴에 더 관심이 갔다.

"난…… 어…… 어쩐지 그럴 것 같더라니…….."

로지가 더듬거렸다.

계산대 한쪽에 엎드려 있던 헥터가 일어나 에드윈과 나를 바라보았다.

"제니는 그런 말 안 하던데…….."

햄릿도 말했다.

"제니랑 얘기했니?"

에드윈이 물었다.

"어…… 그런 건 아니지만, 아니에요. 잘됐네요, 에드윈."

햄릿이 어색한 미소를 지었다.

로지가 발치에 두었던 가방을 뒤지더니 휴대 전화를 꺼내 버튼을 눌렀다. 전화를 거는 모습이 왠지 불안해 보였다. 곧 로지는 휴대 전화를 귀에서 떼고 에드윈에게 물었다.

"음성 메시지를 남겨도 될까요?"

"야, 그렇게 하세요. 메시지는 받을 거예요. 제 시간에 올 거고요."

에드윈의 목소리엔 자신감이 없었다.

나는 에드윈을 따라 서점을 나가며 흘긋 뒤를 돌아보았다. 로지는 다시 정신이 없어 보였고, 햄릿은 책장으로 주의를 돌리고 있었다.

죽음 같은 침묵이 감돌았다. 책들 말이다. 나는 잠시 그들을 내 마음속에 받아들였다. 마음을 활짝 열고 그들의 소리를 들었다. 뭔가 중요한 말을 해주길 기다렸지만, 그들은 입을 열지 않았다. 이런 적은 처음이었지만 이유를 따져볼 시간이 없었다. 나는 발걸음 속도를 높여 에드윈을 따라잡았다.

서점 안의 긴장된 분위기에 장점이 있었다면, 나 자신에 대한 생각을 많이 안 하게 되어 스스로 긴장감이 누그러졌다는 점이다. 에드윈이 자기 차의 조수석 문을 열어주었다. 나에게 익숙하지 않은 쪽으로 난 문이었다. 또다시 두뇌가 반감을 내뿜었다. 스코틀랜드에 와서 적응해야 할 많은 것들 중에 분명 제일 쉬운 항목은 아니었다. 물론 스코틀랜드 사람들은 차를 반대쪽으로 몬다는 사실을 알고 있었지만, 사실이란 그저 이해하면 되는 것이지 이렇게 신경써서 익혀야 하는 건가 답답했다.

에드윈의 차는 시트로엥이었다. 내가 차종을 알아본 이유는 고등학교 때 역사 선생님이 몬 차였기 때문이다. 선생님 차는 하얀색 70년대 모델이었다. 에드윈의 파란색 차도 같은 70년대 모델인 듯했지만 모양이 훨씬 좋았다. 땅딸막하고 둥그스름한 프랑스 산 차체는 멋진 선생님이 몰았던 탓에 늘 멋진 차 같아 보였었는데, 에드윈이 모니 더욱 멋져 보였다.

차를 타고 도로로 나왔다. 반대쪽에서 전해지는 원심력에 거부감 품지 말자고 다짐하고 나서, 나는 에드윈의 진지하고 잘생긴 옆모습을 뜯어보았다.

서점에서의 알 수 없는 대화에 대해 묻고 싶었지만 일을 시작한 지 한 시간도 지나지 않은 시점에서 벌써 그러면 안 될 것 같아 마음을 접었다. 오후쯤에 알아서 말해줄지도 모르는 일이었다.

"경매 장소는 매번 바뀌어요, 딜레이니."

에드윈이 좌회전을 하며 말했다.

그는 택시 기사 일라이어스보다는 훨씬 부드럽게 운전했다.

"하지만 우리가 자주 찾는 장소가 있어요. 지금은 다른 사람들이 없으니 말해줄 수 있어요. 오늘은 크레이그 하우스로 갈 거예요."

"장소는 비밀인가요?"

"야, 꼭 지켜야 하는 비밀이죠. 햄릿이나 로지에게도 말하지 않아요. 두 사람을 가족처럼 생각하지만요."

에드윈은 잠시 손가락으로 입술을 두드리더니 말을 이었다.

"동생인 제니에게도 최근에야 알려주었어요. 잠시 후에 만나게 될 겁니다."

나는 다음 질문을 어떻게 할지 단어를 고르며 고심하다 이렇게 물었다.

"예전에는 왜 제니에게 알려주지 않았어요?"

에드윈이 나를 흘긋 보았다.

"동생은 힘든 일을 좀 겪어왔어요. 나랑 문제도 있었고."

에드윈이 한숨을 쉬었다.

"당신에게 자세한 얘기로 부담을 주고 싶지 않지만, 동생은 잘못된 선택으로 당신 같은 사람은 상상도 못 할 인생을 살아왔죠."

"난 상상력이 꽤 풍부해요, 에드윈. 농장에서 자라면서 거칠고 추악한 것들을 많이 봐왔어요. 동생이 어떤 길을 선택했다는 거죠?"

사실 내가 진짜 거칠고 추악한 것들을 본 건 책, 텔레비전, 영화에서뿐이었다. 그렇다고 온실 속에서만 자란 것은 아니니까.

"마약, 범죄 같은 것들이요. 오랫동안 최악의 마약들을 사용했고, 그다음에는 대부분 나쁜 의사들이 처방한 약물들을 썼죠."

"그랬군요. 힘들었겠네요."

에드윈의 나이는 적어도 일흔은 되어 보였다.

"동생이 몇 살이에요?"

에드윈이 인자한 미소를 지어 보였다.

"쉰다섯입니다. 나보다 훨씬 어리죠. 그래도 알 만큼은 알 나이 인데. 지금까지 살아 있는 것만 해도 기적이에요. 몇 달 전에 나와 동생은 일종의 정전 협정을 맺었어요. 동생은 다시는 과거의 삶을 살지 않겠다고 맹세했고, 나는 우리 사이가 가까워져서 동생이 나 의 생활에도, 사업에도 참여했으면 좋겠다고 제안했어요."

마약이라……. 아무리 가족이라고 해도 중독자를 자신의 생활 속으로 깊이 받아들이는 일이 얼마나 어려운지 나는 잘 알고 있었 다. 하지만 에드윈과 제니는 남매였고, 그런 유대 관계는 믿음이 잘못되진 않으리라는 희망을 먹고사는 경향이 있다.

"잘 돼가고 있어요?"

내가 물었다.

"글쎄요……."

에드윈이 회의적으로 대답했다.

내가 이어질 말을 기다리자 에드윈이 다시 나를 보았다.

"기대했던 것만큼은 아닐지도 모르겠네요."

"유감이네요."

"딜레이니는 신경 쓰지 말아요. 난 동생에게 막중한 책임을 하 나 맡겼어요."

에드윈이 침을 꿀꺽 삼켰다. 감정을 그대로 드러내는 듯한 그 소 리에, 그의 팔에 손을 올리고 격려의 말이라도 해주고픈 충동이 일 었지만 행동으로 옮기지는 않았다.

"동생이 날 실망시키지 않기를 바랄 뿐이에요. 어제 동생과 싸웠는데, 오늘은 화해하고 좋아졌으면 좋겠네요."

"왜 싸웠어요?"

나는 조금 똑바로 앉으며 물었다.

"색시, 미안하지만 그 얘긴 들려주지 않는 게 좋을 것 같네요."

"이해해요."

"다 왔어요. 여기가 크레이그 하우스입니다. 옛날엔 정신병원이었죠. 지금은 개인 소유의 멋진 고택이에요. 우리 멤버 중 한 사람이 외과의사인데, 우리를 위해 방을 하나 확보했어요. 우리는 보답으로 유지비를 기부하고요."

"흥미로운 장소 같네요."

나는 빨간 벽돌과 회색 암석으로 된 커다란 건물을 올려다보았다. 창문 위쪽은 아치형이었고 본체와 부속 건물들이 이어지는 옥상 모서리엔 둥근 지붕이 씌워져 있었다. 푸른 언덕 위에 올라앉은 건물은 아름다웠지만 적당히 어두운 하늘과 칙칙한 카메라 필터를 곁들이면 완벽한 공포 영화 촬영장이 될 것 같았다.

"이쪽 건물이 크레이그 하우스이고, 다른 건물들은 대학교로 사용되고 있죠."

"오래됐지만 관리가 잘됐네요."

"야, 그래요. 에든버러에는 옛이야기가 담겨 있지 않은 곳이 없어요. 이 집도 과거사에서 비롯된 유령들이 출몰한다고 해요. 잔혹하고 비상식적인 방식으로 정신병을 다루던 시대의 환자들 유령일 테니, 훨씬 활력이 넘치는 경향이 있어요. 게다가 병원이 되기 전에도 사람들이 살았어요. 그중에 존 힐 버튼이라는 나름 매력적인 남자가 있었는데, 스코틀랜드 역사가였죠. 스코틀랜드 교도소 위원회 의장이자 교도소장이기도 했고. 그때 연구하고 발표한 방식이 독특했죠. 존경도 받았고. 그의 유령도 이곳에 나타난다고 해요. 고통 받는 병원 환자들과 함께."

"유령 이야기를 많이 아는군요."

"스코틀랜드 역사를 많이 안답니다. 나의, 어…… 관심 분야는 조국에 대한 애정의 결과예요. 나에게 조국은 숨 쉬는 공기만큼이나 중요하답니다. 그래서 가끔 당신을 지루하게 만들 때가 있을 거예요. 분명히."

"그럴 리가요. 직접 유령을 본 적이 있나요?"

"그럼요. 하지만 살아 있을 때 누구였는지 알아볼 만큼 또렷이 본 적은 없어요. 내가 경험한 유령들은 전류 같아서 한순간 나타났다가 사라져버리지만 보지 못하고 지나치거나 잊어버릴 수 없는 전기 충격 같은 걸 남기죠."

나는 다시 에드윈의 옆얼굴을 뜯어보았다. 눈빛에 익살기가 전혀 없었고, 입꼬리에도 미소가 보이지 않았다.

"어디서 봤는데요? 혹은 어떻게 느꼈는데요?"

"여러 곳이죠. '갈라진 책'에도 하나 있다고 확신해요. 하지만 그 유령이 그다지 자주 나타나지는 않아요. 햄릿은 보지 못했어요. 당신도 그럴 것 같군요. 로지에게 주로 나타나는 것 같던데. 로지 사무실에서 물건들이 가끔 저 혼자 움직인대요. 해는 전혀 끼치지 않고요."

"아, 그렇군요."

에드윈이 웃으며 차 키를 돌려 엔진을 껐다.

"한 번도 유령의 존재를 믿을 만한 경험을 못 해봤어요?"

"음…… 물건들이 저절로 움직이는 건 한 번도 못 봤어요. 아이 때는 이상한 걸 느꼈던 기억이 나요. 그냥 너무 어려서 그랬는지도 모르죠. 지금도 가끔 책 소리는 들어요."

나는 마지막 문장은 재빨리, 별말 아닌 것처럼 해버리고 숨을 죽였다.

"무슨 말인가요?"

"아, 읽었던 책들의 구절이나 등장인물들의 말이 가끔 머릿속에 떠올라요. 별거 아니에요. 여기 있는 동안 해롭지 않은 유령은 한두 번 만나보면 좋겠네요. 언젠간 볼지도 모르죠."

"흥미롭네요."

에드윈이 말했다.

나는 고개만 끄덕이고 아무 말도 하지 않았다.

몸집이 큰 남자 한 명이 우리 쪽으로 다가오고 있었다. 당황한 듯 쿵쿵거리며 뛰어오는 그는 온갖 장식이 달린, 녹색과 노란색이 배합된 킬트를 입고 있었다. 허리에는 스포란이라는 주머니를 달고 있었고, 술이 달린 양말 같은 킬트 호스를 신었으며, 햄릿이 입었던 것과 비슷해 보이는 흰 셔츠를 입고 있었다. 방금 에드윈과 나눈 대화도 있었고, 그림엽서에나 등장할 것 같은 전통 의상을 입은 남자가 뛰어오자 유령이라도 나타난 듯한 느낌이 들었다. 검이나 칼을 찾아봐야 하는 거 아닌가, 하는 생각까지 들었지만 남자는 무기를 들고 있지 않았다.

"자, 딜레이니. 이제 당신은 내 말과 행동에 맞춰주기만 하면 돼요. 다른 사람들은 오늘 당신이 오는 줄 몰라요. 실랑이가 벌어지진 않았으면 좋겠지만, 대비는 하도록 해요."

에드윈이 차에서 내려 내 쪽으로 오더니 문을 열어주었다. 나는 잠깐 주저하다가 밖으로 나갔다. 두려워서가 아니었다. 이 모든 광경이 너무 멋지고 놀라워서 전부 알아내고 싶다는 생각이 들었기 때문이다.

다섯

"베니, 잘 있었어?"

에드윈이 손을 내밀며 말했다.

"미국에서 온 딜레이니 니콜스를 소개할게. '갈라진 책' 새 가족이야. 경매에도 참석할 거고."

베니가 인상을 구겼다.

"동생이 나중에 당신 뒤를 잇게 되는 줄 알았는데, 매컬리스터."

"아냐, 제니는 개인 자격으로 참여하는 거야. 자, 오늘은 딜레이니를 환영해줘. 딜레이니, 이쪽은 '살코기 시장 묶음' 경매를 조직하는 베니 밀턴이에요. 우리는 그냥 '살코기 시장'이라고 불러요. 베니는 입찰은 하지 않아요. 지금은 펍 주인이지만 경찰 출신이고 우리 중 하나를 조사하다가 아예 합류해 붙박이가 되었죠. 그때 조사 결과는 모두 무혐의로 밝혀졌답니다. 베니는 늘 우리가 바른 길을 걷도록 관리하고, 필요하다고 생각되면 우리 중 누구라도 조금도 망설이지 않고 경찰에 신고할 거예요. 좋은 친구죠."

나는 '살코기 시장 묶음'이라는 말을 듣고 정신적 과속 방지 턱
에 한 번 부딪쳤지만 곧 정신을 차리고 베니에게 손을 내밀었다.

"색시."

베니가 마지못해 킬트의 허리춤에 끼고 있던 엄지를 빼낸 다음
내 손을 잡고 흔들었다. 성급한 동작이 팔을 잡아 뽑기라도 할 기
세였다. 베니는 거의 대머리에 옆쪽의 기다란 검은 머리칼 몇 가닥
을 뒤로 쫙 당겨 묶어 꼬불거리는 뾰족한 꽁지를 만들었다. 캔자스
사람이라면 우람하다고 표현할 덩치였다. 모든 것이 두껍고 육중
했지만 보기 흉하지는 않았다. 갈색 눈은 부담스러울 만큼 영리하
고 의심하는 빛을 띠었다.

"그래, 그 정도면 나쁘지 않았어."

에드윈이 베니의 어깨를 한 번 툭, 치며 말했다.

"따라와."

베니가 에드윈을 조금 째려보다가 몸을 돌려 현관문으로 향했
다. 현관문까지는 짧은 진입로가 나 있었다. 우리는 베니를 따라
두 개의 붉은 벽돌 기둥 사이로 들어갔고, 짧은 계단도 올라갔다.
두 개의 거대한 하얀 유리 구체가 진입로 천장에 매달려 있었다.

베니가 우리에게 현관문을 열어주고 다시 주차장과 도로 쪽을
돌아보았다.

"제니는?"

에드윈이 베니에게 차 키를 건네주며 물었다.

"아직 못 봤어. 같이 오는 줄 알았는데."

62

베니가 대답했다.

"보면 나는 바로 들어갔다고 말해줘."

"야."

에드윈이 나에게 말했다.

"베니는 차들을 딴 데 주차할 거예요. 비밀을 지키는 데 있어서 는 마술사 같은 친구죠."

베니가 코웃음 소리를 냈다.

"그렇군요."

나는 베니를 향해 미소 지으며 말했지만 베니는 나를 보고 있지 않았다.

나는 에드윈을 따라 건물 안으로 들어갔고, 내부 광경에 압도되 어 잠시 걸음을 멈추지 않을 수 없었다.

"아름다워요."

널찍한 계단의 나무 난간과 나무 패널을 덧댄 벽은 미국의 오래 된 저택처럼 얇은 널빤지가 아니라 진짜 나무를 붙인 것이었고 윗 부분은 둥글게 깎아 멋을 냈다.

"야, 멋진 곳이죠."

에드윈이 말하고 현관 밖을 돌아보았다.

"베니가 보안을 꽤 진지하게 따져요. 스코틀랜드에서는 킬트를 자주 볼 수 있지만 대부분 특별한 행사 때 입는 거예요. 베니에게 이건 특별한 행사인 겁니다."

에드윈이 창고를 지키는 것만큼이나 진지하다는 뜻인지 궁금했 지만 나는 그냥 고개만 끄덕였다.

"어서 와요. 이쪽이에요."

나는 긴 다리의 에드윈을 따라가느라 열심히 발걸음을 재촉했다. 위층의 벽도 나무 패널로 꾸며져 있었고, 거대한 샹들리에들이 천장에 달려 있었다.

"살코기 시장 묶음이란 게 뭐예요?"

"아, 야, 우린 스스로를 살코기 시장 묶음이라고 불러요. 우리 설립자 가운데 하나가 수십 년 전에 '살코기 시장 골'에서 살았거든요. '골'은 골목이에요."

"골에 대해서는 햄릿에게 들었어요. '묶음'은요?"

"아, 그건 '회합' 같은 거라고 생각하면 돼요."

"살코기 시장이라니, 좀 무섭네요."

"야, 도살장과 푸줏간들이 있던 곳이라서요. 썩 유쾌한 이름은 아니지만 옛날엔 실제 그랬으니까요."

나는 고개를 끄덕였고 우리는 3층에 도착했다.

"다른 사람들은요?"

"벌써 들어가 있거나 오는 중이겠죠. 이리 와요."

에드윈은 긴 복도를 느릿느릿 걸어갔다. 마음이 급한 게 분명했지만, 서두르는 것처럼 보이고 싶지 않은 듯했다. 나는 그의 뒤를 따르며 경외감은 눌러두려 노력했다. 우리는 복도 중간쯤에서 오른쪽으로 난 문 앞에 섰다.

에드윈은 문을 열기 전에 사방을 두 번이나 둘러보다가 오래된 놋쇠 손잡이를 돌려 문을 밀고 들어갔다. 내가 바로 따라 들어가자 에드윈은 재빨리, 그리고 조용히 문을 닫았다.

방은 아주 넓었고 벽은 매끄러운 나무 패널로 장식돼 있었다. 바닥은 금빛 회오리가 퍼져나간 누르스름한 대리석이었다. 서점의 바닥재보다 훨씬 비싸겠다는 생각이 들었다. 높은 창으로 녹색의 부지와 다른 건물들이 내다보였다. 방 안 공간의 절반은 푹신해 보이는 녹색 쿠션을 씌운 의자들이 놓여 있었고 양쪽 의자들 사이 통로 앞에는 연단이 마련돼 있었다. 다른 한쪽엔 간식 뷔페가 차려져 있었지만 은 접시들 위는 비어 있는 듯했다. 그쪽에도 세 명의 사람이 있었다. 그들은 작은 소리로 대화를 나누다가 우리가 들어오는 것을 보고 뚝 그쳤다. 뭐, 나를 보고 그러는 것 같았다.

"안녕, 친구들!"

에드윈이 활기차게, 그러나 너무 명랑하지는 않게 외쳤다.

"이쪽은 딜레이니. 미국 캔자스 출신이야. 따뜻하게 환영해줘."

내 고향이 이름처럼 통용될 모양이었다.

"제니는 안 보이네요."

에드윈이 내게 조용히 말하고는 세 사람 쪽으로 걸어갔다.

"하지만 다른 사람들은 모두 온 것 같군요. 모든 멤버가 온 건 아니지만 오늘 경매에 나올 물건에 관심 있는 사람은 다 왔어요."

소개는 잘됐다. 긴장감이 조금 흘렀지만 방에서 뛰쳐나가 곧장 공항으로 갈 정도는 아니었다. 내가 참석할 거라 예상한 사람은 없는 듯했지만 실랑이가 벌어지지는 않았다. 내가 '실랑이'의 의미를 제대로 파악하고 있다면 말이다. 에드윈은 나 혼자 알아서 해보라는 듯 다른 곳으로 가버렸지만 나는 상관없었다. 세 사람과 짧게나마 상대해보면 상황 파악을 하는 데 도움이 될 것 같았다.

첫 상대는 주느비에브 베그비였다. 잉글랜드 출신이었더라면, 하인들이 나오는 BBC 드라마에서 그대로 튀어나온 사람 같았을 것이다. 그러나 스코틀랜드 사람이 분명했고 방 안의 다른 사람들에 비하면 젊은, 50대 초반인 것 같았다. 음식이나 음료를 들고 근처에 가면 안 되겠다 싶은 고급스러운 옷을 입었고, 소년처럼 짧게 자른 갈색 머리가 이마 오른쪽을 살짝 덮었다. 나와 악수를 하는 동안에도 그녀의 굳게 다문 입술은 미소를 짓지 않았지만 눈빛은 조금 부드러워져서, 언젠가는 나와도 잘 지낼 수 있지 않을까 하는 희망이 싹텄다.

"제니가 에드윈과 같이 오는 줄 알았는데 당신이 와서 꽤 놀랐어요."

주느비에브가 웃는 눈으로 나를 똑바로 보며 말했다.

"제니는 따로 오는 것 같아요."

"그렇군요. 오면 좋겠네요. 제니의 상태가 나아진 것을 보면 너무 기분이 좋거든요. 에드윈이 좀 벅찬 과제를 준 것 같긴 하지만."

나를 바라보며 말하는 주느비에브의 눈에서마저 웃음기가 사라졌다. 순간 나는 눈썹을 치켜 올리고 말았다.

"네?"

"제니는 그 집안의 골칫거리에요. 집안뿐 아니라 다른 사람들에게도. 아이구야, 내가 쓸데없는 말을 하고 있네요."

그렇게 말하면서도 자책하는 기색 따위는 전혀 느껴지지 않았다. 억양도 심하지 않아서 내가 잘못 듣지는 않은 것 같았다.

"에드윈의 집안을 잘 아세요?"

"우리 집안과 수십 년 전부터 친구였답니다. 우리 부모, 조부모 모두 가까웠지요. 비록 나의 부모보다 에드윈의 부모가 상당히 나이가 많았지만요. 오래전에 양쪽 부모 모두 돌아가셨어요. 그리고 제니와 나는 대학 때 2년 가까이 집을 같이 쓰기도 했어요."

"그러다 무슨 일이 생겼나요?"

그녀의 말투에 이렇게 물을 수밖에 없었다.

"별일 없었어요."

주느비에브가 웃으며 대답했다.

분명 무슨 일이 있는 것 같았지만 내가 더 묻기도 전에 주느비에브는 양해를 구하고 가버렸다. 내가 참석하는 걸 아무도 몰랐다고 생각했는데, 어쩐지 주느비에브는 알고 있었던 것 같은 느낌이 들었다. 아니면 누구에게든 제니를 험담할 준비가 돼 있는 거였는지도. 농락당한 기분까지는 아니었지만 추문을 퍼트리는 데 나를 이용하려는 걸 수도 있겠다는 생각이 들었다. 소문 같은 걸 퍼트릴 마음은 없었지만 마음속 깊은 곳에서부터 밝혀내고 싶은 사안들의 목록이 작성되고 있었다.

갑자기 에드윈의 집안에 대해 관심이 생겼다. 유령을 만날 수 있는 곳들 먼저 찾아보고, 그의 조상들도 조사해봐야겠다. 에드윈이 거의 울먹일 뻔했던 게 기억났다. 에드윈도 제니에게 일을 맡겼다고 했는데, 주느비에브가 그 얘길 한 건가? 얼마나 대단한 과업이기에 그러지? 왜 주느비에브는 제니가 감당할 수 없을 거라고 생각하는 걸까? 그리고 왜 주느비에브는 나와 처음 인사하자마자 그 얘길 꺼낸 걸까? 나는 문 쪽을 바라보며 제니가 들어오지 않을까 기대해보았지만, 아무도 나타나지 않았다.

"안녕, 색시. 괴팍한 늙은이 무리 가운데서 혼자 광채가 나는구려. 환영합니다. 젊은 피를 받아들이는 건 좋은 일이죠."

다른 남자가 자신을 소개하며 말했다.

그의 이름은 해밀턴 고든이었다. 그 역시 장식이 많이 달린, 파란색과 노란색이 배합된 킬트를 입고 있었다. 여든은 된 듯한 주름진 대머리 노인이 그렇게 차려입으니 귀여웠다.

"저도 오게 되어 기뻐요. 제니는 오는 중일 거예요."

나도 모르게 뒷말을 덧붙이고 아차 싶었다. 모두가 나 대신 제니를 찾을 거라는 피해의식이 생긴 모양이었다.

"저런, 누가 오든지 말든지 상관없어요. 나도 제니를 한두 번 만나보았는데, 좋은 사람이더군요. 만날수록 유쾌했다고 할까."

해밀턴이 뷔페 탁자 쪽을 훑어보았다.

"아이구야, 위스키도 없는 거야? 스코틀랜드 사람들을 모아놓고 위스키 준비할 생각을 안 해? 한심하군."

"어, 몰랐네요."

내가 탁자 쪽을 바라보며 대꾸했다. 분명 위스키 병은 보이지 않았다.

"나라도 찾아봐야겠네. 실례합니다."

나는 한숨을 쉬고 아직 인사를 하지 못한 또 다른 남자에게 몸을 돌렸다. 그도 마침 에드윈과 대화를 마치고 돌아서는 참이었다. 무슨 논의를 했는지 모르지만, 온통 금색으로 차려입은 남자가 불만을 표하며 자리를 박찬 듯했다. 잘생긴 편은 아니었지만 멋져 보이려 많은 노력을 한 듯했다. 전체적인 느낌으로 보아 에드윈과 나이가 비슷한 것이 분명했지만 팽팽한 얼굴은 성형 수술 덕분이 아닐까 싶었다. 가까이에서 보니 머리에 가지런한 모발 이식 흔적이 보였다. 금색 재킷과 바지는 진짜 금실로 만든 거냐고 묻고 싶은 충동이 일었지만 입 밖으로 꺼내진 않았다.

"안녕하세요?"

내가 말했다.

"안녕하십니까."

남자가 억지로 미소를 지었다.

"딜레이니 니콜스예요."

"버크 블랙번이라고 합니다."

남자가 작게 끄덕이며 말했다.

"에든버러에 잘 왔어요, 딜레이니. 나는 당신이 '갈라진 책'에 합류하게 된 걸 알고 있었던 외부자 가운데 하나예요. 무사히 와서 기쁩니다."

"에드윈과 친하신가 봐요?"

"야."

버크가 미적지근하게 말했다.

"몇 주 전에 거래를 하나 마치고 에드윈이 말해주었죠. 당신의 전문적 의견을 들어보면 좋겠지만 그 물건은 구매를 해야겠다고 하더군요. 당신도 얘기 들었죠?"

버크가 질문을 하며 눈썹을 치켜 올렸지만 이마에 주름이 생기지는 않았다.

"저는 어…… 아직 듣지 못했네요."

"야?"

버크가 주변을 둘러보며 에드윈을 찾다가 방 저쪽에서 해밀턴과 대화하고 있는 그를 보더니 인상을 찌푸리고 다시 내게 시선을 돌렸다. 주느비에브와 마찬가지로 나에게 뭔가 말을 해주고 싶어 안달이 난 듯했다.

"극도로 귀한 책이에요."

그가 조용히 말했다.

"아, 그래요? 무슨 책인데요?"

에드윈이 들어보고 싶었다는 나의 전문적 의견이 정확히 뭔지는 모르지만 책의 가치를 말하는 거라면, 내가 직업 감정인은 아니더라도 어떻게 해서든 알아낼 수는 있었을 것이다.

"에드윈한테 물어봐요. 직접 말해주겠죠. 오늘 그 책을 볼 수 있을지는 잘 모르겠네요. 에드윈이 동생에게 맡겼는데, 기대했던 대로 잘 되지는 않을 것 같아요."

"왜 안 될 거라는 거죠? 어떤 책인지 말해주지 않을 거예요?"

"왜 안 될 건지도 에드윈에게 직접 들어야 할 거예요. 나한테는 자세히 말하지 않을 테니까. 하지만 그 책은……"

버크는 이렇게 말하며 주변을 은밀히 둘러보았다.

"윌리엄 셰익스피어의 책이에요."

"그렇군요."

나는 눈을 굴리려다가 꾹 참았다. '에이번의 시인' 이름을 입에 올리는 방식으로 보아 그는 혼자만의 비극 속 주인공 역할을 맡은

70

남자 같았다.

"셰익스피어의 첫 작품집 중 하나. 그러니까 그때 출판본이오."

"무슨 말이죠?"

"2절 초판본."

버크가 속삭였다.

땅이 흔들리는 듯했다. 진짜일까, 아니면 그냥 그럴 가능성이 있다는 걸까. 에드윈이 버크에게서 진짜 셰익스피어의 2절판 초판본을 구매했을 리 없다. 불가능한 일이었다. 1600년대 초에 발간된 그 판본은 200권가량만 남아 있고, 박물관을 비롯한 소재가 모두 밝혀져 있다. 나도 워싱턴 D.C의 폴저 셰익스피어 도서관을 방문해서 그곳에 보관된 20여 권 중에 한 권이라도 직접 보는 게 소원이었다. 만약 버크의 말이 사실이라면 최근에 누군가의 다락방에서 그 책이 발견되었다는 뉴스가 나온 적이 있던가? 그런 뉴스가 있었다고 해도 믿을 수 있을까?

2절 초판본은 그냥 책이 아니었다. 역사적 유산이었다. 나는 버크가 가버렸는 줄도 모르고 믿을 수 없는 소리에 망연자실해서 그 책이 새로 발견되었을 가능성, 그 파급 효과를 따져보느라 머리를 정신없이 굴렸다.

그때 천천히 문이 열렸다. 나는 정신을 차리고 그쪽을 보았다. 방 안의 다른 사람들도 모두 고개를 돌렸다. 제니가 들어오는 게 아닐까 싶었다. 나는 에드윈이 막대한 가치의 물건을 믿고 맡겼다는 동생을 어서 빨리 만나보고 싶었다.

하지만 제니가 아니었다. 문으로 들어온 남자는 제니와 마찬가지로 50대쯤 되어 보였다. 외모에서 가장 눈에 띄는 부분은 잘생긴 얼굴이 아니었다. 나만큼이나 붉은 머리, 산뜻한 턱시도, 손에 쥔 지팡이도 아니었다. 그의 외모에서 가장 두드러져 보이는 부분은 검게 멍든 눈이었다. 남자는 고개를 끄덕여 다른 사람들에게 인사한 뒤 재빨리 앞으로 가 등을 보이며 푹신한 녹색 의자에 앉았다.

"먼로 로스예요."

에드윈이 내 옆으로 다가왔다.

"제니와 같이 오지 않을까 했는데."

"둘이 친구예요?"

"꼭 그렇진 않습니다. 한때 연인이었어요. 하지만 오래전 일이라…… 나는 둘이 다시 친구가 되었으면 좋겠다고 생각했지요. 실은 아직도 희망을 품고 있습니다. 먼로는 제니가 편안함을 느끼는 몇 안 되는 사람 중 하나거든요."

"눈은 왜 저래요?"

에드윈은 어깨를 으쓱했다.

"한동안은 눈이 멍든 걸 못 봤는데. 아마도 옛날 습관이 돌아온 모양이군요. 펍에서 상당히 많은 시간을 보내곤 했거든요. 하지만 지금은 사람이 많은 곳을 불편해한답니다. 힘든 시기를 보내고 있지요. 그래서 저렇게 빨리 자리에 가서 앉은 겁니다. 당신에 대해서는 몰라요, 딜레이니. 어쩌면 둘이 친구가 될 수 있을지도 모르겠군요."

에드윈이 자신의 말만 하고 또다시 어디론가 재빨리 가버려 먼로에 대해서든, 2절판에 대해서든 질문할 기회가 없었다. 아직도 동생이 나타나지 않아 낙담한 것 같았지만 왜 오지 않는지 정확한 이유는 알 수 없었다. 중독 때문일까, 아니면 어제 싸워서일까? 그 밖의 다른 이유일 수도 있을까?

어쨌든 에드윈의 지시 사항은 똑똑히 알아들었다. 먼로와 친해져라. 주느비에브는 내 쪽으로 추문을 투척하고 싶어 했고, 버크는 에드윈이 나에게 2절판에 대해 말하지 않았다는 걸 알면서 일부러 정보를 제공한 듯했다. 이런 게 스코틀랜드 방식인가? 아니면 내가 정보를 여기서 저기로 옮기는 통로 역할로 이용되고 있는 걸까? 그렇다면 어디로 옮기라는 뜻일까? 큰 상관은 없었다. 맡게 된 업무가 대체 뭔지는 몰라도 갑자기 험담꾼으로 돌변할 생각은 없었다. 게다가 나는 상사를 배신하게 될지도 모르는 역할 같은 걸 신나서 떠맡을 사람도 아니었다. 어쨌든 먼로와는 쉽게 친해질 수 있을 것 같았다.

그때 베니가 문을 열고 들어왔다. 문을 거의 쾅 닫다시피 해서 커다란 방 안에 소리가 울렸다.

"자, 이제 쇼를 시작할 시간입니다."

베니가 말하며 뒷짐을 지자 모두 자기 자리를 찾아가는 듯했다. 나는 먼로의 옆자리에 앉으면 어떨까 싶었다. 내향적인 사람의 심기를 너무 건드리지 않도록 의자 두 개는 떨어져 앉았다. 나는 먼로 쪽으로 미소를 지어 보였지만 그는 내 소개를 하기도 전에 고개를 돌려버렸다.

버크가 연단 위의 의사봉을 두드렸다.

"첫 안건입니다."

그는 그동안 보이지 않았던 마이크에 대고 말했다.

"새 멤버를 받아들일지 토론을 해야겠죠."

놀란 티를 내지 않으려 노력하고 있는데, 에드윈이 바로 옆자리에 앉았다.

"잘 처리할 수 있어요, 딜레이니. 걱정 말아요."

에드윈이 조용히 말했고, 나 역시 그렇게 되길 빌었다.

여섯

에드윈의 말이 맞았다. 걱정할 일은 전혀 없었다. 투표가 진행된 것도 아니고 제대로 된 토론도 없었다. 해밀턴이 위스키를 찾았는지 늘어지는 발음으로 이곳의 모든 멤버는 자신이 신뢰하는 사람을 경매에 데려올 자유가 있다고 말했고, 더 이상의 질문은 나오지 않았다.

살코기 시장 묶음 경매의 일원으로 나를 받아들이는 데 이의를 제기하는 사람은 없었다. 심지어 토론이 필요한 것처럼 안건을 냈던 버크마저 별로 신경 쓰지 않는 듯했다. 쉬웠다. 그때 나에겐 다른 생각할 거리가 많아서 이 낯선 사람들 속에 아무 탈 없이 미끄러져 들어간 게 별일 아닌 것처럼 느껴졌다.

잠시 후, 버크가 연단 옆으로 몸을 숙이더니 붉은 천에 덮인 커다란 물건을 들어 이젤 위에 놓았다. 그러고는 다시 마이크에 대고 말했다.

"원본이에요. 내가 확인했습니다. 제임스 태녹의 것이에요."

버크가 천을 벗기자 군턱이 붙은 남자의 초상화가 모습을 드러냈다. 인물은 나이가 들고 코가 컸다. 머리는 짧게 이발해 단정하게 빗어 내렸으며 끝이 다소 들쭉날쭉했지만 대체로 턱까지 오는 길이였다. 처음 보는 그림이었고, 그림 속 인물도 알지 못했지만 화가 이름은 어쩐지 들어본 것 같았다. 이 방 안에서 그 그림에 대해 모르는 사람은 나뿐인 듯, 사방에서 오오, 아아 하며 웅성거리는 소리가 일어났다.

"화가 태녹은 1700년대 후반에 태어났다고 합니다. 자라서 런던으로 이주했고, 원래 페인트공이었는데 어, 내가 기억하기로는 구두 제조공이기도 했어요. 아주 성공한 인물이죠."

에드윈이 나에게 조용히 일러주었다.

"그림 속 남자는요?"

내가 물었다.

"나도 확실히는 모르겠네요."

에드윈이 내게 작게 말한 뒤 손을 들었다.

버크가 말했다.

"에드윈."

"차머스인가?"

"그래요."

에드윈이 나에게 다시 몸을 숙였다.

"스코틀랜드 정치 저술가이자 골동품 수집가인 조지 차머스네요. 기억에 남게 생겼죠. 몸무게도 꽤 나가고 통방울 같은 눈

76

에……."

에드윈이 문득 다른 생각이 난 듯 말을 잇지 못했다.

내가 물었다.

"왜 그래요?"

"아닙니다."

나는 에드윈을 쳐다보며 옆구리라도 찔러서 말을 잇게 만들고 싶은 충동을 느꼈으나 자제했다.

"버크, 초상화를 어디서 구했나요?"

주느비에브가 물었다.

"런던의 사촌에게서요."

버크의 대답에 에드윈, 주느비에브, 해밀턴이 클클 웃었다.

에드윈이 나에게 말했다.

"저건, 말해줄 수 없다는 뜻이에요."

"베니가 지켜보고 있다고는 하지만, 다들 저런 물건들이 합법적 으로 획득된 거라고 그냥 믿는 거예요?"

"야, 우린 믿고 받아들여요. 그리고 우리가 저런 걸 구하는 건, 다 나름의 연줄이 있기 때문이에요. 시간이 지나면 차차 알려줄게 요."

"알겠습니다."

전부 이해할 수는 없어도 시간이 지나면 에드윈이 왜 저렇게 말 하는지 정확히 파악하게 될 것 같았다.

"잠깐만요. 버크에게 물어볼 것이 있는데 다른 사람에게 다 들리게 할 수 없어서요. 바로 돌아올 테니 딜레이니는 여기에 있어요."

에드윈이 일어나서 연단으로 나갔다. 해밀턴도 벌써 앞으로 나
가 커다란 돋보기로 초상화를 살피고 있었다.

먼로는 자리에 앉아서 여전히 나에게 등을 돌리다시피 하고 있
었다. 나는 먼로를 넘겨다보며 수줍게 미소를 지어 보였다. 꼬리
치는 것처럼 보이지는 않았으면 하는 마음으로. 먼로가 목을 빼고
나를 돌아보았다. 가까이서 보니 멍든 눈은 훨씬 다채로운 색을 띠
고 있었다. 먼로는 금세 고개를 돌렸다.

내가 입을 열었다.

"실례합니다."

먼로가 놀란 눈을 하고 다시 고개를 돌렸다.

나는 내 눈을 가리키며 말했다.

"아파 보이네요."

"별로."

먼로가 어깨를 움츠렸지만 이번에는 외면하지 않았다.

"먼로 씨 맞죠?"

"야."

"난 딜레이니예요."

나는 손을 내밀지는 않았다. 그러다가 먼로가 심장마비라도 일
으키면 안 되니까.

"나도 들은 것 같군요."

먼로가 연단 쪽으로 고갯짓을 했다.

"그래요. 궁금해서요, 먼로. 무슨 일을 하시는 분인지 물어봐도

될까요? 내가 물어봐도 되는지 에드윈에게 미처 물어보지 못했지만 말이에요."

좀 전까지는 그렇게 보이지 않았을지 몰라도 이제는 꼬리 치는 것처럼 보일 것이 분명했다. 꼭 그럴 생각은 아니었지만 나는 외국인이니 무례해도 양해가 될 것 같았다. 내가 농부 아버지와 어머니 슬하에서 예절 교육을 아주 잘 받았다는 걸 먼로가 알 필요는 없으니까.

먼로는 불쾌감을 숨기지 않았다. 다리를 풀었다 다시 꼬며 믿을 수 없다는 표정을 지었는데, 멍든 눈 때문에 그렇게 보였는지도 몰랐다.

나는 상냥한 미소를 잃지 않으려 노력했다.

"이런 질문이 딱히 잘못된 건 아닐 것 같아서요……."

나는 아예 먼로 쪽으로 몸을 돌렸다.

"안 그래요? 그래서, 무슨 일을 하시나요?"

"금융 일을 합니다. 사람들의 돈 문제를 도와주죠."

먼로가 잠시 망설인 후에 대답했다.

"일을 참 잘하실 것 같아요."

"글쎄요."

"공부는 어디서 했어요? 물론 나는 캔자스 대학을 다녔기 때문에 여기 대학들은 잘 몰라요."

엄청난 거짓말이었다. 나는 이곳의 대학들에 대해 어느 정도 알고 있었다. 스코틀랜드로 이사 오기 전에 따로 조사를 한 건 아니지만 적어도 몇몇 대학에 대해서는 많이 들어보았다. 바보 미국인

흉내를 내고 싶진 않았지만, 에드윈이 원하는 대로 이 남자와 친해지는 데 도움이 된다면 기꺼이 그럴 수 있었다. 분명 나중에 만회의 기회가 있으리라. 나는 어려운 과제를 즐기는 사람이었다.

"에든버러 대학이오."

먼로가 말했다.

"아!" 하고서 나는 지켜보고 있는 사람이 없는지 주변을 둘러보았다. 아무도 없었다. 내가 몸을 조금 가까이하자 먼로도 몸을 약간 기울였다. 큰 성과였다.

"에드윈의 동생인 제니도 그곳을 다녔죠?"

제니가 어느 대학에 다녔는지 들은 바는 없지만 둘이 사귀었다니 그렇게 추리해볼 수 있었다.

"그랬죠. 제니랑 나는 학교를 같이 다닌 친구였어요."

먼로는 대답을 한 뒤 다시 몸을 조금 뒤로 뺐지만 내가 그를 놓친 것 같진 않았다.

"오늘 여기 오기로 한 것 같은데. 에드윈이 기다렸거든요."

먼로가 미간을 좁혔다.

그는 "나는 몰랐네요" 하고 말하고는 침을 삼키며 코를 문질렀다. 고개도 살짝 돌렸다.

"둘이 아직 좋은 친구죠?"

내가 물었다.

"아뇨. 별로 그렇지 않습니다."

먼로가 얼른 대답했다.

"유감이네요. 우정이 끝났다는 건 슬픈 일이에요."

먼로는 고개를 끄덕였지만 나를 보지는 않았다.

"훈장은 어쩌다 얻었어요?"

"뭐라고요?"

"멍든 눈이요."

"문에 부딪쳤어요."

"술집에서 한바탕 싸운 건 아니고요? 그러니까 '펍'에서요."

어설픈 변명에 내가 웃으며 말했다.

"이번에는 아닙니다."

먼로가 나를 보고 멋쩍게 미소 지었다.

먼로 로스라는 남자, 마음에 들 것 같았다. 언젠가는 그가 나를 밀어내지 않게 되길 바랐다. 더 대화를 이어가려는데, 앞쪽에서 베니가 초상화를 들어 보였다. 아무래도 수줍고 광장공포증이 있어 보이는 먼로가 볼 수 있게 해주려는 듯했다.

초상화 속 인물은 전형적인 의미에서 잘생긴 남자는 아니었지만 흥미로운 모습이었다. 차머스의 눈빛에서 유머와 지성을 포착한 화가의 능력을 인정하지 않을 수 없었다. 초상화는 경이로운 상태였다. 내가 붓질에 대한 전문가는 아니지만 의문의 여지없이 아름다운, 다른 시대에서 온 작품이었다.

먼로가 다 살펴봤다고 생각했는지 베니는 초상화를 다시 이젤에 올려놓았다.

나는 일 초도 낭비하지 않았다.

"언제 살코기 시장 멤버가 되셨어요?"

"실례할게요."

면로는 자리에서 일어나 방 뒤쪽으로 가 벽 가까이에 멈춰 섰다. 그는 지팡이로 다리 한쪽을 지탱하는 것 같았다.

나는 의자에서 돌아앉아 그를 지켜보았지만 그가 돌아올 생각이 없다는 걸 깨닫고 다시 앞을 보고 앉았다. 나는 그를 놓쳤다. 내가 뭔가 잘못한 건지, 면로가 그냥 그렇게 대화를 끝낸 건지 알 수 없었다. 만일 내가 쫓아가면 그는 아예 방을 나가버릴 것 같았다.

나는 면로의 황급한 탈출에 너무 기분이 상하지 않으려 노력하며 나보다는 그의 문제 때문일 거라 생각했다. 하지만 거부당한 기분을 아예 느끼지 않을 수는 없었다.

에드윈이 다시 돌아와 앉았다. 내가 그에게 초상화에 관심이 있는지, 나도 살펴보길 원하는지 물었지만 그는 관심이 없다며 입찰하지 않겠다고 했다. 에드윈은 모습을 드러내지 않은 동생의 행방에 정신이 팔려 있는 듯했고, 나도 경매 물건에 대해 건의할 준비가 되어 있지 않았다.

지금은 그저 경매를 지켜보며 에드윈에게 질문이나 하는 수밖에 없었다. 버크는 내가 지금까지 본 여느 경매사 못지않게 능숙한 진행 솜씨를 선보였다. 스코틀랜드 억양이 더해지니 훨씬 그럴듯해 보였다. 억양이 심하진 않았지만 말이 빨라지기 시작하자 알아듣기에 좀 벅찼다.

초상화는 주느비에브가 낙찰 받았다. 그는 베니의 도움을 받아 물건을 가지고 나갔다. 낙찰가는 5만 파운드에 달했다. 내가 잘못 들은 것은 아닐까 의심했지만, 에드윈이 잘못 들은 것이 아니라고 확인시켜주었다. 5만 파운드는 8만 달러에 가까웠다. 그런데 계좌

이체나 수표 발행 현장을 목격하지는 못했다.

"지불은 어떻게 해요?"

다른 사람들의 뒤를 따라 웅장한 복도와 계단을 내려가면서 에드윈에게 조용히 물었다.

"모두 전자 이체죠. 우리 쪽에서는 로지가 모든 돈을 처리해요."

밖으로 나가니 주느비에브가 차 앞에 서 있었다. 눈이 마주쳐서 미소를 지었지만 그녀는 그저 고개를 끄덕하고 버크를 보았다. 버크는 고개를 숙이고 휴대 전화로 뭔가를 보고 있었다. 주느비에브가 나에게 무언가 말을 하려는 것 같았지만 그냥 나 혼자만의 생각인지도 몰랐다. 내가 눈썹을 치켜 올리거나 어깨를 으쓱하기도 전에 주느비에브가 빨간 스포츠카에 탔고, 시동을 켜고 바로 출발했다. 먼로와 해밀턴도 그 뒤를 따랐다.

베니는 어딘가에 숨겨두었던 자동차들을 재빨리 현관문 앞에 줄줄이 세웠다. 운전자들에게 차 키를 건네주기만 할 뿐 작별 인사 같은 것은 딱히 나누지 않았다. 만나서 반가웠다고 인사하는 나에게도 콧바람만 내뿜었다.

그렇게 쉽게 모임에 받아들여졌지만 동료애를 느낄 겨를은 없었다. 물론 아직은 이르니까. 다른 사람들도 내게 따뜻한 손을 내밀 준비가 되지 않았을 것이다. 내 기대가 너무 크고 빨랐나 보다. 그래도 다음 모임 때는 더 나아지겠지. 나는 그렇게 생각했다.

일곱

궁금했던 것들을 다 물어보진 못했지만 답은 하나 얻었다.

"동생이 걱정되네요. 딜레이니를 서점에 내려주고 나는 동생을 찾아보러 가야겠어요."

"나도 같이 가길 원하세요?"

"그렇지 않아요. 대신에 로지에게 부탁해서 창고를 보여달라고 하세요. 그 안에 든 걸 봐야 경매에 대해 더 잘 이해할 수 있을 테 니까요."

"그거 잘됐네요. 그런데 에드윈, 뭐 좀 물어봐도 돼요?"

"야."

에드윈이 퉁명스레 대답했다.

"버크에게서 정말 2절 초판본을 샀나요?"

"그래요."

그게 다인가? 그랬다고?

"대체…… 난 이해가…… 그것들은…….”

나는 심호흡을 했다

"2절 초판본은 값을 매길 수 있는 게 아니잖아요. 아직 남아 있는 대부분은 소재가 알려져 있고요. 설령 남아 있는 게 있다고 해도 그냥 우연히 길 가다 발견될 만한 건 아니죠. 그동안 버크가 가지고 있었던 거예요? 어떻게요? 왜 더 안전한 곳에, 도서관이나 박물관 수장고처럼 안전한 시설에 보관돼 있지 않았던 거죠?”

"어떻게 발견한 건지는 버크에게 들었어요. 그 말을 믿지는 않지만 런던의 사촌보다는 그럴듯한 스토리예요. 언젠가는 버크가 딜레이니에게도 들려주게 할게요.”

"어차피 안 믿는다면서요. 그럼 어디서 구했을까요? 그리고 에드윈은 그게 진짜일 거라고 생각하는 거예요?”

"조사해보니 도둑맞거나 잃어버리거나 손상된 판본은 없었어요. 그러니 어디서 구했는지는 모르죠. 진짜라고 생각은 했지만 당신이 확인해주었더라면 더 좋았을 겁니다.”

"그걸 창고에 두었나요?”

나는 2절판이 조금이라도 안전한 곳에 보관되어 있으리라는 가망 없는 희망을 품어보았다. 도서관이나 박물관이나 은행의 금고가 아니라면 적어도 서점의 붉은 문 뒤에 있기를 바랐다.

"아뇨, 제니에게 맡겼어요.”

"제니는 어디에 두었나요?”

"어떻게 했는지는 모릅니다. 어제 그래서 다퉜어요. 뭐, 다툼의 일부였지요. 다른 문제로 시작된 언쟁이 2절판을 숨긴 곳에 대해

서로 옮겨갔습니다."

"아, 맙소사."

졸도하기 직전이었다. 통곡이라도 하고 싶은 심정이었다.

"딜레이니가 어떻게 생각하는지 압니다. 내가 멍청하고 경솔했는지도 몰라요. 하지만 과거에 나와 동생의 관계가 어땠는지 안다면, 나는 그저 오래전에 망가져버린 어떤 것을 재건하고자 노력했을 뿐이라는 걸 당신도 이해했을 거예요. 그것을 동생에게 맡김으로써 동생을 내 삶의 일부로 받아들이고자 하는 진심을 보여주고 싶었어요. 동생이 끔찍한 과거를 극복했다는 걸 믿는다고 말해주고 싶었죠. 하지만 잘못된 방법이었을지도 모른다는 걸 인정해야겠네요. 영원히 후회하게 될 선택이었을지도 모르겠어요. 설령 2절판을 되찾아 가족 관계를 회복시킬 수 있게 된다고 해도요."

에드윈이 나에게, 누군가에게 이런 해명을 할 필요는 없었다. 그럼에도 굳이 열심히 설명해주는 것이 고마웠다. 그의 말이 옳았다. 나는 그의 가족사를 알지 못하니까. 어쨌든 에드윈이 엄청나게 잘못된 판단을 내린 건 분명했다. 하지만 내가 굳이 지적할 필요는 없어 보였다. 혼자서도 충분히 자책하고 있는 것처럼 보였으니까.

"로지와 햄릿도 알아요?"

"내가 제니에게 2절판을 주었다는 건 알지요. 하지만 제니가 어디다 두었는지 말하지 않았다는 건 몰라요. 딜레이니도 그 부분은 말하지 않았으면 합니다. 내가 내일 직접 설명할게요."

"물론이죠. 뭘 도와드리면 될지 말씀만 하세요."

"그러죠."

2절판의 진짜 존재 여부와 현재의 행방에 대해 내가 더 이상 고민해보았자 누구에게도 도움이 되지 않을 터였다. 경매를 보아 하니 앞으로도 많은 경외감을 불러일으킬 물건들로 가득한 세계에 내가 들어선 모양이었다. 익숙해져야 할 필요가 있었다.

서점으로 돌아가는 얼마 되지 않는 시간 동안 에드윈도, 나도 각자 깊은 생각에 빠져 말을 꺼내지 않았다. 내가 에드윈을 도울 방법이 있는 것 같지도 않으니 서점에서, 아마도 창고에서 일을 시작하는 게 모두에게 도움이 될 것이다.

에드윈이 길가에 차를 세웠고, 나는 에드윈이 또 문을 열어주려 하기 전에 서둘러 차 밖으로 나왔다. 떠나가는 차를 향해 손을 흔들었지만 에드윈은 보지 못했을 것 같았다.

서점으로 들어서자 문에 달린 종이 울렸다.

"딜레이니! 첫 경매에 참석한 기분이 어때요?"

여전히 계산대에 앉아 있던 로지가 외쳤다.

"좋았어요. 입찰은 하지 않았지만 일이 어떻게 돌아가는지 많이 파악했어요."

"그거 잘됐네요. 제니는?"

"제니는 오지 않았어요."

나는 계산대로 가서 헥터의 머리를 쓰다듬었다.

미소 짓던 로지의 얼굴이 일그러졌다.

"저런, 에드윈이 실망했겠네. 그래도 도움이……."

"어떤 도움이요?"

"앗, 아무것도 아네요."

로지가 내 눈치를 보다가 자신의 귀와 턱을 긁었다.

"무슨 일이에요, 로지?"

"아무 일도 아니라니까, 색시. 신경 쓰지 말아요."

"에드윈이 로지에게 부탁해서 창고에 들어가보래요. 별일 없으면요. 일하는 데 방해되면 안 되니까."

"무슨 방해! 신나는걸."

로지가 헥터를 안아 올려 옆구리에 끼웠다.

"햄릿은요?"

"오늘은 퇴근했지. 여기선 시간제로 일하니까. 그 애는 배우이기도 하고 대학생이기도 하답니다. 오늘은 수업이 있는 것 같던데. 그 총각 스케줄은 복잡해서 난 잘 몰라요."

"바쁜가 보네요."

"그래 보이더라고요."

우리는 다시 계단을 따라 발코니로 올라가 다른 쪽으로('밝은 쪽에서 어두운 쪽으로'라는 생각을 떠올리지 않으려 애썼지만 소용없었다) 넘어갔다. 그리고 내려가 어두침침한 복도로 들어섰다. 로지는 위층 사무실들은 쳐다보지도 않고 알전구의 스위치를 켰다.

붉은 문에 도착하자 투탕카멘 왕의 무덤 앞에서 탐험가들이 느꼈을 법한 기분이 들었다. 기대와 염려가 혼합된 흥분이었다. 이러다 실망하면 어쩌나 조용히 안절부절못하고 있는 동안 로지가 묵직한 열쇠 꾸러미를 주머니에서 꺼내 맞는 열쇠를 찾았다. 구식 소용돌이 문양의 커다란 청록색 열쇠였다.

로지가 재빨리 열쇠를 넣고 왼쪽으로 세 차례 돌리자 자물쇠가 스륵, 딸깍 소리를 내며 열렸다. 커다란 소리가 보통 구석의 문이 아닌 복잡한 장치에서 나는 소리 같았다. 문을 밀고 들어가 벽의 스위치를 켰다. 딱, 소리와 함께 방이 밝아졌다.

"색시 이력을 듣자 하니, 여길 보면 좀 고향 같은 기분이 들지 않을까 싶네요."

나는 로지를 따라 안으로 들어갔다. 수만 번쯤 눈을 깜빡여 주변을 둘러보면서 방 안의 모든 물건들을, 혹은 다만 몇 가지라도 파악하려 애썼다. 너무 많은 것이 있었다.

창고는 크지 않았지만 건물 뒤편을 전부 차지하는 높이였다. 이쪽에는 2층이 없었고 높이 달린 두 개의 아주 작은 창문이 방 안에 한 줄기 자연광을 비추고 있었다. 나머지 빛은 천장에 달린 샹들리에와 비슷한 세 개의 황동 조명에서 나왔다. 좀 침침하긴 했지만 그럭저럭 방 전체를 비추고 있었다. 정확히 말하면 방 안 선반들에 놓인 모든 물건을 말이다.

방 가운데에는 낡고 커다란 나무 책상이 하나 놓여 있었고, 그 옆에는 현대적 작업대 위에 조명판이 달려 있었다. 내가 위치타의 박물관에서 쓰던 것과 같았다. 작업대 위는 깨끗이 정리되어 있었지만 책상 위에는 몇 묶음의 서류들이 흩어져 있었다.

벽에는 검은색 철제 선반들이 쭉 설치되어 있었다. 한쪽 벽 선반에는 책이, 너무 많은 책이 있었다. 서점에 나가 있는 책들보다 더 마구잡이로 쌓여 있었다. 책들이 바로잡아달라고, 정돈해달라고 비명을 지르며 애원했지만 나는 마음을 굳게 먹고 외면했다. 지금은 때가 아니었다. 곧 해결해줄게. 다른 선반들도 꽉 차 있었지만,

책은 아니었다. 우선 골동품 진공관 라디오, 금색 파라오 머리(투탕카멘 왕의 무덤에서 나온 것과 똑같은 모양이어서 좀 전의 내 느낌이 적절했다는 걸 알 수 있었다), 장식 거울, 금장 보석 상자 등이 보였다. 선반 하나는 중세 무기들로만 채워져 있었고, 유리병들에는 대부분 액체나 가루가 담겨 있었다. 너무나 많고 많은 물건들. 박물관 보관소나 저장고보다도 많아 보였다. 아니면 모든 것이 완전히 뒤죽박죽이어서 그렇게 보이는지도 몰랐다. 세심하게 정돈된 박물관 저장고 선반의 풍경과는 전혀 다른 모습이 펼쳐져 있었다.

"이해가 안 가네요."

내가 말했다.

나는 초상화 경매와 이 방의 수집품들 사이에서 혼란스러움을 느꼈다. 여기가 '서점'이라고 생각했던 건 나의 착각인가? 아니다. 가게 앞의 간판에는 분명 '책 공급처'라고 적혀 있었다. '박물관'이라거나 '세상 온갖 물건의 공급처'라는 말은 없었다.

"에드윈의 수집품이에요. 책을 제일 좋아하지만 다른 것들도 많이 좋아하죠. 오래되고 가치 있는 것들 말이에요. 여기에 일부 보관하고 어딘가에 팔거나 교환하는 용도로 사용해요."

"그래도 이해가 안 가네요."

내가 다시 말했다.

"나는 이것들을 정리하거나 파악하거나 분류하거나 복원하거나 에드윈을 도와서 팔면 되는 거예요?"

"야."

로지가 고개를 끄덕였다.

"박물관 같은 데서 일하는, 도와주는 사람이 있나요?"

"아뇨, 이건 다 에드윈 거예요. 전시할 물건들이 아니죠. 에드윈도 이곳에 박물관 수준의 물건이 있다는 걸 알아요. 그래서 당신을 부른 거예요."

나는 다시 한 번 주위를 둘러보면서 2절판에 대한 에드윈의 경솔한 판단을 떠올렸다. 제니가 보관 장소를 알려주지 않고 있다는 길 로지에게 말할 순 없었지만, 왜 그렇게 귀중한 물건을 쉽게 맡겼는지 조금 알 것도 같았다. 아주 약간이지만 이해가 가기 시작했다. 난장판이긴 해도 에드윈이 이 수집품들을 아끼지 않는다고 볼 순 없었다. 이건 다른 문제였다. 얼마 안 되는 시간 동안 파악된 정황으로 내가 내린 결론은, 에드윈이 허술한 부자라는 것이었다. 돈이 너무 많아서 원하는 것이 있으면 수표책을 꺼내거나 로지에게 전화를 걸어 전자 이체를 시킴으로써 보관 장소를 바꿀 수 있는 그런 유형의 인물이었다. 그렇다고 해도, 2절판은 찾기 쉬운 물건이 아니었다. 중세 무기들도 마찬가지였다.

"에드윈이 이런 것들을 좋아한다고요?"

내 물음에 로지가 한숨을 쉬었다.

"야, 사랑하죠. 정말로. 근데 문제죠. 모으는 것은 잘하는데 정리를 못하니. 자기 자신에게 화가 날 거예요. 자기 보물들을 방치하고 있으니까요. 그래서 딜레이니를 고용한 거예요. 에드윈은 정말 선하고 좋은 사람이에요. 어려운 처지의 사람들을 먹이고 입히는 일도 하지만 당신에겐 말하지 않겠죠. 똑똑한 사람이지만 어떨 땐 좀 똘맹해요."

"똘맹이요?"

"뭐라고 해야 하지? 정신머리가 없다? 그 말은 알죠?"

"허당 교수 타입처럼요?"

"그럴 수도 있겠네요. 게다가 뼛속까지 착하니 문제가 생기죠. 종종 구해주느라 애를 써요."

"로지가요? 어떻게요?"

"대단한 건 아니에요."

그때 갑자기 머릿속에 구인 광고 문구가 떠올랐다.

"저 책상도 왕과 왕비 들이 쓰던 거예요?"

"야! 윌리엄 2세의 궁전에서 나온 거예요."

"1600년대 후반 거라고요? 정말?"

"야."

정말 왕과 왕비가 쓰던 책상이라니!

더구나 17세기!

순간 몸이 비틀거리는 게 느껴졌다.

"좀 앉아야겠어요."

나는 중얼거리며 값비싸 보이지 않는 현대적 책상의 의자 쪽으로 똑바로 걸어가면서, 말도 안 되게 가치 있는, 그러면서도 먼지는 닦아내야 하지 않을까 싶은 책상은 최대한 건드리지 않으려 노력했다.

"딜레이니, 괜찮아요?"

로지가 따라오며 물었다.

헥터가 낑낑거리며 잠시 높은 소리로 짖었다. 나는 로지에게 멈추라고 소리치고 싶은 충동을 느꼈다. 내가 제대로 된 보호 조치를 취하거나 적어도 책상 위 물건 더미라도 치우기 전까지는 아무도 가까이 오지 말라고 말이다.

하지만 그런 충동은 갑자기 치밀었던 것만큼이나 금세 사라졌다. 나는 과민 반응을 보이고 있었다. 하루 동안 너무 많은 일을 한꺼번에 겪었기 때문일 것이다. 게다가 지구 반대편으로 와서 인생이 뒤바뀐 상황이 아닌가. 스트레스를 주는 사건 순위에서 이사가 1위 아니던가? 다른 나라로 이사하는 건 분명 순위가 더 높을 것이다.

가만히 생각해보면 지금 일어나고 있는 일들이, 이성이 마비되고 넋이 나갈 정도의 통제 불능은 아니었다. 웃음이 나왔다. 나에게 세상 모든 물건을 돌보고 보존할 책임이 주어진 것도 아니고, 내가 '오래된 귀중한 물건을 지키고 나쁜 사람들을 신고하겠습니다' 하고 서약한 것도 아니었다. 이 물건들은 타인의 개인 소유물이다. 박물관에서 일했던 나도 에드윈의 창고만큼 놀라운 물건이 가득한 곳에 들어와 본 적은 처음이었다. 위치타에서 같이 일했던 사람들도 다 그렇지 않을까 싶었다.

책들의 신경 쓰이는 상태도 당분간은 무시할 수 있었다. 시간이 날 때 상대해줘도 늦지 않을 것이다. 이 순간 전까지는, 적어도 내가 이 자리를 수락하기 전까지는 내 책임이 아니었던 물건들이다. 그리고 지금도 내가 어디까지 책임져야 하는지 분명하지 않다. 나는 모험을 원했고, 바로 눈앞에 모험이 펼쳐졌다. 음흉하게 레인코트를 뒤집어쓰고 있다가 자신을 불쑥 드러낸 모험 앞에서, 나는 당황하고 말았다.

"괜찮아요. 여독이 쌓여서인지 잠시 어지러워서 그랬어요."

나는 책상으로 더 가까이 다가가 팔꿈치를 짚고 기대려 했지만 안타깝게도 거리가 충분히 좁혀지지 않은 상태였다. 헛방을 짚을 뻔했지만 다행히 얼른 균형을 잡았다. 그리고 책상을 손바닥으로 툭툭, 치며 로지를 안심시키기 위해 미소를 지었다.

"다행이네."

로지가 미심쩍은 표정으로 말했다.

"나도 딜레이니가 뭘 해야 할지 전부 아는 건 아니지만 여기가 딜레이니의 사무실이 될 거예요. 책상도 쓰고 작업대도 써요. 영광일 거예요. 에드윈과 오래전에 죽은 스코틀랜드 왕족들을 제외하곤 이 책상에서 일하게 된 첫 번째 사람이거든요."

"멋져요."

내가 얼어붙은 미소로 대답했다.

"자……."

로지가 주변을 둘러보며 웃었다.

"뭘 하라고 해야 할지 알 수가 없네. 혼자 둘러보면서 알아봐도 좋겠네요. 아니면 서점에서……."

그때 멀리서 종소리가 들렸다.

"따로 도와드릴 일이 있는 게 아니면, 일단 잠시 둘러볼게요."

내가 말했다.

로지는 헥터를 데리고 서둘러 서점으로 가다가 다시 돌아와 열쇠를 건넸다.

"절대, 절대, 문을 안 잠그고 나가면 안 돼요. 잠깐 화장실 갈 때도 잠가요. 문을 나서는 순간에는 반드시."

"물론이죠."

나는 열쇠를 받아 들었다. 묵직하고 따뜻했다.

"나오고 싶으면 언제든 서점 쪽으로 와요."

로지의 발소리가 서점 쪽으로 멀어지고 곧 대화하는 목소리들이 들렸다.

나는 의자를 돌려 다시 선반들을 둘러보았다.

"한 번에 한 걸음씩 가자."

한숨이 나왔다. 나는 마음을 다잡고 책들의 벽 앞에 섰다. 불안해하는 책벌레들의 목소리가 들렸다.

나는 이렇게 외쳤다.

"다 덤벼!"

여덟

선반 하나의 책을 모두 바로잡았다. 책들을 점검하고 그들의 특성에 귀를 기울이고, 이해하기 어렵지 않아서 서점 전체의 체계로도 사용할 수 있는, 일정한 순서를 부여하는 게 쉽지는 않았다. 디포나 브론테처럼 익숙한 저자들을 만나면 책 속 인물들의 말이 머릿속에 들어오게 놔두었다. 처음 들어보는 저자들도 있었다. 새로운 목소리들을 읽고 파악하는 데 많은 시간을 썼다.

스코틀랜드 작가 데이비드 린지에 대해서는 들어본 적이 있었다. 그 이름은 메리 셸리의 친구인 메리 도스라는 여성 작가의 가명이었다. 선반에서 데이비드 린지의 『귀신들린 여자』라는 책을 발견하고, 성의 철자가 다르다는 생각은 못 한 채 아무 데나 펼쳐 읽기 시작했다. 맥락은 알 수 없었지만 한 인물이 다음과 같이 말하고 있었다.

'왜 결혼한 여자는 기생충이 돼야 해?'

나는 즉시 책을 닫았지만 그 말은 내 머릿속에 영원히 남아 나에게 말을 걸 완벽한 기회를 찾아낼 것이다. 한 번 읽은 것은 지워버릴 수 없었다. 이상한 두뇌의 오작동처럼 인쇄된 말들, 특히 대화문은 사진으로 찍은 것처럼 기억할 수 있었다. 다른 사안들에 대해서는 전혀 그런 기억력이 없었다. 생일 같은 숫자를 기억하는 것은 특히 힘들었다.

때로는 미치는 게 아닐까 싶을 정도였다. 나는 머릿속에서 책 속 인물들과 완벽한 대화를 나눌 수 있었다. 그들이 바로 내 눈앞에 서 있는 것처럼 또렷이 보였다. 그런 기벽을 억누르는 법을 배우기 전까지 사람들은 내가 툭하면 멍해진다고 생각했다. 정신이 나갔다고 생각했을 수도 있다.

아빠는 나의 책벌레 목소리를 알고 있었다. 책벌레 목소리라고 이름 붙인 사람이 아빠였다. 5학년 때였나? 내가 교실에서 발작 같은 걸 일으켰을 때 데리러 와준 사람도 아빠였다. 그날 선생님은 이 분은 족히 내 정신을 돌려놓으려고 애썼지만 나는 멍한 표정으로 아무 반응도 보이지 않았다.

선생님에게 말하지 않았지만, 그날 아침에 선생님이 큰 목소리로 읽어준 『트럭에 사는 아이들』에 나온 헨리와 머릿속으로 대화를 나누고 있어서 나는 다른 일에 신경 쓸 여력이 없었다. 선생님의 말보다 훨씬 재미있는 대화였다. 헨리가 처음은 아니었지만, 그렇게 오래 대화를 한 인물은 처음이었다. 헨리는 다른 사람들에게 나의 그런 버릇을 들키게 만들었다.

아빠와 나는 학교 주차장에 주차된 짐차 끝에 걸터앉았다. 빨간 머리는 분홍색 옷을 입으면 안 된다고 심술궂게 말한 멜라니 비머 때문에 나는 일부러 분홍색 드레스를 입었고, 아빠는 진흙투성이 장화를 신고 작업복을 입고 있었다.

내가 뭐라고 말했는지는 정확히 기억나지 않는다. 다만 나는 병원에 가지 않겠다고 고집부리면서 책들이 나에게 말을 거는 것을 설명하려고 노력했다. 아빠는 내가 그저 훌륭한 상상력과 좋은 기억력을 가진 것이라고 말했다. 하지만 나는 그 어린 나이에도 단지 그것 때문만은 아니라는 것을 알고 있었다. 목소리들이 너무 크고 또렷했다. 멜라니 비머나 다른 학급 친구들의 목소리보다 훨씬 더.

어떤 책을 읽거나 듣고 나면 그들이 나타났다. 내 머릿속에 무대가 들어 있는 것처럼 그들이 커튼 뒤에 도사리고 있다가 필요하다고 생각될 때, 필요하다고 생각되는 방식으로 기여하는 것이다. 나는 아빠에게 잃어버린 책들도 찾을 수 있다고 말했다. 머릿속에서 등장인물들에게 어디 숨어 있냐고 물어보면 대답해주었기 때문이다. 물론 자기들만의 말을 사용해서.

아빠가 호기심 어린 눈으로 나를 응시하던 기억이 난다. 눈가의 주름과 눈썹에 내려앉은 흙먼지를 깜빡이며 아빠는 한참 생각에 잠겨 있다가 완벽한 해결책을 내놓았다.

"델, 내 아가. 네가 한 말을 모두 믿는단다. 그런데 이런 생각이 드는구나. 그들이 너에게 말을 걸도록 해도 괜찮아. 하지만 현실 세계에서 누구와 얘기해야 할 때는 그들을 밀어내야 해. 너에게 잘못된 건 없어. 전혀 없어. 하지만 밀어내는 방법을 알아내야 해. 우리 모두 풀어야 할 문제가 있지. 사는 게 그렇단다. 네 문제를 이렇게 일찍 발견한 건 행운이야. 지금부터 궁리를 시작하면 돼."

아빠의 목소리에는 한 점 흔들림도 없었다. 의문도, 의심도 없었다.

"엄마한테도 말해야 해?"

내가 물었다.

"네가 원하지 않으면 말할 필요 없어. 네 책벌레 목소리는 우리 둘만 아는 게 좋겠다. 별일 없이 보낼 수 있으면 계속 말이야."

내가 알기로 엄마는 아직도 내 비밀을 모른다. 목소리들을 완벽하게 억누를 수는 없었지만 대부분은 내가 원하는 곳에 잡아둘 수 있었다. 그날 이후 내가 발작을 일으키는 모습을 목격한 사람은 없었다. 몇 번 부모님과 함께 있을 때 잠시 멍해진 적이 있었는데, 그럴 때면 아빠가 질문이 담긴 눈빛으로 나를 쳐다보았다. 그러면 나는 그저 고개를 끄덕였고, 아빠도 고개를 끄덕여주었다. 그리고 아무 일도 없었다는 듯 넘어갔다.

결국 창고 문을 잠그고 나와서 로지에게 퇴근 인사를 건넸다. 서점을 나서자 배가 몹시 고팠다. 일라이어스가 말한 테이크 아웃 가게로 가서 피시 앤 칩스와 갈색 소스를 주문했다. 작은 가게의 창문 앞 빨간 걸상에 앉아 튀긴 생선과 감자에 시큼한 액체를 끼얹어 먹으며 사람들을 구경했다.

'전형적인' 에든버러 사람이란 없는 것 같았다. 도시는 모든 연령대의 모든 인종 사람들로 붐볐고, 대부분 스코틀랜드 억양의 영어를 썼지만 종종 두세 가지 이상의 외국어도 들렸다.

식사를 마친 나는 호텔 방으로 돌아왔다. 여전히 피로가 풀리지 않은 듯했다. 금방 잠이 들었지만 깊게 자지는 못했다. 꿈속에서 하루 동안 만난 사람들과 귀중한 유물들이 슬라이드쇼처럼 펼쳐졌다. 그렇게 시달리다가 깨어나니 오히려 한시름 놓았다.

아침에 일어나 가장 먼저 든 생각은 살 집을 찾아야 한다는 것이었다. 에드윈이 호텔비를 내주었지만 안정적으로 살 집을 빨리 찾아야 했다. 그러고 싶었다. 서점에 출근해서 만나는 사람들에게 아는 아파트가 있는지 물어보리라 결심했다. 아니, 이곳에서 쓰는 말을 따르면 '플랫' 말이다.

그런데 로지의 표정을 보자 그런 생각이 사라졌다. 로지는 책상 앞에 멍하니 서 있었고, 헥터는 책상 위에 앉아 그런 로지를 가만히 올려다보고 있었다. 로지는 뭔가 강력한 감정을 터뜨리기 일보 직전이었는데, 그것이 비명일지, 울음일지는 알 수 없었다.

"맙소사, 무슨 일이에요?"

내가 서둘러 책상으로 가며 물었다.

"끔찍한 소식이에요."

로지가 뒤에 있던 의자에 풀썩 주저앉으며 말했다.

"무슨 일인데요?"

나는 숨죽였다. 가슴이 답답해지는 것이 느껴졌다.

"제니가 죽었어요."

로지가 손에 꼭 쥐고 있던 휴대 전화를 들여다보았다.

"제니요? 에드윈 동생이요?"

"야."

"맙소사."

정말 끔찍한 소식이었다. 나도 의자에 앉고 싶었지만 로지를 먼저 살펴야 할 것 같았다.

"정말 유감이에요. 괜찮으세요?"

"나도 모르겠어요, 딜레이니."

"홍차, 홍차 좀 가져다줄까요? 아니면 커피 드릴까요?"

"홍차, 커피……."

로지는 그게 뭔가 싶은 듯했다.

종이 울리고 햄릿이 들어왔다. 그 역시 우리의 표정을 보자마자 물었다.

"맙소사, 무슨 일이에요?"

에드윈은 어제 내가 사용했던 책상의 고급스러운 사무용 의자에 앉아 있었다. 그는 팔짱을 끼고 멍한 표정을 짓고 있었다. 현재의 엄혹한 상황에도 불구하고 에드윈과 이곳이 정말 잘 어울린다고 느꼈다. 에드윈이 직접 만든 장소일 뿐 아니라 에드윈을 위한 장소였다. 모든 물건, 모든 책, 이 모든 뒤죽박죽과 그의 단정한 생김이 어쩐지 잘 어울렸다.

햄릿이 서점에 들어선 지 얼마 되지 않아 에드윈도 서점 문을 열고 들어왔다. 에드윈의 부릅뜬 눈은 슬픔과 낙담으로 번들거렸다. 그는 서점으로 오는 길에 로지에게 전화를 걸어 제니의 죽음을 알리고 자세한 이야기를 할 수 있도록 햄릿과 나를 불러달라고 했다고 한다. 우리는 에드윈을 따라 창고로 갔다. 접이의자 세 개를 펴고 앉아 에드윈이 정신을 추스를 때까지 기다렸다.

"이런 게 최악의 소식이겠죠. 사랑하는 가족이 죽었으니까요."

에드윈이 입을 열었다.

"어떻게 된 거예요, 에드윈?"

로지가 말했다.

"제니는 잔혹하게 살해당했어요. 내가 발견했죠."

에드윈의 쾌적한 억양도 섬뜩한 문장의 의미를 어쩌지는 못했다. 문득 저렇게 아름답고 서정적인 억양으로 저런 문장을 말해야 하는 것이 지독한 일이라는 생각이 들었다. 심장이 따끔거리며 목이 메어왔다. 제니와 만난 적은 없지만 어떻게 이런 소식에 망연자실하지 않을 수 있을까?

"이럴 수가!"

로지가 소리쳤다. 뺨으로 눈물이 줄줄 흘러내렸다.

"아, 에드윈."

햄릿이 몸을 숙이며 팔꿈치로 무릎을 짚었다. 옆에서 보니 얼굴이 너무 하얘져 저러다 기절하는 게 아닌가 싶었다.

나는 로지와 햄릿의 상태를 살피며 말했다.

"너무 유감이에요, 에드윈."

"충격이 너무 커요. 어제 딜레이니를 내려주고 나서 제니의 플랫으로 갔죠. 문을 열어주지 않더군요. 나에게도 열쇠가 있었지만 그동안 사용해본 적이 없어요. 그런데 문이 잠겨 있지 않았어요."

에드윈이 눈을 깜빡이고 다시 말을 이었다.

"그래서 들어가봤죠. 엉망이었어요. 제니가 깨끗하게 정리하는 스타일은 아니었지만 너무 심했어요. 처음엔 무슨 문제가 생겼다고 생각하지 못하고 그저 제니만 찾았어요. 사방으로 흩어져 있는 물건들을 피해 들어가는데, 점점 공포가 찾아들더군요. 결국 제니를 발견했어요."

에드윈이 다시 말을 멈추고 침을 삼켰다.

"제니가 복도와 부엌 사이에 쓰러져 있더군요. 머리를 맞은 것 같았어요. 피가 흐르고 있었고 더 끔찍한 것도……."

"아, 안 돼, 안 돼. 이럴 순 없어."

로지가 말했다.

햄릿은 여전히 고개를 숙이고 있었지만 뺨은 아까처럼 창백하지 않았다. 붉은 기가 살짝 돌아와 있었다.

"그런데 그것뿐이 아니에요."

에드윈이 몸을 약간 일으키며 숨을 깊이 들이마셨다.

"비극적인 일은 제니의 죽음이 다가 아닙니다."

햄릿이 자세를 바로잡으며 작은 목소리로 말했다.

"계속하세요."

"2절판이 사라졌어요. 사실 그저께 제니와 나는 그 문제로 싸웠어요. 제니가 나에게 2절판을 어디에 두었는지 말해주지 않으려 했거든요."

"이해가 안 가네. 왜 말을 하지 않은 거지?"

로지가 말했다.

"나한테 화가 나서요. 내가 자기에게 너무 기대를 많이 한다고 하더군요. 내 사업에, 내 인생에 끼고 싶지 않다고요. 그래도 난 고집을 꺾지 않았죠. 분명 제니에게 좋을 거라고 계속 말했어요."

"아……."

로지가 뭔가 알겠다는 듯 탄식했다.

"어쩌면……."

햄릿이 말을 시작하려 했지만 금방 멈췄다.

"햄릿, 뭐지?"

에드윈이 물었다.

"죄송해요, 에드윈. 좋지 않은 생각이 들었어요."

"무슨 생각하는지 알아. 햄릿의 생각은 좋지 않은 게 아닐 뿐 아니라 실제 가능성이기도 해."

에드윈이 말했다.

로지는 어디서 났는지 휴지로 코를 막고 있었다. 한 번 끙, 소리를 냈는데 무슨 의미인지 알 수 없었다. 햄릿과 에드윈이 나누고 있는 암호 같은 대화에 응답을 한 것일까?

에드윈이 내게 말했다.

"딜레이니, 내가 말했듯이 제니는 안 좋은 습관들을 극복하려 애쓰고 있었어요. 햄릿은 제니가 2절판을 마약과 바꾸려 했을지 모른다고 생각할 수 있어요. 타당한 추측이지요. 하지만 나는 제니가 그런 짓을 할 정도로 약삭빠르다고 생각해본 적이 없어요. 또한 제니에게 나쁜 영향을 미친 주변 사람들도 2절판 같은 걸 가지고 뭘 해야 할지 알 수 없었을 거고요."

나는 고개를 끄덕이면서 대학에서 2절 초판본을 읽은 기억을 떠올렸다. 현대에 인쇄된 판본이었다. 같이 수업을 들은 학생들 중에 내가 '셰익스피어 원재료'라고 부른 그 판본 독해를 좋아한 사람은 몇 되지 않았다.

슬퍼하는 에드윈, 로지, 햄릿을 보는 것도 마음 아팠지만 2절판 원본이 세상에 나와 마약 거래 수단으로 쓰이고 있을지 모른다는 얘기도 안타까웠다. 엄청난 비극이었다. 셰익스피어의 등장인물들도 어느 쪽으로든 논평할 말이 부족하지 않을 것이었다. 나는 머릿속에서 그런 목소리들을 억누르느라 애를 썼다. 지금은 그런 목소리들에 정신이 팔릴 때가 아니었다.

"그렇군요. 너무 유감이에요."

"당신에게 여러 가지로 충격을 주게 되었네요. 미안하게 됐어요. 이런 일을 겪게 하려고 했던 건 아닌데……."

나는 고개를 흔들었다.

"아니에요. 우리가 어떻게 도와드리면 될까요?"

"고마워요, 딜레이니. 하지만 잘 모르겠네요. 물론 경찰 조사가 있을 거예요. 제니의 장례식도 제대로 치러줘야 하는데, 부검을 한다고 했으니 언제 시신을 돌려받을 수 있을지 알 수 없고. 나도 묻고 싶은 것 투성이에……."

에드윈이 갑자기 말을 멈췄다.

"뭐예요? 왜 그래요?"

로지가 물었다.

에드윈이 입을 꾹 다물고 왼쪽 허공을 노려보며 손가락 끝으로 책상을 초조하게 두드렸다. 그리고 몸을 앞으로 내밀며 우리를 둘러보았다.

"경찰에 2절판 이야기는 하지 않았어요. 하고 싶지 않습니다. 앞으로도 하지 않을 거예요. 경찰이 와서 여러분에게 질문하면, 부디 정직하게 대답하세요. 누구에게도 나를 위해서나 제니를 위해서 거짓말을 하라고 부탁하지 않을게요. 하지만 나는 경찰에게 2절판 에 대해 털어놓지 않을 거라는 점을 여러분도 알아둬야 할 것 같네요."

내가 다른 사람들을 둘러보며 물었다.

"왜요?"

"나는 그걸 버크에게서 구입했어요. 버크의 설명으로는…… 믿기 힘든 입수 경위였어요. 버크는 친구이고 경매는 중요해요. 이런 상황에서 너무 오만하게 들릴 수도 있지만 지금은 친구들을 보호해야 할 필요를 느껴요. 나중에 좀 더 정보를 얻게 되면 경찰에 이야기할지도 모르죠."

눈에 멍이 들었던 먼로의 모습이 떠올랐다. 에드윈은 살코기 시장 묶음 친구들을 보호하고 싶은 걸까, 아니면 경찰의 개입 없이 먼저 그들을 살펴보고 싶은 걸까? 에드윈이 2절판에 대해 경찰에 얘기하지 않겠다는 말에 로지와 햄릿은 별로 신경 쓰는 것 같지 않았다. 그래서 나도 더 이상 이해하려 노력하지 않기로 했다. 지금으로서는 말이다.

햄릿이 몸을 들썩였다. 그 때문에 모두가, 심지어 헥터까지 그를 쳐다보았다. 나와 마찬가지로 문제 제기를 하려는 것일까? 하지만 아니었다.

"어, 내가 그저께 갔었어요, 에드윈. 제니의 집에요. 경찰에게 말해야겠죠?"

"거긴 왜 갔었지?"

에드윈이 물었다.

"제니가 잘 있나 보러 들렀어요. 에드윈이 그날 가족과 일이 있었다고 로지에게 들었거든요. 그래서 제니와 관계가 있는 일이 아닐까 싶었죠. 별일 없나 확인해봐야겠다고 생각했어요."

"제니는 어땠지?"

에드윈이 물었다.

"좋아 보였어요. 상냥하게 대했지만 내가 얼른 가주기를 바라는 눈치였고요."

"문제는 없어 보였어?"

에드윈이 더욱 몸을 앞으로 뻗어 기다란 팔이 거의 책상 건너편까지 닿을 지경이었다.

"야, 그럼요."

"집은 어땠어? 어지럽혀져 있지 않았어?"

"평소와 별로 다르지 않았어요. 부서지거나 찢긴 물건 같은 것도 없었고요. 2절판을 어디에 두었는지는 모르지만 묻지도 않았고, 보이지도 않았어요."

"무슨 걱정이 있어 보이진 않았어?"

햄릿이 한참 생각에 잠겼다.

"아뇨, 별로요. 하지만 말했듯이 내가 얼른 가주었으면 하는 것이 느껴졌어요. 그래서 다른 약속이 있나 싶었죠."

"무슨 약속인지는 말하지 않았고?"

"야. 나도 묻지 않았어요."

에드윈은 다시 생각에 잠겼다. 다시 손가락 끝으로 책상을 두드렸다. 이번엔 훨씬 느리고 가볍게 달그락달그락 소리를 냈다. 그리고 다시 햄릿을 보았다.

"제니를 신경 써줘서 고마워. 찾아가본 것도 그렇고."

햄릿이 고개를 끄덕였다.

"당연하죠, 에드윈. 친구였으니까요."

햄릿의 목소리가 감정에 북받쳐 떨렸다.

그 둘이 어떤 관계였는지, 어떻게 햄릿처럼 젊은 사람이 에드윈의 동생과 친구가 되었는지 이해하고 싶었다. '갈라진 책'에서 일하면 정말 가족같이 되는 걸까? 그런 분위기가 있긴 했지만 제니가 서점에서 일했을 것 같지는 않았다. 그리고 제니가 대학생과 많은 시간을 같이 보낼 정도로 젊은 성격이었을 것 같지도 않았다. 궁금한 게 많았지만 불행히도 지금은 이런 것들을 묻기에 적당한 때가 아니었다.

"제니는 좋은 사람이었어요."

에드윈이 말했다.

"몇 가지 좋지 않은 선택을 했고, 때로 그 길에서 빠져나올 방법을 찾지 못했던 것뿐이에요."

에드윈의 목소리가 갈라졌다.

"동생에게 무슨 일이 있었던 건지 알고 싶어요. 2절판이 관계가 있는지도요. 나는 당분간 경찰에게 그 말을 하지 않겠지만, 햄릿은 제니 집에 갔었다고, 그때는 별일 없어 보였다고 말해야지."

"에드윈."

로지가 말했다.

"2절판은 제니가 살해당한 이유가 아니에요. 2절판을 도둑맞았으면 제니는 분명 누구에게라도 말했을 거예요. 비밀로 해야 한다는 걸 제니도 알았으니까요. 2절판 때문이 아니에요, 에드윈."

로지는 진심으로 이런 일이 일어난 게 에드윈의 잘못이 아니라고 말하고 있었다. 물론 로지의 말은 옳았지만 그 말이 의도했던 만큼 위로가 되지는 않을 것 같았다.

에드윈은 생각에 잠겨 한참 가만히 있다가 입을 열었다.

"오늘은 우리 모두 쉬어야겠어요. 서점 문을 닫읍시다."

그리고 나를 바라보며 말했다.

"출발이 이렇게 돼서 미안합니다."

"제가 뭐라도 도움이 되었으면 좋겠어요. 말만 하세요, 에드윈."

"그럴게요."

에드윈이 주머니에서 명함 한 장을 꺼냈다.

"햄릿, 제니의 집에 왔던 경찰의 연락처야."

"바로 전화할게요."

햄릿이 명함을 받으려 손을 내밀었다. 그런데 에드윈이 손을 살짝 거두었다.

"햄릿, 2절판에 대해 말하지 말라고 부탁하지는 않겠어. 하지만 말하지 않는 것도 생각해봤으면 좋겠어. 어떤 선택을 하든 이곳에서 일하는 데 영향을 미치지는 않는다는 걸 알고 있을 만큼 나에 대해 잘 안다고 생각해. 하지만 이건 미묘한 상황이라서."

"최악의 경우 불법일 수도 있겠죠."

그때 로지가 끼어들었다.

"햄릿, 2절판 얘기는 하지 마. 필요하면 나중에 말해도 돼. 에드윈은 2절판 값을 치렀지만 우린 아직도 그게 정확히 어디서 났는지 몰라. 적어도 의문을 가지고 있어, 야?"

에드윈과 로지가 햄릿에게 강압적이라는 느낌은 들지 않았다. 사실 에드윈은 약간 갈팡질팡하는 것 같았고, 로지는 자기 방식대로 밀어붙였다. 그래도 두 사람의 사고방식이 마음에 들지 않았다. 나에겐 명확한 문제였다. 살해 동기가 될 만한 값비싼 물건의 존재를 경찰이 안다면 제니의 범인을 훨씬 빨리 찾을 수 있지 않을까. 2절판의 거래가 불법이었다고 해도 살인범을 찾아내는 데 집중하면 그런 사소한 문제는 넘어갈 가능성도 있었다. 물론 넘어가지 않을 수도 있겠지만.

"경찰이 묻지 않으면 나도 말하지 않을게요."

햄릿이 말했다.

"경찰이 묻는다면 이미 알고 있다는 뜻이니까요. 이미 알고 있다면 벌써 제니의 죽음과 관련 있다는 걸 알아냈다는 뜻이잖아요. 그래도 내가 먼저 말을 꺼내진 않을게요."

"주여."

로지는 대화 내내 울고 있었다. 여전히 뺨에 눈물이 흘렀다. 하지만 이제는 지금 상황에 집중했다. 아직 제니의 죽음을 슬퍼하고 있었지만 한편으로는 살아 있는 가족들을 좀 더 걱정했다.

"고마워."

에드윈이 깊은 한숨을 쉬었다. 여전히 슬프고 괴로워 보였지만 조금은 안도하는 눈빛이었다.

"정말 유감입니다."

내가 말했다.

"다들 아주 가까운 사이였던 것 같고 모두 많이 힘들어 보여요. 혹시 세 분이 더 깊이 의논할 수 있게 내가 나가 있을까요?"

내 말에 다들 깜짝 놀란 표정으로 나를 보아서 나도 놀랐다.

"딜레이니, 당신도 이제 '갈라진 책'의 일원이에요. 우리처럼 오래 같이 일하지는 않았지만 우리와 너무 잘 맞을 거라고 생각해서 뽑았답니다. 첫 주부터 이런 비극을 겪게 해서 미안해요. 하지만 우린 극복해낼 거고 결국은 더 강해질 거예요."

보통 개보다 훨씬 똑똑한 헥터가 로지의 무릎에서 벌떡 일어나더니 내 무릎 위로 건너왔다. 그리고 갈색의 부드러운 털가죽을 웅크렸다.

"봐요, 헥터도 알잖아."

로지가 훌쩍이며 말했다.

나는 고개를 끄덕이고 나의 모험이 대담을 넘어 위험해지는 건 아닌지 잠시 걱정했다.

아홉

"자."

일라이어스가 택시 뒷좌석 문을 열어주며 서점 쪽으로 고갯짓
을 했다.

"일은 어때요? 어, 떻, 게, 돼, 가, 요?"

"좀 정신없어요. 오늘은 일 안 해요."

내가 말했다.

"색시, 벌써 잘린 거요?"

"아니요. 오늘은 서점을 닫기로 했어요. 주인 집안에 비극적인
사건이 일어나서요."

"참 유감이네요."

여전히 책이 마구 쌓여 있는 불 꺼진 쇼윈도를 보며 일라이어스
가 말했다.

"저도요."

나도 쇼윈도를 바라보았다. 내가 마지막에 나왔다. 에드윈은 그렇게 소식을 전한 뒤 바로 나갔고, 햄릿과 로지, 헥터도 바로 나갔다. 나는 청록색 열쇠로 창고 문을 잠그고 로지가 준 보통 열쇠로 현관문을 잠갔다. 나는 서점 밖에 오랫동안 서서 뭘 해야 할까 고민했다. 혼자 남아서 일하고 싶었지만 에드윈이 오늘은 아무도 일하면 안 된다고 주장했다. 결국 나는 일라이어스가 준 명함을 찾아봤다. 일라이어스는 신호가 가사마자 전화를 받았고 바로 오겠다고 했다. 적어도 나는 그렇게 들었다. 말을 빨리해서 잘 알아들을 수는 없었지만.

"그럼 타요."

일라이어스가 말했다.

낯익은 뒷좌석에 타자 일라이어스가 택시 밖에 서서 열린 창문으로 들여다보며 물었다.

"우리 아줌씨랑 만찬은 어때요? 미국 캔자스에서 온 마알간 빨간 머리 색시 얘기를 해줬더니 너무 만나고 싶어 해요. 집에 도착할 때쯤엔 만찬 쪼가리가 다 준비될 거요."

원래는 도시를 한 바퀴 돌아보고 싶어서 일라이어스에게 전화를 한 것이었다. 플랫을 찾아볼 생각도 있었고. 하지만 벌써 정오가 가까웠고 배가 고팠다. 그리고 만찬과 점심 식사가 같은 뜻일 것 같았다. '만찬 쪼가리'라는 것도 그렇게 나쁘지 않을 것이 분명했다.

"너무 폐를 끼치는 게 아닌가 싶지만 저도 아내분을 만나고 싶어요."

"라우!"

일라이어스가 활짝 웃으며 말하는 걸 보니, 좋은 의미의 감탄사인 것 같았다. 그는 서둘러 운전석으로 갔다.

"우리 집은 아주 멀진 않지만 그렇다고 너무 가깝지도 않아요."

일라이어스가 택시를 출발시켰다.

택시는 서쪽으로 가다가 남쪽으로 조금 내려가 건물들이 빽빽한 중심가를 지났다. 이틀 전에 서점으로 오면서 본 건물을 몇 개 지나간 것 같긴 했지만 건물도 너무 많고 교통도 혼잡해서 확신할 순 없었다. 현대적 건물들이 오래된 건물들과 뒤섞여 유쾌하고 흥미로운 풍경을 만들어내고 있었다. 좌측통행하는 차들은 여전히 신경이 쓰이고 어지러웠다. 머리와 몸이 원심력에 따로 반응했다. 이따금씩 멀미가 날 지경이었다. 당분간 운전은 시도하지 말아야겠다고 결심했다.

"저기가 킹스 시어터예요."

일라이어스가 속도를 늦추며 왼쪽을 가리켰다.

"내 아내 애거사가 저 극장을 좋아해요. 나는 저 극장은 별로지만 1900년대 초에 지어진 건물은 좋아해요."

작은 가게들 가운데 큰 갈색 건물이 눈에 띄었다. 원형극장은 아니었지만 셰익스피어 작품을 공연하기엔 완벽한 장소 같아 보였다. 아마도 그 시인이 어제부터 계속 머릿속에 들어와 있기 때문인지도. 일라이어스가 극장에서 오른쪽으로 방향을 틀었다. 동네가 바뀌어 작은 가게들이 길게 들어선 거리와 상당히 폭이 좁고 서로 나란히 붙은 주택들이 나왔다.

"대부분 게스트하우스예요. 애거사와 나도 두 채 있어서 여행객들에게 빌려주죠. 가정집인 것도 있는데, 모두 각자 조그만 정원이 딸려 있답니다. 애거사는 정원에서 꼼지락거리는 걸 좋아해요."

"바쁘시겠네요."

일라이어스가 웃었다.

"야, 내가 아는 사람 중에 젤로 바쁘지."

일라이어스가 택시를 보도 옆의 빈자리에 주차시켰다. 이 거리에도 양만 좀 줄었을 뿐 여전히 차가 많아 놀라웠다.

"다 왔어요. 거리에 면한 집이 둘 있고 그 뒤에 우리가 사는 조그만 시골집이 있어요."

"멋지네요."

내가 말했다.

두 채의 집이 연결된 정원 앞에 나무로 만든 표지판이 걸려 있었다.

'매케너 게스트하우스'

"따라와요."

일라이어스가 말했다.

나는 그를 따라 '골'보다는 크고 골목이라고 하기에는 힘든 공간을 지나갔다. 거리에서는 전혀 보이지 않았는데, 뒤쪽에 집이 더 많았다. 일라이어스가 첫 번째 시골집 현관의 방충망 문을 열었다.

"애거사, 자기, 미국 캔자스 색시를 데려왔어요."

"기쁜 소식이네, 일라이어스. 부엌으로 데려와요."

집 뒤쪽에서 명랑한 목소리가 들렸다.

"이리 와요, 딜레이니."

일라이어스가 말했다.

작고 아늑하지만 비좁지는 않은 집이었다. 수많은 창문이 공간에 빛과 따뜻한 분위기를 불어넣어주었다. 현관으로 들어서니 바로 거실이었다. 작고 닳은 꽃무늬 안락의자와 소파들이 놓여 있었고 한쪽 벽은 책꽂이로 꽉 차 있었다. 나는 책들에게 단호한 표정을 지어 보였다. 예의에 어긋나게 굴지 않도록 조심해야 하는 곳이었다.

'지금은 안 돼.'

거실 뒤쪽에서 문이 닫히는 소리가 들렸다. 오른쪽으로 나 있는 복도로 들어서는데, 중간쯤에서 한 여자가 몸을 내밀며 환하게 미소 지었다.

"안녕, 딜레이니."

애거사였다.

"만나서 반가워요. 에든버러에 잘 왔어요."

애거사는 키가 작고 통통했지만 뚱뚱하진 않았다. 회색 머리는 나의 할머니와 똑같은 모양으로 멋을 냈다. 어릴 때 할머니와 미용실에 갔던 기억이 아련히 떠올랐다. 할머니의 미용사였던 클라라는 늘 나에게 막대사탕을 주었고, 할머니가 커다랗고 시끄러운 드라이어 아래에 머리를 집어넣고 있는 동안 내가 혼자 매니큐어를 칠하며 놀게 해주었다. 애거사는 앞치마를 하고 있었는데, 거기엔 '설거지 할 생각이 있는 사람만 요리사에게 키스하세요'라고 적혀 있었다.

"저도 만나서 반가워요, 애거사."

내가 말했다.

"와요, 와서 만찬 먹어요. 독약을 넣진 않았어요."

애거사가 남편과 나에게 따뜻한 미소를 보냈다.

"스코틀랜드에 잘 왔어요. 우리 집에 와줘서 기뻐요."

좁고 긴 부엌은 아름다운 스테인리스 가전제품과 하얀 찬장, 회색 조리대로 꾸며져 있었다. 부엌 끝은 세척기와 건조기가 쌓여 있는 다용도실 공간이었다. 우리가 들어선 입구에는 둥근 식탁과 의자가 놓여 있었다. 캔자스에 있는 엄마의 시골 부엌이 생각났다.

"정말 친절하시네요."

내가 애거사의 안내에 따라 의자에 앉으며 말했다.

"별말씀을."

애거사가 롤빵 하나와 돼지고기 찜 같은 것이 담긴 접시를 내 앞에 놓아주었다. 만찬 쪼가리란 샌드위치를 말하는 것이었다.

"어린 색시가 모험심도 강하지. 나 같으면 누군가의 말만 듣고 바다 건너 다른 나라로 살러 갈 생각은 못 할 텐데. 여기 아는 사람이라도 있어요?"

"아뇨, 전혀요. 애거사는 캔자스에 대해 들어보셨어요?"

내가 물었다.

"거의 없어요."

애거사가 내 오른쪽에 앉으며 말했다.

"도로시와 토토가 나오는 영화를 본 게 다예요. 농장이랑 회오

리바람이랑."

일라이어스가 내 왼쪽에 앉았다. 그러고는 모자를 벗어 자기 뒤 창턱에 놓았다. 짧은 소매 밑으로 문신이 보였다. 켈트 문양인 듯 했다.

"대충 맞아요. 캔자스는 예쁜 고장이에요. 탁 트인 넓은 공간이 많고 사람들도 좋죠. 어딜 가든 그런 사람들을 찾아보기 힘들 거예 요. 하지만 재미있는 고장은 아니죠. 저도 지금까지 그렇게 모험적 으로 살진 못했어요. 기회만 엿봤는데 스코틀랜드 같은 곳에 오게 되다니, 최고예요."

"그랬군요."

애거사가 말했다.

애거사의 팔에서도 문신 끝 부분을 본 것 같았지만 소매가 길어 자세히 볼 순 없었다.

나는 포크로 고기를 찍어 한 입 먹었다.

"맛있어요."

"간단한 만찬이에요. 일라이어스가 좋아하는 음식 중 하나죠. 제일 좋아하는 건 우리가 직접 만든 특제 해기스지만, 초면에 그런 걸 던져줄 순 없으니까요."

"꼭 한 번 먹어보고 싶네요."

내가 미소 지으며 대답했다.

"서점은 어때요? 동료들은 좋고?"

애거사가 음식을 먹다가 물었다.

"서점도 좋고 동료들도 너무 좋아요."

"애거사, 딜레이니가 그러는데 비극적인 사건이 있었대."

일라이어스가 끼어들었다.

"서점에서?"

"주인의 여동생이 잔혹하게 살해됐어요."

일라이어스와 애거사는 음식을 입에 넣으려다 멈추고 눈을 껌뻑였다. 애거사가 먼저 음식을 내려놓았다.

"살해요?"

"네."

"그런 끔찍한 일이."

애거사와 일라이어스가 걱정스러운 눈빛을 주고받았다.

"제 상사인 서점 소유주 이름이 에드윈 매컬리스터예요. 동생 이름은 제니고요. 동생에게 약물 중독 문제가 있었다고 해요."

"아침에 텔레비전에서 본 것 같아요."

애거사가 말했다.

"내가 이름을 잘 기억해요. 제니퍼 매컬리스터라는 이름이었던 것 같아요. 야, 조사 중이라고 했죠. 그 사람 집이 거친 동네에 있었던 것 같더군요."

"무슨 일이 있었는지 모르겠어요."

나는 잠시 그렇게 돈이 많은 사람이 거친 동네에 산 것이 이상하다고 생각했다. 하지만 곧 에드윈과 달리 제니에게는 돈이 없었을 수도 있겠다는 생각이 들었다. 그렇다면 둘 사이가 좋지 않았던 것도 설명이 될지 모른다.

"시간이 지나면 더 알 수 있겠죠."

애거사가 말했다.

"그다지 선호되지 않는 동네에 살았다면……."

일라이어스가 말했다.

"약물 문제가 있었다고요?"

"네."

일라이어스와 애거사가 알겠다는 듯 고개를 끄덕였다.

"당신 상사, 참 안됐네요."

애거사가 말을 마치자 내 입에서 느닷없는 말이 튀어나왔다.

"일라이어스, 오늘 오후에 택시 좀 써도 될까요? 에든버러를 돌아보면서 제니가 살던 곳에 가보고 싶어요. 궁금해서요. 그리고 플랫도 찾아봐야 하거든요."

내 말에 일라이어스와 애거사가 눈빛을 주고받았다. 무슨 의미인지는 알 수 없었다.

"내 택시도, 나도 얼마든지 써요. 특별히 가고 싶은 데가 있으면 내가 안내해주고 싶군요."

일라이어스가 말하며 애거사를 바라보았다. 애거사가 고개를 끄덕였다.

"우리 자기랑 나랑 하고 싶은 이야기가 있어요."

"말씀하세요."

"우리한테도 집이 하나 있어요. 바로 뒤에."

일라이어스가 집 뒤쪽으로 고갯짓을 했다.

"거기도 고려해봤으면 좋겠네요."

"무슨 말씀이신지……."

내가 물었다.

"딜레이니."

애거사가 내 손 위에 자신의 손을 올려놓으며 말했다.

"뒤쪽에 이곳과 똑같은 시골집이 있답니다. 올 때는 보이지 않았겠지만 이 집을 돌아가면 있어요. 앞쪽의 게스트하우스와 이 시골집들은 내가 가족에게서 물려받은 거예요. 운이 좋았죠. 화려하진 않지만 우리에게는 충분해요. 당신도 잘 지낼 수 있을 것 같아서요."

"저는, 어⋯⋯."

나는 무슨 말을 해야 할지 몰라 얼버무렸다.

"한번 보기나 해요."

애거사가 말했다.

"몇 달 전에 시골집이 비어서 좋은 사람이 없을까 찾고 있었는데, 이 문제에 관해서는 우리 직감이 틀린 적이 없거든요. 딜레이니가 한번 봐준다면 영광일 거예요."

"저는, 어⋯⋯."

나는 다시 한 번 그렇게밖에 말할 수 없었다. 어떻게 해야 할지, 무슨 말을 해야 할지 재빨리 떠오르지 않았다.

일라이어스와 애거사는 따뜻한 미소를 지으며 주저하는 나를 바라보고 있었다. 그들이 외로운 부부여서 그저 대화를 나눌 사람을 찾고 있는 것 같지는 않았다. 애거사의 말 그대로일 것이 분명했다. 내가 자기들의 빈집에 들어와 살면 좋을 것 같다는 직감을 따랐던 것이고 그 직감은 틀리지 않았다. 나는 깔끔했고 꽤 조용한 책벌레였으며 머릿속 책벌레 목소리들과 대화하느라 바빠 남의 일에 참견하고 다닐 시간이 없는 편이었다.

"저도 보고 싶어요."

내가 말했다.

"오, 잘됐네요."

일라이어스가 말했다.

애거사는 자신감 있는 미소를 지었다. 애거사가 나를 구워삶으려 했던 거라면 나는 벌써 오븐 쟁반에 담긴 상태였다.

뜻밖에 양쪽 모두에게 신나는 순간이 되었다. 우리는 서둘러 남은 샌드위치를 먹어 치우면서 낯선 이에게 품고 있던 경계 어린 예의바름이 사라지는 것을 느꼈다. 그렇게 점심을 같이 급하게 먹고 나면 뭔가 아주 중요한 것이 바뀌게 마련이다.

설거지를 하고 나서 애거사가 앞장서 나갔다. 일라이어스와 애거사가 살고 있는 시골집 옆에, 다른 게스트하우스 바로 뒤에 또 하나의 시골집이 있었다. 조금 전에 식사를 한 집과 거의 똑같이 생겼지만 외관은 좀 더 잘 가꾼 듯했다.

거실의 가구들은 시골풍이었지만 그렇게 낡지 않은 상태였다. 거실 뒤쪽에 있는 문은 활짝 열려 있었는데, 알고 보니 놀랄 만큼 큰 침실로 통했다. 연철 프레임 퀸 사이즈 침대, 옷장, 화장대가 있었고 스탠드 조명, 오래된 듯한 푹신한 가죽 의자, 발받침 등이 구비된 독서 자리가 있었다. 부엌은 같은 곳에 있었지만 새 설비는 아니었다. 그래도 나쁘지는 않았다.

"이쪽 조리기는 옛날 것이긴 해도 케이크가 잘 만들어져요."

애거사가 낡은 하얀색 전자 제품을 가리키며 말했다. 아무래도 전자레인지 같았다.

"훌륭해요. 정말 멋져요."

내가 말했다.

애거사와 일라이어스가 서로 마주 보며 미소 지었다.

"여기도 봐요."

애거사가 말했다.

부엌을 지나 복도 끝으로 가자 욕실이 나왔다. 평범했지만 생각보다 컸다. 욕실 옆에 있는 문은 두 집이 공동으로 사용하는 안뜰로 나가는 출입구였다.

"이게······" 하고 애거사가 문 위를 가리켰다.

"여기서 쓰는 전력 기계예요."

철망을 두른 이상하게 생긴 기계가 있었다. 토머스 에디슨에 대한 흑백 영화에서나 볼 수 있는 물건 같았다.

"이게 뭐예요?"

"야, 동전을 넣으면 집에 전기가 들어와요. 효율적인 시스템이라 한 달에 10파운드 정도면 충분해요."

"정말요?"

"야. 하지만 신경을 써야 해요. 안 그럼 뭔가 하다가 전기가 끊겨 버려요."

"그렇군요."

처음 들어보는 시스템이었지만 사용하는 데 문제는 없을 것 같았다.

"안뜰로 갑시다."

일라이어스가 나와 애거사를 앞질러 가더니 뒷문을 밀어 열었다. 바로 다른 시골집의 뒷문이 나왔다. 나무 데크와 나무 울타리가 있었는데, 최근에 다시 칠한 것 같았다. 데크는 작은 테이블 하나와 낡은 쿠션을 놓은 등나무 의자 네 개로 꽉 차 있었다. 가장자리에는 커다란 화분이 스무 개 정도 놓여 있어서 충분히 정원 분위기를 냈다.

"우와, 정말 예뻐요."

일라이어스와 애거사의 얼굴이 환하게 빛났다.

"거봐요! 잘됐네요."

애거사가 말했다.

"집세가 어떻게 되나요?"

내가 물었다.

부부는 다시 마주 보더니 나를 보았다. 내지 않아도 된다고 하는 건 아닐까 걱정이 되었다. 만약 그렇다면 이 완벽한 기회를 포기할 수밖에 없을 테니까.

일라이어스가 지나치게 좋은 가격의 집세를 제시했지만 터무니없는 정도는 아니었다.

"좋아요."

"라우!"

일라이어스가 외쳤다.

나의 새집과 이웃들을 둘러보니 다시 한 번 잘 선택했다는 생각이 들었다.

지금까지는 모험에 뛰어든 결과가 그다지 나쁘지 않았다. 캔자스의 지인들이 지금의 나를 보면 뭐라고 할까?

열

호텔에서 짐을 별로 풀지 않았기 때문에 다시 싸서 일라이어스의 택시로 가지고 내려가는 건 어렵지 않았다. 작은 호텔 로비가 체크인하는 스웨덴 방문객들로 북새통이었다. 체크아웃 시간이 한참 지난 때였지만 에드윈에서 하룻밤 비용을 더 지불하게 하고 싶지 않았던 나는 서둘러 결제를 마치고 뛰어나왔다.

일라이어스가 내 가방을 택시에 싣고 나를 조수석으로 안내했다. 그러고 나서 관광을 시작했다. 볼 게 너무 많아서 어떤 것도 제대로 소화하기가 힘들었다. 그래도 언덕 위의 성이 좋은 이정표가 돼주어 어디를 가더라도 길을 잃을 염려는 없어 보였다.

일라이어스는 호텔 건너편의 언덕길로 택시를 몰았다. 베이글 가게, 시가 가게, '캐디와 마법 여행'이라는 간판을 단 가게, 위스키 가게를 지나쳤다. 그냥 테이크 아웃만 하는 게 아니라 앉아서 먹을 수도 있는 피자 가게도 있었다. 언덕 위에서 좌회전을 했다.

그리고 잠시 후, 신호등 색이 바뀌어 멈춰 섰다.

"여기가 로열마일이에요."

일라이어스가 우리 앞의 교차로를 가리키며 말했다.

"왼쪽으로 가면 성이지요. 오른쪽은 홀리루드 궁전과 못생긴 의회 건물이에요. 정말 흉물스럽답니다."

"하지만 다 너무 아름다워요!"

내가 사방을 둘러보며 외쳤다.

대부분 긴 비탈길 양쪽으로 오래된 건물들이 늘어서 있는 풍경이었다. 갈색과 회색 석조 건물들에 높은 창이 나 있었고, 뾰족지붕에 처마가 달려 있었다. 높은 건물들 1층은 모두 식당, 기념품가게, 펍 같은 작은 가게들이었고 그 위쪽에는 플랫, 사무실, 미술 화랑, 행정 기관 같은 것들이 있었다.

"1마일이 된다는 말인가요?"

"1마일이 조금 넘지요. 미국식 야드로 200야드쯤 더 추가되니까. 전부 걸어보면 좋을 거예요. 골들도 다 탐험해보고. 아, 미국 말로 골목들 말이에요."

나도 몇 개의 '골'을 봤다. 좁은 통로들 위에 각각 표지판이 붙어 있었다.

"골이 뭔지 들었어요. 살코기 시장 골이 어디 있는지 아세요?"

"로열마일 중간쯤에 있어요. 정확히 어딘지는 모르겠네. 애거사가 잘 알 텐데."

"이번 주말에 몇 곳 가봐야겠어요."

"야, 전부 맘에 들 거예요. 그리고 한 군데 더 보여줄게요. 그 불쌍한 색시가 죽은 플랫을 보기 전에요."

일라이어스가 교차로를 지나 두 차례 좌회전을 했다.

"저 앞에 일 분만 멈출게요. 분명 나중에 또 와보고 싶을 거예요.
예전에 박물관에서 일했다니까. 저기, 한번 봐요."

견고하게 돌로 지은 높은 건물이었다. 작은 성처럼 생겼는데, 앞
쪽 모서리 꼭대기에는 탑이 서 있고 아래에는 닳은 나무 이중문이
달려 있었다.

"멋지네요. 무슨 건물이에요?"

"작가들의 박물관이에요. 스코틀랜드에서 자랑스러워하는 작
가들의 유물이 전시되어 있죠. 로버트 번스, 월터 스콧 경, 로버트
루이스 스티븐슨."

"오!"

나도 모르게 소리치며 손잡이로 손을 뻗었다. 하지만 오늘은 둘
러볼 시간이 없을 것 같았다. 나는 눈을 휘둥그렇게 뜨고 건물을
바라보며 완벽한 순간에 젖어들었다. 번스, 스콧, 스티븐슨에게 헌
정된 박물관, 그보다 멋진 곳이 지구상에 또 있을 수 있을까? 나는
눈을 감고 그들을 잠시 내 머릿속으로 받아들였다. 그들의 목소리
가 또렷하게 들렸다.

'생쥐와 인간이 아무리 정교하게 계략을 꾸민다 해도.'

로버트 번스가 말했다.

'아, 우리가 처음 기만을 행할 때 짜이기 시작하는 복잡한 거미
줄.'

월터 스콧 경이 말했다.

'나는 어딘가로 가기 위해 여행하지 않는다. 그저 가기 위해, 여행 그 자체를 위해 여행한다. 중요한 것은 움직이는 것이다.'

로버트 루이스 스티븐슨이 말했다.

"딜레이니, 색시?"

일라이어스가 내 어깨에 손을 얹었다. 나는 눈을 번쩍 떴다.

"아, 죄송해요. 너무 감동해서요."

몇 시간이고 그들의 목소리를 들을 수도 있었지만, 나중에 들으면 되었다.

"그런 것 같았어요. 에든버러는 책들의 수도 같은 곳이에요."

"정말 그래요. 시내에만 서점이 50군데 이상 있는 것 같아요. 그것만으로도 놀라운 일이죠."

"야, 그래요? 그건 몰랐네요. 50군데나? 애거사에겐 말하지 말아요. 그렇게 많은 줄 알면 매일 한 군데씩 가보자고 할 거야."

내가 웃었다.

"알았어요."

그러고 다시 박물관을 보았다.

"얼른 가보고 싶지만 적어도 하루는 통째로 필요하겠죠?"

그리고 혼자 가야 하리라.

"야."

나는 한숨을 쉬고 좌석에 기댔다.

"이제 제니가 살던 곳으로 갈까요?"

"그래야겠죠?"

"가기 싫으세요?"

일라이어스가 어깨를 으쓱했다.

"그런 건 아닌데…… 내가 미신을 좀 믿어서 운수를 시험하고 싶진 않네요. 살인 피해자의 집을 보면 운수가 엉망이 될까봐. 스코틀랜드 사람들은 미신을 믿는답니다."

"음, 아주 잠깐만 다녀오는 것도 안 될까요?"

내가 조심스럽게 말했다.

나에게도 몇 가지 징크스가 있지만 미신을 믿는다고 할 수는 없었고, 제니의 플랫에 잠시 들르는 게 불길하거나 딱히 위험하다는 생각은 들지 않았다.

일라이어스가 한숨 섞인 미소를 지었다.

"그래요, 그럼."

교통량이 너무 많아져 속도가 느렸다. 나는 이 기회에 어제 아침부터 궁금했던 것들을 물어보았다.

"에든버러에 살고 있는 사람들의 주소를 알려면 어떻게 해야 해요? 전화번호부 같은 게 있나요?"

"누구를 찾고 싶은데요?"

"내 상사의 친구들이요."

"상사에게 물어보면 안 되는 건가요?"

"지금은 좀 그래요."

"나한테 얘기해도 돼요. 그럼 내가 애거사에게 도와달라고 할 테니. 애거사가 어떻게 찾아야 하는지 알 거예요."

"감사합니다."

나는 이리저리 재보지 않고 바로 대답했다.

살코기 시장 멤버들의 주소를 알고 싶었지만 그 이름을 바로 발설할 수는 없었다. 적어도 그 모임의 비밀을 얼마나 지켜야 하는지 잘 알아보기 전까지는 말이다.

"흠, 도착했어요. 도시 외곽이죠. 주소대로면 저짝 건물이에요."

그곳은 교통량도 적고 건물들이 현대적이어서, 역사적 건물이 많던 시내보다는 위치타 시의 주거 지역과 더 비슷해 보였다. 일라이어스가 가리킨 곳은 흰색, 밝은 갈색, 짙은 갈색 벽돌로 지어진 5층 건물이었다. 캔자스에서도 많이 보았던 1970년대 아파트 건물들과 비슷했지만 더 컸다. 각각의 플랫에는 작은 발코니가 있었고, 연철과 판자로 울타리가 둘러져 있었다. 주변 동네는 좀 황량하긴 했지만 지저분하지는 않았다.

"꽤 안전해 보이는데요?"

내가 말했다.

일라이어스는 주위를 둘러보았다. 걱정하는 것 같진 않았지만 표정에 경계심이 담겨 있었다.

"낮에는 괜찮을 거예요."

밖에서 봐서는 어느 집이 제니의 플랫인지 알 수 없었다. 갑자기 정확히 어디인지 너무 알고 싶어 미칠 것 같았다. 그렇게라도 그녀에 대해 더 알고 싶었다.

"일라이어스, 여기서 잠깐만 기다려주실 수 있어요? 안에 들어가서 건물 주인과 얘기해보고 싶어요."

"어? 대체 왜요? 어쩌려고?"

일라이어스가 모자를 벗어 뒤로 돌려 쓰며 물었다.

나는 어깨를 으쓱했다.

"뭐, 플랫을 구하는 사람인 척하죠."

"사람이 살해당한 플랫에 들어가겠다고?"

일라이어스가 믿을 수 없다는 듯 외쳤다.

"아뇨, 그런 건 아니고요. 집을 보면 제니가 어떤 사람이었는지 감을 얻을 수 있지 않을까 해서요."

"이해가 안 되는군요, 색시."

"나도 잘 설명은 안 돼요. 그냥 잠깐만 둘러보고 싶어서 그래요. 괜찮을 거예요. 대낮이잖아요. 제니를 죽인 사람이 근처에 숨어 있을 리도 없고."

뭐, 설령 그렇다 해도 환한 대낮이니까.

"나도 같이 들어가요."

일라이어스가 한숨을 쉬었다.

"아네요. 둘이 같이 가면 더 이상해 보일 거예요. 혼자 가도 괜찮아요. 위험한 짓 하려고 하는 거 아네요. 어, 마침 저기 누가 나오네요."

닳아빠진 비옷을 뒤집어쓰고 나일론 스카프를 머리에 쓴 할머니가 현관에서 나왔다. 할머니는 뭔가에 화가 난 사람처럼 힘겨운 걸음을 빠르게 옮기려 애쓰며 우리 쪽으로 걸어오고 있었다. 할머니는 택시 바로 앞까지 와서야 우리가 지켜보는 걸 깨달은 듯했다.

"윽, 여기서 뭐 하는 거지?"

"죄송합니다. 그저……."

내가 입을 열었다.

"뭔데?"

"여기가 살인 사건이 일어난 곳인가 궁금해서요."

"글은 볼 줄 알고?"

"예."

"신문은 읽을 줄 아나?"

"예."

아직 신문을 보지 못한 자세한 이유는 말하지 않았다.

"그럼 글을 볼 줄 아는 사람답게 신문을 봐. 하루 종일 사람들이 몰려와서 지긋지긋해."

주변을 둘러보았지만 구경꾼으로 보이는 사람도 없었고 그럴 만한 차도 일라이어스의 택시밖에 없었다.

"뭐, 대부분 아침에 왔다 갔어."

할머니가 이빨을 다각거리며 말했다.

"희생자를 아셨나요?"

그런 질문을 하는 것이 믿기지 않는다는 듯, 할머니가 노려보았다. 순간 나는 기가 죽었다. 잠시 후, 할머니의 눈빛이 누그러지더니 재미있다는 표정을 지었다. 오히려 그 표정이 더 무서웠다.

"야, 그 성만 여자를 알았지. 그런 일을 당해서 싸다고 생각하진 않지만, 깜짝 놀랄 일은 아냐."

무슨 말인지 정확히 이해가 되지 않았다. 나는 기회를 놓치지 않고 계속 물어보기로 했다.

"왜 놀랄 일이 아니에요?"

"왜 애먼 곳에서 아닌 척하고 사나. 자기 오빠처럼 부자들 사는 곳에서 살지…….

할머니가 눈을 껌뻑이며 말끝을 흐렸다.

"이런 말 하면 안 되겠지. 아, 어서 가. 볼 거 암것도 없어."

할머니는 그러고서 몸을 확 돌려 가버렸다. 걸음은 느렸지만 단호해 보였다.

"이 정도면 되겠죠?"

일라이어스가 말했다.

"'성만 여자'가 무슨 뜻이에요?"

"거만하다는 뜻이에요."

"제발 조금만 더 시간을 주세요, 일라이어스."

나는 서둘러 문을 열고 나가서 창문을 들여다보며 말했다.

"정말 괜찮을 거예요. 일 분만 들어갔다 올게요. 다른 사람 집에는 들어가지 않고 주인집만 노크해볼 거예요."

"맙소사! 색시, 이런 짓을 하려는 줄은 생각도 못 했네. 나도 같이 가야겠어요."

"아뇨! 정말 혼자 가는 게 좋겠어요. 바로 돌아올게요."

일라이어스가 나를 한참 바라보았다.

"위험한 짓은 절대 하지 않을 거예요, 일라이어스. 약속해요."

"애거사가 알면 날 가만두지 않을 텐데. 빨리 다녀와요."

"고맙습니다."

나는 서둘러 진입로로 들어가 건물 현관을 열었다. 아무 보안 장치도 없었다. 경비실도, 초인종도 보이지 않았다. 아무나 그냥 들어갈 수 있었다.

건물 입구와 복도는 매우 깨끗했다. 벽은 베이지색이었고 카펫은 갈색으로, 바깥 벽돌색과 같았다. 이상한 냄새도 나지 않고 아주 조용했다. 아기의 울음소리도, 시끄러운 음악 소리도 들리지 않았다.

주인집을 찾는 것은 어렵지 않았다. 왼쪽에서 두 번째 집 문에 '매니저'라는 표지판이 붙어 있었다. 나는 무슨 말을 해야 할지 잠시 고민한 다음 생각을 가다듬고 노크를 했다. 잘 해낼 수 있을 것 같았다. 하지만 대답이 없었다. 다시 한 번 노크했다. 그래도 대답이 없었다.

복도를 내다보니 양쪽으로 문이 열 개 있었다. 5층 건물이었으니 50가구인가? 1층에는 이상한 점이 전혀 보이지 않았다. 끔찍한 살인 사건이 일어난 건물이라는 흔적은 어디에도 없었다. 그러고 보니 문밖에 노란색 범죄 현장 통제 테이프도 붙어 있지 않았다.

다른 층도 가볼까 생각했지만 너무 오래 있으면 일라이어스가 나를 찾으러 올 것이 분명했다. 더 이상 걱정을 끼치면 안 될 것 같았다. 게다가 아무리 궁금해도 낯선 곳을 오랫동안 배회하고 다닐 순 없었다.

"무슨 일이죠?"

돌아서서 나가려는데 뒤에서 누군가의 목소리가 들렸다. 갑작스러운 굵은 목소리에 화들짝 놀라지 않을 수 없었다.

"미안요."

속옷에 가운 차림을 한 남자가 오른쪽 플랫의 문간에 서 있었다.

내가 복도를 기웃거리는 모습을 보고 있었던 것이다. 에든버러에서 제일 조용한 문인지 삐걱, 하는 소리는커녕 휙, 하는 바람 소리도 듣지 못했다.

"아, 예. 매니저를 찾고 있었어요."

나는 놀란 가슴을 간신히 수습하고 조심스럽게 대답했다.

"집에 잘 없어요."

남자가 풀려 있던 가운 끈을 당겨 앞을 가렸다. 그는 늙지는 않았지만 중년을 훌쩍 넘어 머리가 희끗희끗했고 수염이 비죽비죽했으며 눈 밑이 두둑하게 늘어져 있었다.

"그렇군요. 다음에 와야겠네요. 언제 오면 있을까요?"

남자가 어깨를 으쓱했다.

"이 건물에 빈집이 있을까요?"

"미국 사람이죠?"

"네. 한동안 지낼 예정이라서요."

남자가 고개를 끄덕이며 눈을 가늘게 떴다.

"야, 빈집은 많죠. 하지만 추천하긴 그런데. 더 나은 곳도 많아요."

"싼 집이 필요해서요."

"싸긴 하죠. 하지만 조금만 더 내면 훨씬 좋은 곳을 구할 수 있을 텐데. 내 딸이면 여기 못 살게 하지."

"왜요?"

남자는 어깨만 들썩하고 말이 없었다. 잠시 침묵이 흘렀다. 내가 그 침묵을 깨뜨리며 말했다.

"알겠습니다. 감사해요."

"별말씀을. 좋은 저녁 보내요."

남자가 문을 다시 닫았고, 이번에도 아무 소리가 나지 않았다. 나는 잠시 서서 이제 뭘 해야 하나 생각했다. 다시 일라이어스의 택시로 돌아가는 수밖에 없었다.

주인들이 빈집 광고를 한다면 건물 전체가 얼마나 조용한지도 자랑해야 할 듯했다. 솔직히 이상할 정도였다. 문제가 있는 건물은 보통 이렇게 조용하지 않다. 미국에서 온 사람이 피해야 하는 건물도 이렇게 조용할 리 없었다.

내가 특히 조용한 시간에 온 건가? 늦은 오후라 그런 건가? 한 번 더 방문해보지 않고서는 알 수 없겠지만 그럴 계획은 없었다. 더구나 가운을 입은 남자의 문을 언뜻 보니, 구멍으로 내다보고 있는 게 느껴졌다. 나는 서둘러 건물을 나왔다.

택시에서 나와 보도를 왔다 갔다 하고 있던 일라이어스가 나를 보더니 안도의 표정을 지었다.

"어떻게 됐어요?"

"별일 없었어요."

"그 플랫에 대해 물어봤어요?"

"아뇨, 매니저가 집에 없어서요. 하지만 살아보고 싶은 집은 아니에요. 이미 구한 집이 훨씬 좋네요."

"정말이에요? 어서 집으로 갑시다."

일라이어스가 또 문을 잡아주어서 나는 조수석으로 얼른 들어갔다. 나는 손잡이를 꼭 잡으며 앞좌석에 벨트가 있다는 사실에 안도했다. 집으로 가는 길은 공항에서 시내로 오던 길과 비슷했다. 서둘러 돌아갈 집이 있다는 건 좋은 일이었다.

열하나

한동안 느끼지 못했던 만족감과 함께 버스에서 내렸다. 새집에서 서점으로 가는 길은 꽤 단순했지만, 애거사가 굳이 약도를 그려주고 정확한 버스 번호를 적어주었다. 그러고도 안심이 되지 않았는지 버스 정류장까지 바래다주었고, 버스가 오자 내 뒤를 따라 올라와 기사에게 이렇게 말했다.

"이 젊은 색시가 꼭 그래스마켓 정류장에서 내리게 해줘요. 색시가 알아서 잘하겠지만 무슨 일이라도 생기면 당신 책임이에요."

애거사와 일라이어스는 내가 서점에서 집으로 돌아오는 최상의 방법을 놓고 격론을 벌였다. 그들에게 내가 어른이라는 사실을 알려주려 애쓰자 그들은 다행히도, 알아서 하게 두어야 한다는 타당한 결론을 내렸다.

애거사의 당부에 버스 기사는 고개를 끄덕이며 말했다.

"야, 부인."

버스 기사는 거울로 나를 바라보며 의미심장한 미소를 보냈다. 아마 아이들을 따라 버스에 오른 어머니를 많이 보았을 것이다. 내가 아이가 아니라는 사실, 애거사가 내 어머니가 아니라는 사실은 별로 중요하지 않았다.

서늘한 날이었고, 계속 구름이 끼어 있었다. 비가 꽤 오지 않을까 싶었다. 들은 바에 따르면 이것이 전형적인 에든버러의 날씨였다. 20도가 조금 안 되는, 평소보다 조금 높은 기온인 것만 빼면 말이다.

나는 기온 변화에 빠르게 적응했다. 오늘은 편한 바지와 블라우스를 입었다. 이 정도면 적당한 근무복이라 생각했다. 3일 전에 처음 서점에 온 이래 옷차림에 대해서는 이야기할 기회가 전혀 없었지만 말이다. 오늘은 로지에게 괜찮은 차림인지 물어봐야겠다고 생각했다.

새집에서는 더운 물이 잘 나오지 않았지만 일라이어스가 저녁 때까지 고쳐주겠다고 했다. 그것 말고는 극히 아늑한 집이었다. 어제 늦게 아빠, 엄마에게 다시 이메일을 보냈다. 좋은 소식만 적었으니 안도하고 좋아할 것이다. 당연히 제니의 살인 소식은 전하지 않았다. 나중에 얘기해야겠지. 영국의 휴대 전화를 사야 할 것 같은데, 그게 언제가 될지는 몰랐다.

오전 일곱 시 삼십 분에 서점에 도착했다. 창문으로 언뜻 그림자가 움직이는 듯해 안을 들여다보았다. 로지가 벌써 왔나 싶었다. 안은 잘 보이지 않았다. 창에서 손과 얼굴을 떼는데 갑자기 누군가가 불쑥 옆으로 다가왔다.

"앗, 죄송합니다. 누가 있는 줄……."

"실례했네요."

남자가 말했다.

나는 놀라서 남자를 찬찬히 뜯어보았다. 남자는 가만히 기다려 주었다. 남자답게 아름다운 외모였고, 왠지 스코틀랜드 분위기가 물씬 풍겼다. 스코틀랜드 전래 동화에서 튀어나온 사람 같았다. 내 상상력이 결국 도를 넘어 혼돈의 구렁텅이로 빠져든 걸까? 이제는 목소리들이 입체로 나타나기 시작하는 건가?

남자의 키는 180이 훌쩍 넘는 듯했다. 검은 곱슬머리는 뒤가 약간 더 길었지만 눈에 띌 정도는 아니었다. 친절해 보이는 얼굴에서 거친 느낌이 드는 건 아침 면도 직후에 곧바로 다시 자라나기 시작했을 게 분명한 수염 자국 때문일 터였다.

그의 하늘빛 눈동자를 보자마자 머릿속에 '하늘빛'이라는 단어가 떠올랐다. 남자는 빨간색과 파란색으로 된 킬트를 입고 있었는데, 지금까지 봐온 사람들과 완전히 다른 인상을 주었다. 이 남자가 입으니 킬트는 그냥 재미있는 차림이 아니었다. 그건…… 너무 흥미로운 차림이었다.

"실례했습니다."

남자가 내게 어느 정도의 탐사 시간을 준 뒤 다시 말했다.

"놀라게 하려던 건 아니었어요."

"아니에요."

남자는 기민하게 움직여 서점 문손잡이를 잡더니 당겨 열었다.

"여기 분이 아니죠? 이 서점 좋아요. 한번 둘러보세요."

내가 들어가자 남자도 따라 들어왔다.

"정말 멋진 곳이죠. 난 미국에서 왔어요. 여기서 한동안 일하기로 했고요."

"당신이 캔자스에서 온 사람이군요! 이번 주에 온다고 들었는데 잊고 있었네요. 난 톰 플레처예요. 요 옆의 펍 주인이죠. '딜레이니의 조그만 펍'이요."

남자가 손을 내밀었다. 따뜻하고 힘 있는 손이었다.

"안녕하세요. 난 딜레이니예요. 그러니까, 내 이름도 딜레이니예요. 당신의 펍 이름과 같아요. 나도 당신 펍을 봤어요. 재미있는 우연의 일치라고 생각했죠."

우리는 함께 웃었다.

"아, 이름은 몰랐네요. 다들 그냥 그 미국인이라고 불렀거든요."

나는 우리가 계속 손을 잡고 있었는지도 몰랐다. 톰이 약간 수줍게 미소를 지으며 손을 뺐다. 나도 모르게 한 발 가까이 다가가고 싶은 걸 꾹 참았다. 하지만 다음과 같은 말이 제멋대로 나오는 것까지 막지는 못했다.

"당신이 실제 사람이라 다행이네요."

톰은 눈을 깜빡이며 고개를 갸웃하더니 미소를 지었다. 실없는 미국인이라고 생각했겠지.

"나도 당신이 실제 사람이라 반가워요, 딜레이니. 언제든 펍에 와주세요. 스코틀랜드 위스키를 아직 마셔보지 않았다면 꼭 마셔봐요. 한 모금이라도. 내가 살게요."

나는 술을 별로 좋아하지 않았지만 스카치위스키에 대해서는 많이 들어보았고, 꼭 한번 마셔보고 싶었다.

"고마워요. 꼭 갈게요."

"좋아요. 기다릴게요."

"딜레이니 왔네."

로지가 뒤쪽에서 나왔다.

"안녕, 톰. 딜레이니와 인사했어?"

"야, 방금요."

"좋아. 책은 여기 있어."

로지가 뒤쪽 탁자에서 책 한 권을 가지고 왔다.

"고마워요, 로지. 이 은혜를 어떻게 갚죠?"

톰이 말했다.

"필요 없어. 에드윈이 주라고 했으니까. 아무 말도 하지 마. 에드윈이 워낙 확고했어. 돈도 낼 필요 없어."

"고마워요. 에드윈을 만나게 되면 제대로 인사할게요. 그리고 동생 이야기 들었어요. 너무 유감이에요. 내가 도울 일 없어요?"

"끔찍한 일이긴 하지만 우린 극복할 수 있을 거야."

"혹시라도 내가 도울 일이 있으면 꼭 알려줘요. 이웃 가게 아닙니까."

"고마워, 총각. 자, 딜레이니, 나 좀 도와줘야겠어요. 책을 한 권 찾아야 해요. 에드윈이 고객에게 이번 주 초에 배달하겠다고 약속한 책인데, 잊어버렸지 뭐예요. 에드윈은 자기도 기억하지 못하는 방식으로 물건을 정리해놓거든요. 오늘은 꼭 배달해주라고 하니 오전 중에는 찾았으면 좋겠어요. 잘 가, 톰."

톰이 고개를 끄덕였다.

"만나서 반가웠어요, 딜레이니. 또 봐요."

미소 짓는 그의 표정은 로지의 퉁명스런 무시에 별로 개의치 않는 듯했다.

"저도요. 만나서 반가웠어요."

나는 말하며 톰의 무릎 위만 보려, 긴 양말에 감싸인 종아리는 보지 않으려 노력했다. 로지는 톰이 나간 뒤 내 정처 없는 시선을 눈치챈 듯 웃었다.

"하도 오래 알고 지내다 보니 톰 플레처가 여성의 맥박 수에 어떤 영향을 미치는지 잊어버리고 있었네. 상대방도 마찬가지인 것 같고. 흠, 딜레이니와 톰이라, 나쁘지 않군."

나는 얼굴을 붉혔다.

"죄송해요. 제가 프로답지 못했네요. 킬트 입은 남자를 보는 게 익숙하지가 않아서요. 지금이 심각한 시기이긴 하지만 신기한 모습이라 그만……."

"뭐 어때요. 심각한 일들을 매순간 생각하지 않을 수 있는 것도 좋지."

로지가 잠시 뭔가 생각하며 눈을 깜빡였다.

"마침 때가 좋네. 지금 임자가 없을 거예요. 그렇다고 너무 기대하지는 않는 게 좋아요. 우리는 톰이 결혼해 정착할 유형이라고 생각하지 않는답니다."

"아, 저는 그렇게까지……."

"그래요. 딜레이니는 그 무릎을 극복하긴 해야겠지."

로지가 다시 웃었다.

나는 조금 더 얼굴을 붉혔다.

"오, 걱정하지 말아요. 어떻게 될지 누가 아나. 지금은 책이나 찾읍시다. 햄릿은 창고를 뒤지고 있어요. 나는 사방으로 찾고 있고. 딜레이니도 좀 도와줘요."

"무슨 책이에요?"

"토비아스 스몰릿의 『로더릭 랜덤의 모험』. 18세기 스코틀랜드 작가예요. 에드윈이 최근에 구한 판본인데, 가치 있는 건 아니에요. 초판본이 발행되고 한참 후에 다시 찍은 거라서. 하지만 상태가 꽤 좋더라고요."

책 속 인물들의 말을 읽어보기는커녕, 저자도 처음 듣는 사람이었다. 머릿속에 아무것도 떠오르지 않았다. 그 책이 어디 숨어 있는지 알려주는 목소리들도 전혀 들리지 않았다. 다른 조사 수단에 의존해야 했다.

어지러운 창고 선반의 체계를, 혹은 무체계를 떠올려보았다. 처음에는 모든 것을 아무렇게나 던져둔 줄 알았다. 하지만 그 정신없는 축적물에도 어렴풋한 질서가 있었다. 얼마 되지 않는 실마리로 암호를 푸는 기분이었다. 암호를 정확히 집어낼 수는 없었지만 확실히 뭔가 있다는 감은 왔다. 분명히 정의 내리긴 힘든 직관 같은 것 말이다.

"잠깐만요, 로지."

로지가 고개를 끄덕이고 약간 물러섰다.

나는 일단 둘러보면서 책장 속의 책들에 대해 생각했다. 그러잖아도 많아 보이는 책들을 자세히 들여다보니 각 선반마다 얼마나 많은 양이 들어차 있는지 알 수 있었다. 책의 표지며 제본들은 갈라지기보다는 찌그러져 있는 게 많았다. 머릿속 할 일 목록에 몇 가지를 더 추가하고 나서 현 과제에 다시 집중했다.

주제별, 혹은 소재별 모음이 있을까? 에드윈은 무슨 생각으로 『로더릭 랜덤의 모험』을 자리에 놓았을까?

나는 로지를 보았다.

"어떤 책인지 아세요? 코미디? 드라마?"

"아, 뭔가 실없는 내용이에요."

"패러디?"

"그런지도."

"이 경우에는 그럴지도 모르겠군요."

나는 왼쪽 벽에 놓인 사다리를 굴려 책장 중간으로 가지고 갔다. 패러디(parody)라면 P자 칸에 있을 가능성이 있었다. 그렇게 간단하지 않을 수도 있지만 왠지 거기 있을 것 같은 느낌이 들었다.

사다리 세 칸을 올라갔다. (뭐든) P로 분류된 꽉 찬 선반들을 훑어보니 성이 P로 시작되는 저자 이름이 몇몇 보였다. 그것들은 그냥 지나쳤다.

"몇 세기라고 하셨죠?"

사다리 아래에 서 있는 로지에게 물었다.

"18세기요. 더 자세히는 모르겠네."

"그거면 돼요."

대충 연대순으로, 세기별로 훑어가다가 18세기 부분인 것 같은 곳에서 속도를 늦췄다. 그리고 잠시 후, 우리가 찾고 있던 책을 발견했다. 아무래도 초심자의 행운인 것 같았다.

"여기에 있네요."

"그럴 리가."

로지가 말했다.

빡빡한 틈에서 책을 빼내느라 애를 쓴 뒤 사다리를 내려와 로지에게 내밀었다. 로지는 믿을 수 없다는 눈빛으로 나를 보았다.

"어떻게 찾은 거예요?"

나는 책장 쪽을 돌아보며 말했다.

"저도 잘 몰라요. 설명하기도 힘들고요."

로지가 웃었다.

"맙소사. 에드윈이 정말 사람을 제대로 뽑은 것 같네."

버스로 완벽하게 출근을 해냈을 때보다 더 만족스러운 순간이었다. 뺨이 상기되었지만 신경 쓰이지 않았다.

"이리 와요. 책이 온전한지 확인해봅시다. 햄릿도 기뻐하겠네."

"에드윈은 어때요? 햄릿과 당신은?"

나는 서둘러 로지를 따라가며 물었다.

"햄릿과 나는 바쁘게 지내려고요. 오늘은 아직 에드윈과 대화를 못 했어요."

"제가 늦은 건가요? 그랬다면 죄송해요."

"전혀. 출퇴근 시간은 딜레이니가 정할 수 있어요. 햄릿과 나는 제니 생각 좀 그만해야 하는데…… 오늘 아침 여섯 시에 햄릿에게 전화를 했는데, 벌써 깨 있더군요. 그래서 같이 일하러 나온 거예요."

"새 뉴스는…… 살인범에 대해서는 나왔나요?"

"내가 아는 한은 없어요."

새집이 편하긴 했지만 나도 밤새 좀 뒤척였다. 살해당한 제니 때문에 마음이 계속 무거웠다. 그렇게 뒤척이면서 나는 로지와 햄릿에게 에드윈의 동생과 살코기 시장 멤버들에 대해 편하게 물어봐야겠다고 결심했다.

무엇을 가장 먼저 물어볼까 생각하기도 전에 서점 문에 달린 종이 딸랑거렸다.

"에드윈인가……."

로지가 중얼거렸다. 우리는 발코니에서 몸을 내밀어 문 쪽을 내다봤다.

"아니네."

두 명의 남자가 들어와 우리 쪽으로 걸어오고 있었다. 그들은 책에 관심이 없다는 태도를 분명하게 드러냈다.

"무슨 일이시죠?"

로지가 계단을 내려가며 물었다.

"에드윈 매컬리스터를 찾고 있습니다."

키 큰 남자가 말했다.

"이곳에 없는데, 곧 올 거예요. 메시지 남겨드릴까요?"

키 큰 남자는 홀쭉하다 싶을 만큼 날씬했지만 자세히 보면 그렇지도 않았다. 눈동자는 밝은 푸른색이었고, 눈 밑이 늘어져 있었지만 피곤해서 그런 것 같진 않고, 긴 얼굴을 유쾌하게 만들어주는 요소인 듯했다. 허연 피부와 주근깨, 불그스레한 머리도 마찬가지 인상을 주었다.

다른 한 남자는 파트너보다 조금 작을 뿐 170센티인 나보다 10센티 가까이 컸다. 키 큰 남자만큼 유쾌한 인상은 아니었지만 상냥해 보이려고 애쓰고 있었다. 갈색 눈은 의심쩍은 빛을 띠고 있었고, 근육질 몸은 역도 선수 같았다. 그것도 불쾌한 조합은 아니었다.

둘 다 휘장이 달린 검은색 제복을 입고 있었다. 나야 뭔지 알 수 없었지만 로지는 그 휘장을 찬찬히 살폈다.

"저는 수사 반장 모건이고, 이쪽은 윈터스 수사관입니다."

키 큰 남자가 말했다.

생각보다 가느다란 목소리에 억양까지 더해지니 노래하는 것처럼 들렸다.

"매컬리스터 씨에게 질문하고 싶은 게 있어요. 정확히 언제 오는지 알 수 있을까요?"

"금방 올 거예요. 무슨 일인지 물어봐도 될까요?"

모건과 윈터스는 서로의 얼굴을 바라보았다.

"몇 가지 질문만 하면 됩니다."

모건이 명함을 꺼내 로지에게 건넸다.

"도착하면 전화해달라고 전해주세요. 다시 찾아오죠."

"그럴게요."

로지가 명함을 받았다. 두 사람은 서점을 나가려다가 문 앞에서 멈춰 섰다.

"당신들 모두 희귀 물품을 취급하나요?"

윈터스가 눈을 가늘게 뜨고 로지에게 물었다.

"야, 희귀본 책과 원고를 거래해요."

로지가 말했다.

"그런 것들은 얼마나 하죠?"

로지가 눈을 껌뻑였다.

"다 다르죠. 고려할 요소도 너무 많고요."

"수백만 달러 하는 것도 있습니까?"

"글쎄요, 그런 건 극히 드물죠."

로지가 어물거렸다.

"햄릿이라는 젊은 총각도 여기서 일합니까?"

"야."

로지가 대답했다.

"매컬리스터 씨에게 최대한 빨리 전화하라고 전해주세요."

"그러죠."

모건과 윈터스는 그대로 서서 로지가 뭔가 더 말하길 기다렸지만 로지는 아무 말도 하지 않았다.

"감사합니다."

모건이 말했다.

윈터스는 한 번 더 날카롭게 서점을 둘러보았지만 아무 말도 하지 않고 나갔다.

"이거 참 불편하네."

로지가 말했다.

"2절판에 대해 아는 걸까요? 햄릿이 말했을 수도 있잖아요. 그래서 온 걸까요? 햄릿은 세니한테 갔던 걸 말했대요?"

"가서 말은 했는데, 그래서 온 것 같지는 않아요. 햄릿이 2절판 얘기는 하지 않았다고 했어요. 일반적인 얘기를 물어보는 걸 거예요. 우리가 햄릿을 아는지 확인도 하고. 에드윈이 부자라는 건 잘 알려져 있어요. 허튼 소문이 많죠. 한번 찔러보는 걸 수도 있어요. 딱히 뭘 알고 온 건 아닐 거예요."

"로지, 에드윈이 아니라고 하긴 했지만 그래도 2절판이 불법적인 물건일 가능성은 없을까요? 버크의 설명이 믿을 만하지 않다고 했잖아요. 아예 설명할 말이 없었던 건 아닐까요?"

로지가 한숨을 쉬고 입을 일그러뜨렸다.

"나도 정확히 몰라요, 딜레이니. 에드윈은 범죄자가 아니지만, 개인이 소유하기 힘든 물건을 얻으려고 법망을 피해야 한 적은 있는 게 분명해요. 아마 박물관 같은 곳에 있어야 하는 물건이겠죠. 물론 우리 모두 결점이 있지만 에드윈은 좀 정신머리가 없는 게 문제예요. 지나치게 사람을 잘 믿고요. 에드윈은 수집품들도 사랑하지만 사람을 훨씬 더 생각해요. 가끔은 그냥 재미로 하는 게 아닌가 싶어요. 별생각 없이 놀이 삼아 물건들을 찾아내서 사는 거죠. 하지만 아무에게도 해를 끼치진 않아요. 그, 미국 말로 뭐라더라? 벗겨먹는다? 아무도 벗겨먹진 않죠. 도둑질은 말할 것도 없고."

"알겠어요. 하지만 2절판은 정말 이번에 처음 발견된 게 맞을까요?"

"그런 것 같아요."

로지가 끄덕였다.

"맙소사, 그렇다면 굉장한 일이에요."

이번엔 심장이 덜컹 내려앉지 않았지만 목소리가 떨렸다.

머릿속에 오셀로가 나타나 속삭였다.

'오, 향기로운 숨결, 정의의 여신이 검을 부러뜨리도록 설득하는구나.'

오셀로가 데스데모나의 키스가 너무 달콤해 죽이지 못하는 상황을 말한 것이다. 나는 기꺼이 넘어가야 할까, 아니면 이따금씩 외면해야 할까. 어느 정도까지 해야 할지 판단이 서지 않았다.

나는 오셀로를 다시 책 속으로 밀어 넣었다. 이 서점 어딘가에 그 희곡이 한 부 없을 리 없었다.

"2절판 때문에 누구를 죽일 사람이 있을 만도 하겠죠. 에드윈은 자신을 영원히 용서하지 못할 거예요. 직접적이든 그렇지 않든, 2절판이 동생의 죽음과 연루돼 있을 거라고 생각할 테니. 그걸 동생에게 준 게 그런 종말을 가져왔다고 늘 생각할 거예요."

"상관이 없을 수도 있잖아요."

"영영 알 수 없을지도 몰라요. 경찰이 철저히 조사할 수 있게 모든 걸 말할 수 없으니까. 모든 사람이 나쁜 길로 빠질 수 있을지 몰라도 에드윈만은 아니에요. 우리도 마찬가지고. 경매에서 사람들을 만나봤죠? 시간이 지나면 왜 에드윈이 2절판에 대해 경찰에 말하지 않는지 딜레이니도 알 수 있을 거예요. 적어도 지금 당장은 말이에요."

"그 사람들이 왜요? 혹시 먼로 로스 아세요?"

"야."

"제니랑 사귀었다고 하더라고요. 눈에 멍이 든 채로 경매에 나타났어요."

로지가 눈을 껌뻑였다.

"제니랑 싸우다가 그렇게 됐을 수도 있다고 생각해요?"

"모르죠."

"난 그렇게 생각하지 않아요."

로지는 그렇게 말했지만 잠시 생각에 잠겼다.

"둘이 사귄 건 아주 오래전이에요. 먼로는 펍에서 싸움을 자주 벌여요. 그래서 눈이 멍든 게 아닐까…….."

"에드윈이 그것도 오래전이라던데요. 싸움을 하지 않은 지 꽤 됐다고. 먼로는 문에 부딪쳤다고 했어요. 믿을 만한 설명은 아니죠."

"야, 하지만…… 그래요. 펍에서 그랬을 것 같진 않아요. 에드윈에게 말해봅시다."

로지가 돌아서더니 다시 계단을 올라가기 시작했다.

"살코기 시장 멤버 중 하나가 제니를 죽였다면 주느비에브라는 여자일 가능성이 커요. 그 여자도 왔던가요?"

"주느비에브 베그비요? 예, 왔어요. 왜 그분이 제니를 죽였을 수도 있다고 생각하는 건가요?"

내가 서둘러 따라가며 물었다.

"앗, 그건 조금 지나친 말이었을지도 모르겠네요. 어쨌든 주느비에브는 제니를 용서하지 못했죠."

"왜요?"

로지가 멈춰 서더니 나를 보았다.

"제니가 주느비에브에게서 먼로를 빼앗았으니까요. 썩 보기 좋은 일은 아니었죠. 그리고 먼로가 제니를 떠난 1년쯤 후부터 제니가 망가지기 시작했어요. 다 옛날이야기지만 난 어쩐지 주느비에브가 아직도 제니를 용서하지 못하고 그녀가 망가진 걸 흡족해했다는 생각이 들어요."

로지는 말을 마치자마자 놀란 표정으로 손을 내저었다.

"딜레이니, 내가 해선 안 될 말을 했네요. 그런 생각을 해서는 안 되는데. 먼로든 주느비에브든 제니의 죽음과 관련이 있을 리 없어요. 전혀."

로지가 돌아서 문으로 들어갔다. 나는 숨을 고르며 자연스레 다음 질문을 떠올렸다. 어떻게 하면 질문을 더 이어나가고 주소도 몇 개 얻을 수 있을까 궁리를 해봐야 했다.

로지와 달리 햄릿은 도와줄 것 같다고 생각하며 로지의 뒤를 따라 어두운 쪽으로 넘어갔다.

열둘

우리가 햄릿을 창고에서 해방시킨 직후 에드윈이 도착했다. 햄릿에게 주소도, 다른 어떤 것에 대해서도 질문할 시간이 없었다. 그런데 이번에도 에드윈과 나는 주파수가 통한 듯했다. 우연히 인터넷 구인 광고를 통해 대화를 나누게 되었고 이렇게 쉽게, 빨리, 함께 일하게 된 마법이 계속 작동하고 있는 것처럼 말이다.

로지에게서 경찰의 말을 전달받은 뒤 에드윈은 내가 찾은 책이 버크의 것이라며, 경매에 금빛으로 차려입고 왔던 그 남자에게 함께 배달하러 가지 않겠냐고 물었다. 분위기로 보아 단순한 책 배달이 아닌 듯했다.

"물론이죠."

나는 대답했다.

우리는 시트로엥을 타고 말없이 시내를 빠져나갔다. 내가 평상시의 에드윈에 대해 알 수 있었던 건 우리의 첫 통화 때뿐이었다는 생각이 들었다. 내가 이곳에 도착한 뒤에는 모든 것이 바뀌어 에드윈은 똑똑하고 즐거웠던 전화 상대에서 슬픔에 빠진 오빠로 바뀌어버렸다. 나는 마음이 아팠지만 도울 수 있는 것이 별로 없었다.

"에드윈."

내가 침묵을 깨뜨렸다.

"야?"

"우리가 왜 버크에게 이 책을 배달하는 거죠?"

"그가 원했던 책이니까요."

"아뇨. 제 말은, 왜 우리가 가냐고요. 책 배달이 제 업무 중 하나라면 기꺼이 하겠지만, 그래서 제가 가는 건 아닌 것 같아서요. 버크가 제니의 죽음과 관련이 있다고 생각하세요?"

에드윈이 눈썹을 치켜 올리고 나를 흘긋 바라보았다.

"세상에! 딜레이니, 왜 그런 생각을 하는 거죠?"

"음, 추측이에요. 지금 버크에게서 뭔가 알아내려고 하는데, 나도 돕길 바라는 거 아닌가요? 혹은 버크가 어떻게든 연루되어 있을 거라고 생각하는 거겠죠."

"당신은 똑똑한 색시예요. 확실히 해두자면, 난 버크가 동생을 죽였다고 생각하지 않아요. 하지만 2절판 때문에 죽은 거라면, 그게 어디에서 어떻게 입수된 건지 진짜 이야기를 듣고 싶어요. 당신도 같이 들어도 문제될 것이 없다고 생각해요."

"버크도 제니를 알았죠?"

"야, 내 친구들은 모두 내 동생을 알았죠."

나는 고개를 끄덕이고 잠시 생각했다.

"민로의 눈이 멍들어 있던 건 어떻게 생각해요?"

"어디에서 멍이 들었는지는 모르겠지만, 제니의 주먹은 아닐 거예요."

"주느비에브는요?"

"주느비에브 베그비?"

"네. 로지에게 주느비에브와 제니 사이가 좋지 않았다고 들었어요."

"로지는 왜 쓸데없는 말을…… 그렇지 않아요. 그건 수십 년 전 일입니다."

"때로는 다친 마음이 고쳐지지 않기도 하죠. 수십 년 후라고 해도요."

에드윈은 "아니에요" 하고 대답했지만 회의적인 기색이었다.

나는 내가 무작정 던져본 의심들을 에드윈이 더 깊이 생각해보도록 놔두었다. 그리고 잠시 후에 물었다.

"경찰에게 전화는 안 걸어요?"

"해야죠."

"햄릿이 2절판 이야기를 했을까요?"

"아뇨 안 했대요."

나는 고개를 끄덕였다. 이제 의심은 사라지고 신뢰가 돌아왔다. 에드윈이 확신한다면 나도 믿지 못할 이유가 없었다. 적어도 지금으로선.

우리는 에든버러 북서쪽으로 가고 있었고, 성은 더 이상 보이지 않았다. 부유해 보이는 동네로 들어서고 난 뒤 에드윈은 가파르고 구불구불한 진입로로 시트로엥을 몰았다. 진입로 양쪽에는 완벽하게 다듬어진 잔디밭이 끝없이 펼쳐졌다. 커다란 나무는 없었지만 자로 잰 듯 깎은 덤불이 몇 개 흩어져 있었다. 잔디가 바다까지 뻗어 나간 게 아닐까 싶었다.

"맙소사!"

또다시 커브 길을 돌아 언덕 꼭대기에 도착했을 때 내가 외쳤다. 그런 집은 처음 보았다. 저택인가? 성인가? 아니, 성은 아니었다. 성이 되기 직전의 저택이었다. 왠지 에드윈의 집도 비슷할 것 같았다.

"엄청난 집이네요."

내가 말했다.

"야, 꽤 멋있죠. 따라와요."

에드윈이 차를 세운 뒤 밖으로 나갔다. 나는 책을 챙겨 들고 에드윈을 따라 나머지 진입로를 지나 화강암이 깔린 보도로 들어섰다. 주눅 들고 싶지 않았지만 어쩔 수 없었다. 내 옷도, 구두도 이곳과 어울리지 않아 보였다. 다른 나라를 넘어 다른 행성에 온 기분이 들었다. 에드윈은 커다란 금색 현관문에 달린 거대한 금색 손잡이를 두드렸다. 그러고는 내게 몸을 기울이더니 조용히 말했다.

"버크는 헨리 왕의 직계손이에요. 경매 때 말하지 않았다면 오늘 말할지도 몰라요. 놀라는 티는 내지 말아요. 안 그러면 계속 그 타령일 테니까."

"버크 블랙번이라고 하니 해적 이름 같은데요."

"아이고, 색시, 버크에겐 그렇게 말하지 말아요. 너무 좋아하면서 뭔가 낭만적이고 전실직인 길로 조직힐 깃이 분멍해요."

문이 열렸다.

"에드윈, 내 친구여. 제니 일은 너무 유감이야. 마음이 너무 아파."

버크가 말하며 내 쪽도 처다보고 고개를 끄덕했다.

버크는 또 금빛에 휘감거 있었다. 몸에 걸친 가운은 빨간색 단을 댄 금색 비단이었고, 손에 들고 있는 담뱃대는 검은 나무를 조각한 것이었지만 그 역시 금색 장식이 되어 있었다. 담배는 향이 좋았지만, 지나치게 짙은 냄새가 바로 코를 찔러 찡그리고 싶은 걸 겨우 참았다.

"고마워, 버크. 우린 책을 가져왔어."

에드윈이 말했다.

"어서 들어와."

버크가 물러서며 문을 활짝 열었다.

집 안도 주인과 마찬가지였다. 모든 것이 참을 수 없을 만큼 호화로웠고 금으로 씌워져 있었다. 이 사치스러운 물건들이 모두 진짜 금일 리는 없었다. 금으로 장식된 탁자와 의자도 그렇지만 액자, 벽타일을 진짜 금으로 만드는 사람은 없을 테니까. 비현실적인 풍경이었다.

"와우."

나도 모르게 감탄사를 내뱉었다.

"야, 대단한 집이죠?"

버크가 자랑스럽게 말했다.

"그래. 정말 대단한 집이야, 버크."

에드윈이 말했다.

에드윈의 목소리에서 묻어나는 기분 상한 기색과 버크의 꾸미는 듯한 태도가 질투심 때문인 것 같지는 않았다. 에드윈과 버크는 친구처럼 보이지 않았다. 아니, 그게 아니라, 둘은 친구인 것처럼 행동하고 있었지만 서로를 우호적으로 대하고 있지 않았다. 나는 둘의 관계를 더 세심하게 알아볼 필요가 있었다.

버크의 시선이 내가 들고 있는 책에 머물렀다. 나는 책을 그에게 건네주면서, 문득 너무 꽉 잡고 있었다는 생각이 들었다.

"좋아요. 이리 와요. 위스키도 있고 홍차, 커피도 있어요. 헨리 왕에 대한 얘기도 해줘야겠네요. 오늘 아침은 우리 모두 기운 낼 필요가 있을 것 같아요."

나는 위스키를 마시고 싶지 않았다. 톰의 펍에서 마실 때까지 기다리고 싶다는 생각이 머리를 스쳤다. 그러나 무례하고 싶지도 않았다. 나는 에드윈을 바라보았고, 그가 나섰다.

"커피면 충분해."

버크가 손뼉을 두 번 딱딱, 쳤다. 조명이 꺼지거나 켜지지 않을까 싶었지만, 그건 아니었다. 대신 옆쪽 복도에서 한 여자가 들어왔다.

"야?"

그녀의 눈에는 지루함이 가득 담겨 있었고, 눈가에는 주름살이 많이 늘어져 있었다. 둥글둥글한 몸은 얼굴만큼 늙어 보이진 않았지만 60대일 것 같았다. 그녀는 고전적인 하녀 복장, 보수적인 검은 드레스에 하얀 앞지마를 두르고 하얀 모자를 쓰고 있었다.

"커피와 다과를 갖다줘요, 잉이."

버크가 말했다.

"야, 주인님."

잉이가 대답한 뒤 발을 끌며 사라졌다.

"잉이는 태곳적부터 나와 함께 지냈죠. 내가 무척 좋아하는 사람이에요."

버크가 말했다.

어느 쪽도 상대에게 호감을 가지고 있다는 느낌은 들지 않았지만 나는 고개를 끄덕이며 미소 지었다.

"이리 와서 앉아요."

오른쪽으로 들어가며 버크가 말했다.

크고 휑한 방이 나왔다. 벽난로 선반, 거울 액자, 의자 팔걸이, 커다란 양탄자 무늬의 일부, 책장의 귀퉁이 보강쇠 등 잠깐 보기에도 더욱 많은 금빛 물건으로 채워져 있었다.

"앉아요, 딜레이니."

에드윈이 말했다.

나와 에드윈은 의자에 앉았고, 버크는 소파에 앉아 다리를 꼬았다. 털북숭이 종아리 한쪽이 드러났다. 버크가 자세라도 바꾸면? 부디 속옷을 입었기만을 빌었다. 하지만 어쩐지 속옷을 좋아하지 않을 것 같은 예감이 들었다. 가운 입은 남자를 벌써 두 번째 보는 것이었다. 스코틀랜드라서 그런가? 아니면 우연일까?

"책 가져다줘서 고마워, 에드윈. 오늘 가져올 필요는 없었는데. 천천히 가져다줘도 괜찮았거든."

버크가 소파에 책을 놓고 검지로 조심스레 표지를 젖혔다. 아주 희귀한 책은 아니었지만 조심스러워하는 태도가 마음에 들었다.

"늦어져서 미안해, 버크. 이틀 전에 가져다줬어야 하는 건데. 상황이 좀 그렇게 됐어."

버크가 책을 덮고 에드윈을 똑바로 보았다.

"정말 비극적인 소식이야."

"야, 위로해줘서 고맙지만, 실은 오늘 온 다른 목적도 있어. 경매에서 설명했다시피, 딜레이니가 내 업무의 대부분을 차차 맡을 거야. 내가 건강할 때 누군가를 훈련시키는 것이 좋겠다고 생각했어."

"이해해."

버크가 자세를 바꿔 앉으며 말했다. 무릎이 좀 더 보였지만 다른 부분은 그대로 덮여 있었다. 버크가 나를 바라보았다.

"에드윈 매컬리스터는 누군가를 믿고 일을 맡기는 스타일이 아니에요. 당신은 아주 특별한가 보군요."

"제가 기대만큼 해낼 수 있으면 좋겠어요. 그런데 질문이 있어요."

"야?"

버크가 말했다.

내가 질문하기 전에 에드윈이 끼어들었다.

"버크, 딜레이니에게 2절판 얘기를 했다며. 그런데 어떻게 발견했는지는 알려주지 않았어. 예전에 해준 설명이 사실인지 확인하고 싶어. 그게 사실이 아니라면 오늘 우리에게 진짜 이야기를 들려주었으면 좋겠어."

에드윈이 나를 보았다.

"버크에 따르면 우리 지역의 오래된, 유령이 나오는 집 중 한 곳에서 2절판이 발견되었다고 해요. 우리 지역엔 비밀도 많고 숨겨진 장소도 많아요. 물론 유령도요."

"꼭 다녀보고 싶어요."

팔에 솜털이 일어서는 것을 느끼며 내가 말했다.

"그 물건을 찾아낸 건 내 지인 중 하나야. 그런 다음 어느 장소에 두었는데, 내가 거기를 뒤졌지."

버크는 또박또박 말했다.

"그 전까지는 어디에 있었는지 몰라. 난 보물찾기를 하게 되었던 거고. 이 이야기는 사실이야."

"보물찾기요?"

내가 물었다.

"우리 모두 들었던 얘기 그대로네."

에드윈이 말했다.

"그래, 그대로야."

버크는 완고하게 입을 오므렸다.

"그래요?"

나는 최대한 정중하게 의심을 표했다.

그러고 나서 버크는 놀랄 만한 말을 했다. 에드윈의 얼굴에도 놀라는 빛이 스쳤지만 재빨리 표정을 수습했다.

"그래서, 딜레이니는 보았나요? 어떻게 생각해요? 에드윈이 보여주고 싶어 했는데."

버크가 몸을 내밀며 목소리를 낮추었다.

"아직 보지 못했어요."

나는 최대한 침착하게 대답했다. 에드윈이 좀 더 준비를 잘 시켜주었더라면 하는 원망이 들었다.

그때 나는 깨달았다. 면접 전화에서, 로지와의 수다에서, 내가 에드윈에 대해 지금까지 알게 된 것이 너무 부족하다는 것을. 면접 전화 때 에드윈은 호기심이 많고 남의 말을 집중해서 들을 줄 아는 사람이었다. 로지에 의하면 에드윈은 선량하지만 정신머리가 없는, 다소 바보 같은 점도 있는 남자였다. 짧은 경험이지만 그가 어떤 부분에서는 똑똑할 수 있다는 사실도 알았다. 하지만 이 순간엔 에드윈이 매우 영리한 남자라는 걸 분명히 알 수 있었다. 에드윈은 자연스럽고 즉흥적인 대화가 이루어지길 바랐기에 일부러 나를 준비시키지 않았던 것이다. 버크가 2절판이 분실된 것을 아는지 모르는지 판단하기 위해서였다.

버크가 실망스러운 표정을 지었다. 누가 더 실망스러운 건지, 나인지 에드윈인지 알 수 없었지만, 진짜 실망하는 표정이긴 했다. 에드윈이 고개를 숙이는 것으로 보아 버크가 2절판의 행방을 모를 가능성이 크다는 사실을 받아들인 듯했다.

"그래서, 그게 진짜 2절 초판본이에요? 그렇다면 대단한 발견인데요."

내가 말했다.

"버크가 그렇다고 해요. 나도 믿고요."

에드윈이 말했다.

"진짜예요. 검사해봐요. 처음부터 끝까지. 만일 뭔가 의문이 들거나 에드윈의 마음이 바뀐다면 나는 기꺼이 전액을 돌려주고 다시 경매에 올릴 거야. 참가했던 사람 중에 금액을 더 올릴 걸 하고 후회하는 사람이 많아. 오늘 오후에 가져온다고 해도 돈을 내줄게."

에드윈의 어깨가 약간 늘어졌다. 또 다른 표시였다.

"생각해줘서 고마워, 버크. 하지만 내가 계속 가지고 있을 거야."

"이리 오기 전에 왜 딜레이니에게 보여주지 않은 거야?"

버크의 말에 에드윈이 어깨를 으쓱했다.

"이해가 안 가네. 실없는 노인 같으니."

버크는 흰 이가 드러나도록 활짝 웃었다. 드디어 두 남자 사이의 우정이 좀 보이나 싶었다.

그때, 에드윈의 휴대 전화가 울렸다.

"잠시만."

에드윈이 방을 나갔다.

"버크, 어떻게 2절판을 얻었는지 더 자세히 얘기해주세요."

에드윈의 뒷모습을 바라보고 있던 버크에게 내가 말했다.

버크는 물러나 앉아 담뱃대를 입에 끼웠다. 그리고 잠시 이로 물고 있더니 입술을 닫고 빨아들인 뒤 연기를 한 번 내뱉었다.

"에든버러에 대해 얼마나 알죠?"

버크의 물음에 나는 웃으며 답했다.

"아직은 아는 게 없죠. 하지만 많이 배우고 싶어요. 오기 전에 공부를 좀 했지만 겉핥기도 제대로 못 했어요."

"유령이 많다는 건 알고 있죠?"

"예, 대충."

"야, 무덤 속, 뼛속 깊이까지 유령에 들려 있어요. 역사, 전쟁, 승자와 패자, 선한 자와 악한 자. 그 모든 게 이곳에 뒤섞여 있죠. 당신도 보게 될 거예요. 여기 있는 동안 한둘은 만나게 되겠죠. 다들 그래요."

버크가 너무 진지해서 나는 이런 대화에 따라붙게 마련인 공모의 윙크나 냉소적인 맞장구를 자제했다.

"알았어요."

나는 다시 팔뚝의 솜털이 따끔거리는 것을 느끼며 대답했다.

"어쨌든 2절판이 어느 건물 지하에서, 오랫동안 아무도 살지 않았던 곳에서 발견되었다면 어떻겠어요? 지금은 관광객들에게 보여주고 있는 곳 말이에요. 지금도 거기서 투어가 진행되고 있을지 모르죠."

"흥미롭네요."

"어느 유령이 그 보물이 있는 곳을 안내했다면 어떻겠어요? 일행에서 뒤처지기 시작한 게 아닌가 하던 지친 사람을 이끌어 목소리를 듣게 만들었다면?"

나는 침을 꿀걱 삼켰다. 나도 머릿속 목소리들을 갖고 있긴 하지만 일행을 잃어버릴 걱정을 해본 적은 없었다. 정말 걱정을 해야 할지도 모르겠다.

"살 모르겠네요."

내가 말했다.

"내가 좋아하는 '코끼리와 베이글'이라는 곳에서 한창 식사를 하고 있었는데, 어느 선량한 사람이 찾아왔어요. 그 남자는 사정이 아주 좋지 않아 보였어요. 옷은 매우 더러웠고 군데군데 찢어져 있었어요. 사실 찢어지고 더러웠던 건 옷뿐이 아니었지만, 심한 묘사는 피하고 싶군요. 가게를 나서는데 그가 다가오길래 나는 거지인 줄 알았어요. 하지만 눈빛이 좀 다르더군요. 내 소매를 잡아당기며 하고 싶은 이야기가 있다고 하는데, 들어줄 수밖에 없었죠. 그는 원고를 찾았다고, 마법 같은 책이라고만 했어요. 어느 날 비를 피하려고 투어를 몰래 따라 들어갔다고 했어요. 건물 안에서 사람들이 가이드를 따라 깊이 들어가는데, 자신에게 알 수 없는 목소리가 들리더랍니다. 그 목소리가 책이 있는 곳으로 인도했대요. 그러고 나서 나를 찾으라고 말했대요. 그래서 책이 어디 있는지 알려주라고요. 내가 가져가야 한다고요."

분명 매우 억지스러운 이야기였다. 하지만 믿고 싶기도 했다. 목소리들이 안내해주는, 마법의 책들이 있는 장소.

"경매에는 왜 내놨죠?"

내가 물었다.

"3년 넘게 내가 가지고 있었어요. 그걸 가지고 딱히 할 게 없었죠. 적당한 박물관에 기증할까도 생각했지만, 나에게는 에드윈처럼 그런 것을 가지고 싶어 하는 친구들이 있었죠. 나는 대의보다는 친구들을 더 생각한답니다. 그걸 깨닫고 온전히 인정한 거죠. 그렇게 된 거예요."

흥미로웠다. 3년 전이면 식당에서 만난 의문의 남자를 찾아내기 어려울 것이다. 그렇다고 이야기의 허술한 구멍들을 지적해서 나에게 큰 이득이 될 건 없었다.

버크가 복도 쪽을 흘긋거렸다. 에드윈의 목소리가 웅얼웅얼 들렸다. 꽤 멀리 간 것 같았다. 버크는 몸을 더욱 앞으로 기울이며 조용히 말했다.

"딜레이니, 당신이 에드윈을 위해 할 일이 있어요."

나는 눈을 깜빡였다.

"무슨 말씀인지……."

"우리 모두 에드윈을 걱정하고 있어요. 물론 제니가 살해당한 건 슬픈 일이죠. 하지만 그런 비극이 일어나기 전에도 우리는 항상 걱정했어요. 2절판을 동생에게 가지고 있으라고 주었다고 확신을 가지고 말하더군요. 제니를 자기 삶에, 사업에 좀 더 끌어들이려는 그의 욕심이 우리를 걱정시켰어요. 곧 되찾아올 거라고 하긴 했지만 애초에 제니에게 맡겨서는 안 되는 물건이었어요. 당신이 고용되었다는 소식을 듣고 주느비에브와 나, 그리고 다른 사람들은 당신이 우리와 그의 결정들을 면밀히 지켜보길 바랐어요. 지금은 이 정도로 해두겠지만 제발 눈을 떼지 말아요. 그리고 솔직히……."

버크는 잠시 복도 쪽을 흘긋거렸다.

"우리 중 누구도 제니의 소식을 듣고 전혀 놀라지 않았어요."

"그녀를 얼마나 잘 아셨죠?"

"태어난 이후 쭉. 에드윈과 나는 어렸을 때부터 친구였어요."

"누가 그녀를 숙였을 거라고 생각하세요?"

"음, 마약 친구들 중 하나겠죠. 그런 사람들을 가까이해서는 안 됐는데……."

"하지만 나아지고 있었다는데요? 비록 제니가 에드윈의 삶과 엮여서는 안 된다고 생각은 했어도, 나아지고 있었다는 것까지 인정하지 않을 건가요?"

버크가 천천히 고개를 저었다.

"우리 모두 그다지 나아지고 있다고 생각하지 않았어요."

"이해가 안 가요. 저는 제니를 잘 모르지만 에드윈의 삶에 좀 더 참여하는 게 문제가 될 수 있나요? 불쾌한 사람이었기 때문이에요?"

"그 반대입니다. 제니는 지극히 예의가 바른 사람이었어요."

"그럼 왜 가까이하면 안 되었다는 거예요?"

"전사가 있으니까요."

버크가 슬픈 눈으로 나를 보았다.

"당신은 모를 수밖에 없는 수십 년에 걸친 역사가 있어요. 사람들에게 어떤 해악을, 상처를 입혔는지 일일이 알려줄 순 없잖아요. 믿음이 깨지고 우정이 흩어지고 수십 년 쌓인 앙금도 있는데. 에드윈이 제니를 사업에 끌어들이고 깨진 신뢰를 회복하려 한다고 해서 우리까지 끌어들여서는 안 됐어요. 제니를 용서하고 싶지 않은 사람도 있을지 모르는데……."

"제니를 용서하고 싶지 않으셨어요?"

"나 말고요."

"혹시 먼로 로스와 주느비에브 베그비인가요?"

"야."

버크가 놀랐다는 듯 대답했다.

"제가 그들을 만나 얘기하려면 어떻게 해야 할까요?"

버크는 나를 한참 쳐다보았다. 그가 생각에 빠진 동안 잉이가 금쟁반에 금주전자와 금잔, 과자가 담긴 금접시를 가지고 왔다.

"잉이."

버크가 다시 복도 쪽을 흘긋 보고서 조용히 말했다.

"먼로 로스와 주느비에브 베그비의 주소와 연락처를 적어줘요. 그리고 딜레이니에게 전해주세요. 에드윈 모르게. 혹시 모르니 내 전화번호도 적어요."

"아, 저는……."

내가 입을 열었다.

버크가 나에게 윙크를 했다. 잉이는 나와 버크를 번갈아 보면서 슬퍼 보이는 눈을 약간 더 내리뜨더니 쟁반을 버크 옆 탁자에 놓고 방을 나갔다.

"내가 따라야겠네.

버크가 일어서서 주전자를 들었다.

"커피 할래요?"

에드윈이 다시 방으로 들어왔지만 누구에게 온 전화였는지는 말하지 않았다. 우리는 커피를 마시고 쿠키를 먹으며 버크의 질문을 받았다. 나는 그에게 캔자스에서의 생활에 대해 들려주었다. 버크는 농장 생활과 박물관 일에 큰 관심을 보였다. 오래지 않아 우리 셋의 대화가 막힘없이 흘렀고, 나는 에드윈이 나와 버크의 상호작용을 관찰하는 걸 눈치챘다.

우리가 떠날 때쯤엔 버크가 좋아질 정도였지만 여전히 믿을 순 없었다. 버크도 마찬가지였을 것이다. 나는 그의 스파이가 될 생각이 없었다. 그가 그런 걸 요구한 건 아니길 바랐다. 그의 에드윈에 대한 염려가 진심이고 평생에 걸친 우정에서 비롯된 것일 가능성도 있었다. 나는 상사 에드윈에게 문제의 징후가 보이는지 지켜보겠지만 버크에게 보고하지는 않을 터였다.

주느비에브와 먼로도 믿을 수 없었다. 그래서 버크도 내가 연락하려 한다고 생각한 것 같지는 않았다. 현관에서 잉이가 내 손에 쥐여준 쪽지를 감사히 받았다. 에드윈은 잉이가 인사도 하지 않을 거면서 왜 내 곁으로 다가오는지 의아한 눈길을 던졌다. 나는 이 일을 비밀로 할 작정은 아니었지만 적어도 지금은 입을 다물고 있는 것이 나쁜 발상 같지는 않았다.

에드윈이 시트로엥을 몰고 저택을 나가는 동안 사이드미러로 뒤를 보니 버크는 황금색 현관 앞에 서서 본격적으로 담뱃대를 뻐끔거리고 있었다. 잉이가 그 옆에 서서 한 손을 허리에 올리고 한 손으로 버크에게 손가락질하며 뭐라고 하고 있었다. 잉이는 화가 난 듯했고, 버크는 신경 쓰지 않는 것 같았다. 그 모습을 보고 조용히 웃었다.

"이제 어디로 가죠?"

내가 물었다.

"제니의 플랫으로 갈까요?"

에드윈이 말했다.

"좋은 생각이네요."

나는 주머니에 쪽지를 집어넣었다. 한번 펴보고 싶은 유혹이 컸
지만 참았다. 에드윈을 배신한 것 같은 기분이 들었지만 심각하진
않았다. 누구를 믿어야 할지 결정하기는 아직 이르다는 생각이 들
었다.

열셋

에드윈이 택한 경로는 일라이어스가 갔던 길과 달랐다. 나는 여전히 성을 이용해 방향을 잡았지만 몇 군데 위치를 알아보며 이곳을 점점 파악하고 있는 것 같아 기뻤다. 에드윈에게 전날에 이미 다녀왔다는 말은 하지 않았다.

"저기입니다. 제니는 저 갈색 건물에 살았어요."

에드윈이 어제 일라이어스와 거의 같은 자리에 차를 세우며 말했다.

나는 거짓말을 하는 것 같은 죄책감이 들어 대답을 어물거리며 건물을 보았다. 오늘 구름은 그다지 불길해 보이지 않았지만 건물은 여전히 음침했다.

"안에 들어갈 수 있는지 봅시다. 경찰 조사가 끝났을 테니 좀 더 잘 찾아볼 수 있겠죠. 경찰이 찾지 못한 단서를 우리가 발견할 것 같지는 않지만 2절판이 거기, 내가 보지 못했던 곳에 있다면, 제니의 죽음과 관련되었다는 가능성은 배제할 수 있겠죠."

"버크가 관련 있을 거라고 생각했던 거죠? 그러니까 2절판을 되찾고 싶어서 제니를 살해했을지 모른다고 생각한 건가요?"

"확신한 건 아니에요, 딜레이니. 그렇지 않기를 바라요. 하지만 교활한 친구니까요. 나는 로지와 햄릿에게 제니가 2절판을 가지고 있다고 말했어요. 딜레이니에게도요. 그들이나 당신이 제니의 죽음과 관계가 있다는 의심은 전혀 들지 않았어요. 난 그저 버크가 무심결에 어떻게 행동하는지 봐야겠다고 생각했어요. 질문을 했을 때 수상하게 행동하는지를요. 오래 봐왔으니 표정을 보면 알 수 있을 거라고 생각했죠. 죄책감 같은 게 비치지 않을까 싶었어요. 하지만 수상한 점은 발견할 수 없었어요. 고지식하게 굴려는 건 아니지만, 내가 직접 봐야 했어요. 대답이 됐나요?"

"네."

내가 말했다.

"도움이 될지는 모르겠지만 저도 버크가 2절판이 사라진 걸 모른다고 생각해요. 그가 가지고 있는 것 같지도 않고요."

에드윈이 고개를 끄덕이고 시동을 껐다.

"자, 들어가서 매니저랑 얘기해봅시다."

나는 에드윈을 따라 갈색의 황량한 건물로 들어갔다. 건물 안은 어제와 마찬가지로 고요했다. 그래도 누군가와 같이 있으니 훨씬 덜 섬뜩했다. 에드윈이 시끄럽게 노크를 하자 매니저가 문을 활짝 열었다. 이번에도 가운 차림을 한 사람이 나오지 않을까 생각했지만 온전히 옷을 입은 남자가 나타나 조금 의외였다.

174

"아, 에드윈."

남자가 청바지를 추어올리며 손을 내밀었다.

"동생 일은 너무 안됐어요. 들어와요, 들어와."

매니저가 나를 보며 의아한 표정으로 고개를 끄덕했지만, 나는 미소만 지었다.

"고마워요, 해리. 딜레이니, 이쪽은 건물 매니저인 해리 보이드예요. 해리, 이쪽은 우리 새 직원 딜레이니 니콜스입니다."

해리는 별다른 표정 없이 나와 악수했다. 그의 티셔츠 오른쪽 어깨에 끈끈해 보이는 작은 얼룩이 묻어 있었다. 얼룩에 아직 윤기가 있는 것으로 보아 묻은 지 얼마 되지 않은 듯했다. 금발에 흰 피부였으나 얼굴의 수염 자국은 까맸다. 거기에 근육질의 두꺼운 팔, 거대한 허벅지 등이 거친 남자 같은 인상을 주었다. 동네 깡패 같은 상투적인 쪽으로 말이다.

"괜찮으면 제니의 플랫에 올라가보고 싶은데요."

에드윈이 말했다.

"상관없어요."

해리가 어깨를 으쓱했다.

"경찰이 언제든 청소해도 된다고 했어요. 안 그래도 어떻게 할지 이따가 전화하려고 했어요. 당신이 원하는 게 있으면 가져가고 남은 건 내가 팔게요. 정말 유감이에요, 에드윈."

"고마워요, 해리."

에드윈이 침을 꿀꺽 삼켰다.

"열쇠를 가져오지 못했는데, 우리가 들어갈 수 있게 해주세요."

"그럴게요."

해리가 바지 뒷주머니에서 커다란 열쇠 꾸러미를 꺼냈다. 그리고 자기 플랫에서 나와 문을 닫은 뒤 빽빽한 열쇠 꾸러미에서 자기 열쇠를 바로 찾아 빠른 속도로 문을 잠갔다.

돌아서니 복도 맞은편에 어제 마주쳤던 남자가 서 있었다. 여전히 가운 차림이었다. '다시' 가운 차림인 걸 수도 있지만 어쩐지 '여전히' 가운 차림이 맞을 것 같았다. 그는 나를 바라보며 손에 든 머그잔에 담긴 뭔가를 한 모금 마셨다. 김이 나지 않는 것으로 보아 따뜻한 음료는 아닌 듯했다.

"좋은 오후입니다."

나는 그가 어제 일을 입에 올리지 않기를 바라며 먼저 말을 걸었다.

"좋은 오후."

그는 해리와 에드윈을 보더니 다시 자기 플랫으로 천천히 들어가 문을 닫았다.

"어, 무시해요."

해리가 말했다.

"노파들만큼이나 할 일 없이 시끄러운 남자예요. 누가 왔다 하면 어떻게 알고 가운 차림으로 나오는데, 그러지 말라고 해도 들은 척도 안 해요."

나는 에드윈과 해리를 뒤따라가며 그의 문구멍에 대고 '고마워요' 하고 입모양을 만들어 보였다. 혹시 보고 있을지도 모르니까.

우리는 엘리베이터를 타고 3층으로 올라갔다. 대화가 전혀 없었

176

지만 어색하지는 않았다. 3층도 1층과 마찬가지로 무서울 만큼 조용했다.

"주변이 정말 조용하네요."

내가 말했다.

"이상할 정도로 조용한 거주자들이 많아요."

해리가 말했다.

"덕분에 일하기가 한결 수월하죠. 시끄럽다, 조용히 해라 하고 다닐 필요가 없으니까."

3층은 1층과 구조가 똑같았지만 문 하나에 범죄 현장 통제선이 남아 있었다.

해리가 테이프를 떼어내며 말했다.

"혹시 몰라서 그냥 두었어요. 누가 호기심에 들어가지 못하게. 나온 다음에 다시 쳐놓고 싶으면 여기 벽에 붙여놓을게요. 여기는 당분간 세를 놓지 않을 거예요. 제니가 다음 달 집세까지 냈거든요."

"그랬어요?"

에드윈이 말했다.

"야, 6개월 정도 꼬박꼬박 그랬죠. 에드윈에게는 전화할 필요가 없었어요."

"그랬군요. 생각도 못 했네요. 알려줘서 고마워요."

해리가 문을 열며 말했다.

"어, 그럼 볼일 봐요. 나올 때 문만 닫고요. 자동으로 잠길 거예요."

"그러죠. 고마워요, 해리."

"야."

우리는 안으로 들어가 문을 닫았다.

"자, 여깁니다. 지금은 엉망이지만 보통 이 정도는 아니었어요."

에드윈의 목소리가 떨렸다.

"저 왼쪽 복도에 시체가 있었죠. 아직 핏자국이 있을 것 같아요. 원하면 딜레이니는 이쪽에만 있어도 돼요."

나는 고개를 끄덕이고 주변을 둘러보았다. 엉망이었다. 물건들이 사방으로 나뒹굴고 가구들은 제자리를 벗어나 있었다.

"경찰이 이런 건가요?"

"일부는 그렇지만 대부분 내가 처음 들어왔을 때부터 이랬어요. 이 꼴을 보고 곧바로 무슨 일이 생긴 걸 알았죠. 최악의 상태일 때도 제니가 이렇게 엉망으로 해놓은 적은 없었어요."

에드윈이 슬픈 한숨을 쉬며 말했다.

"에드윈, 정말 괜찮겠어요? 다음에 올까요?"

내가 말했다.

"아니에요, 딜레이니. 힘들긴 하지만, 경찰이 간과하고 지나간 뭔가가 있을 거예요. 그들은 내막을 알지 못하니까요. 우리가 뭐라도 찾으면 제니의 살인범을 밝힐 수 있을지 몰라요. 그걸 전해주고, 만일 2절판이 관계가 있다면 최선을 다해 설명해야죠. 그러니 지금 꼭 여길 살펴봐야 해요."

"버크를 만난 후에도 경찰에 2절판 얘기를 할 수 없는 거예요? 이해가 안 가요, 에드윈. 버크는 경찰에게도 같은 얘기를 하지 않을까요? 그가 뭔가 극악한 일을 했다고 의심을 받을 것 같지는 않아요. 적어도 그건 증명이 될 수 있었어요. 경찰에게 2절판에 대해 말한다고 해도 버크에게 문제가 생기진 않을 것 같아요."

"나도 그렇게 생각합니다. 하지만 나에게 필요한 단계를 밟을 필요가 있어요. 나는 모든 가능성을 조사해보고 싶군요. 내막을 모르는 사람에게는 잘못된 일로 보일 수 있다는 거 알아요. 하지만 버크만 문제가 되는 게 아니에요. 이건 나에게 중요한, 어쩌면 살코기 시장 전체와 관계된 일이에요. 경찰에게 2절판 얘기를 하지 않으려는 게 아니에요, 딜레이니. 먼저 확인을 해야 해요. 그들을 정말 내 문제에, 이 사건에 연루시켜야 하는지. 많은 사람이 관계된 유서 깊은 모임이에요. 내가 제대로 처리하지 않으면 영영 잘못되어버릴 수도 있어요. 이해가 가나요?"

"완전히는 아니에요."

내가 말했다.

"조금만 더 믿고 시간을 줄래요?"

에드윈이 물었다.

나는 잠시 생각에 잠겼다. 그저 경찰이 2절판을 먼저 찾을까봐 에드윈이 말하지 않는 게 아닐까 싶었다. 그들이 발견하기 전에 손에 넣고 싶은 욕심 때문은 아닐까. 하지만 에드윈을 알아갈수록 그런 사람 같지는 않았다. 그렇다고 에드윈의 변명이 설득력 있는 것도 아니었다. 뭔가 다른 이유가 있는데 아직은 말해주지 않을 것 같았다.

"그래요."

내가 결국 대답했다.

"다행이에요. 일을 시작해봅시다."

소파 쿠션은 전부 뒤집혀져 있지 않았지만 누가 뒤져보았다는 것을 알 수 있을 정도로 비딱하게 놓여 있었다. 책상과 텔레비전 장 등의 모든 서랍이 열려 있었고, 몇몇 내용물이 엉거주춤 튀어나와 있었다. 모든 표면에서 온갖 물건이 나뒹굴었다. 그리고 소파 오른쪽 발치에 찢어진 종잇장이 쌓여 있었다.

나는 숨을 삼켰다.

"에드윈, 이 종이들 봤어요?"

"2절판이 아니에요. 제니를 발견한 다음에 봤어요. 다 확인해보진 않았지만 내가 본 것들은 아니었어요. 대부분 잡지 페이지였는데, 왜 그렇게 됐는지는 알 수 없네요."

나는 서둘러 그리로 가서 재빨리 뒤져보았다. 에드윈의 말이 옳았다. 잡지 화장품 광고를 찢어 모아놓은 것 같았다. 그런 종이 더미에 중요한 게 있을 리 없을 것 같아 다른 곳을 찾아보았다.

가구들은 캔자스의 현대적인 시골 가정과 비슷했다. 편안해 보이는 커다란 꽃무늬 쿠션들과 구식인 하얀 나무 탁자와 협탁. 거실은 널찍하지도 비좁지도 않았다. 작은 뒤란 발코니가 거실에서 바로 이어져 있었고, 유리 미닫이문이 밖의 채광을 담뿍 받아들였다. 부엌은 발코니 맞은편에 있었다. 네모난 작은 공간으로, 가운데에 서면 모든 전자 제품과 선반에 손이 닿을 것 같았다. 조리대는 아주 좁지는 않지만 걸상들이 놓여 있는 것으로 보아 식탁으로 사용한 듯했다. 광택 나무 바닥의 깔개들은 제자리가 아닌 곳에 깔려 있었다.

"나는 침실로 가볼게요."

에드윈이 말했다.

"딜레이니는 여기서 뭐 좀 없나 찾아봐요."

에드윈은 복도로 들어가버렸고 나는 가면 안 될 것 같았다. 핏자국을 보고 싶지 않았다.

나는 왼쪽의 텔레비전 장에서부터 조사를 시작했다. 내 호텔 방에 있었던 것과 같은 현대적인 평면 텔레비전이었다. 샅샅이 찾아보았다. 하지만 가구 틈새의 먼지만 나왔다. 낡은 텔레비전 장에는 서랍이 많았다. 그것들은 이미 다 열려 있는 상태였다. 도움이되는 게 나올 가능성은 별로 없어 보였지만 꼼꼼하게 뒤졌다. CD, DVD, 소설책, 수첩, 잡지 같은 물건들이 가득했다. 뒤죽박죽이었지만 경찰 조사 때문인지, 원래 그런 건지는 알 수 없었다. 마약이나 마약 용품 같은 건 전혀 없었다. 있었다 해도 경찰이 가져갔을테지.

텔레비전 장을 포기하고 거실 탁자 위와 소파 양옆의 협탁을 확인해보았다. 역시 비슷한 종류의 물건들이 있었다. 관심이 가는 물건은 하나도 없었다. 소파 쿠션을 들어보고 가구 밑을 들여다보고 깔개들을 들어보았다. 여전히 아무것도 나오지 않았다.

다음은 주방이었다. 제니는 요리를 자주 하지 않은 듯했다. 프라이팬 하나, 냄비 하나, 나무 숟가락 몇 개가 나왔지만 사용한 흔적이 없었다. 접시 네 개가 놓여 있었고 짝이 맞지 않는 머그잔들이첫 번째 찬장 맨 밑 선반에 줄줄이 놓여 있었다. 역시 관심이 가는 물건은 없었다.

찬장 문을 닫으려다가 문득 이상한 느낌이 들어 그대로 멈췄다. 뭔가 본 것 같은데 정확히 뭔지는 알 수 없었다. 안을 다시 살펴보았다. 네 개의 접시에는 특이한 점이 없었다. 차곡차곡 쌓여 있었고 굳이 꺼내볼 필요성을 느끼지 못했다.

나는 찬장 문을 닫았다.

그리고 다시 열었다.

뭐지? 뭔가 이상한 느낌이 들었던 이유가?

머그잔들은 모두 달랐다. 색색의 무늬가 그려진 것도 있었고 문구가 새겨진 것도 있었다. 에든버러 성 기념품도 하나 있었다. 손잡이를 잡고 사진이 다 보이게 살짝 돌려놓았다.

나머지 머그잔들도 훑어보았다. 그러다 색색의 조그만 사각형들이 그려진 머그잔에 눈길이 멈췄다. 색종이 조각 같은 무늬였다. 꺼내서 이리저리 살펴보았다.

'뭔가 있는 것 같은데……'

그러다 문득 깨달았다. 거실 텔레비전 장의 서랍들이 뒤죽박죽인 것 같아도, 눈에 띄는 게 있었다. 나는 머그잔을 조리대에 내려놓고 찬장을 열어둔 채 다시 거실로 갔다. 텔레비전 장의 여섯 개 서랍에서 내가 찾던 것들을 찾아냈다. 밝은 보라색 종잇조각이었다. 머그잔에 있던 무늬와 비슷했다. 대부분은 딱 보기에도 그 위에 뭔가 써 있는 것 같았다. 바닥에 떨어져 있던 화장품 광고와 같은 종이가 아니었다.

찾아낼 수 있는 것들은 최대한 그러모았다. 서랍 하나에서 다섯

조각씩밖에 나오지 않았다. 모두 손바닥 위에 모으자 어떠한 글이 적힌 하나의 종이였던 것 같아 보였다.

평평한 곳에 놓고 퍼즐을 맞춰보고 싶었다. 그러나 다시 한 번, 직감이 머리를 스쳤다. 나중에 혼자서 해봐야 할 것 같았다. 주머니 속에 든 연락처 쪽지가 다시 나를 유혹했지만 무시했다. 내가 정말 뭔가 찾아냈는지 알아내기 전까지는 에드윈에게 알릴 필요가 없었다. 경찰은 이미 조사를 끝냈다고 하니 종잇조각을 가져가겠다고 그들의 허락을 구할 필요도 없었다.

조각들을 쪽지가 든 주머니에 넣었을 때 에드윈이 돌아왔다. 지치고 힘들어 보였다.

"뭐 좀 찾았어요?"

에드윈이 물었다.

"아뇨, 당신은요?"

"전혀요. 2절판은 여기 없는 게 분명해요."

"부엌은 아직 다 찾아보지 못했어요. 같이 찾아보면 어떨까요?"

나는 종잇조각 무늬가 그려진 머그컵을 다시 찬장에 넣고 문을 닫았다. 에드윈은 눈치채지 못한 듯했다. 설령 제니의 살인에 대해 중요한 단서가 있더라도 에드윈은 슬픔에 겨워 제대로 알아보지 못할 것 같았다. 그래도 2절판이 숨겨져 있었다면 알아보지 못할 리 없었다.

아주 잠깐, 에드윈도 뭔가 발견하고서 나에게 숨기지 않았을까 하는 생각이 들었다. 그리고 나는 그의 모호한 알리바이를 증명하도록 이용당한 것이고 말이다. 그러나 2절판은 몸에 숨기기엔 너무 컸다. 물론 어디에 잠시 넣어둘 수는 있었다. 경찰이 물어보면 잠시 에드윈을 지켜볼 수 없었다고 대답해야 하리라.

우리는 함께 부엌의 다른 찬장들을 찾아보았다. 포장을 벗기지 않은 S자 모양의 손잡이가 달린 독특한 캔 따개 말고는 아무것도 발견하지 못했다.

우리는 들어왔을 때와 거의 같은 상태로 플랫을 두고 떠나야 했다. 내 주머니에 든 종잇조각들에서 어떤 단서가 나오면 에드윈에게 말할 것이다. 경찰이나 다른 사람에게 말하든지.

문을 닫고 제대로 잠겼나 확인하는 에드윈의 표정은 여전히 슬픔에 젖어 있었다.

"또 알아볼 것이 있어요, 딜레이니."

그러고서 에드윈은 옆집으로 가 똑똑, 빠르게 노크한 뒤 뒷짐을 지고 기다렸다. 설마 또 가운을 입은 남자가 나오나 싶었지만 이번엔 전혀 달랐다.

"네?"

여자였다. 그녀는 한 손으로 문을 열면서 다른 한 손으로 굽 높은 구두를 꿰어 신으려 애썼다.

"아, 누군지 알아요. 제니의 오빠죠? 제니 일은 정말 안됐어요."

여자는 구두를 제대로 신고 똑바로 선 다음 짧은 하얀 치마를 바로잡았다. 분명한 미국 억양이었다.

"그렇습니다. 에드윈 매컬리스터예요."

에드윈이 손을 내밀었다.

"그렇군요."

여자는 망설였다. 예의상 손을 잡고 흔들었지만 이름은 말하지 않았다. 나를 잠깐 보았지만 별로 중요하지 않은 사람이라고 판단한 게 분명해 보였다.

"그런데 무슨 일이죠?"

냉정한 말투였다.

여자는 그다지 거칠어 보이는 생김이 아니었지만 엉망으로 탈색한 머리칼과 짙은 눈 화장 때문에 거칠어 보일 수 있는 모습이었다. 50대인 것 같았지만 30대로 보이려 애를 쓰고 있는 것 같았고, 그 작전은 실패한 듯했다. 그다지 호감이 가는 사람은 아니었지만 패색이 짙은 전투를 벌이고 있는 것이 조금 안됐다는 생각이 들었다.

"혹시 제니가 죽기 전쯤에 당신이랑 대화를 나눌 기회가 있지 않았을까 궁금해서요. 아니면 죽던 날 뭔가 이상한 소리를 듣지 않았는지 알고 싶습니다. 몸싸움이 있었던 것 같아서요."

에드윈이 제니의 플랫을 향해 고갯짓을 했다.

"그런 게 있었으면 경찰 조사에 도움이 되지 않을까 싶습니다."

"뭐……" 하고 말을 꺼내는 여자의 목소리엔 못마땅한 기색이 담겨 있었다.

"경찰에게 들은 대로, 본 대로 말했어요."

여자가 더 말을 잇지 않으려 하자 에드윈이 사정했다.

"그 얘기를 우리에게도 들려줄 수 없을까요? 그럼 정말 감사하겠습니다."

여자는 귀걸이를 만지작거리며 에드윈을 한참 쳐다보더니 마지

못해 입을 열었다.

"쿵, 소리를 몇 번 들었어요. 살해당했다고 생각되는 때쯤에요. 쿵, 쿵, 이렇게요. 그리고 방문객은 그 전날 밤에밖에 보지 못했어요. 한두 번 본 남자였어요. 머리가 길고 헐렁한 반바지를 입은 젊은 남자. 제니가 좋은 친구라고 말한 적이 있어요."

햄릿이었다. 에드윈이 제니를 발견하기 전날에 햄릿이 제니를 만난 건 우리도 이미 알고 있었다.

"그 소리는 집 안에서 들린 건가요, 아니면 벽에 부딪치는 소리였나요?"

에드윈이 물었다.

"집 안에서요."

여자가 한숨을 쉬었다.

"시간을 뺏어서 미안합니다. 그리고 얘기를 들려줘서 정말 고마워요."

에드윈이 말했다.

그녀가 왜 짜증스러워하는지 알 수 없었다. 원래 성격이 그런 건지, 에드윈이 싫은 건지 알 수 없었다. 둘은 처음 만나는 사이이니 에드윈에 대한 여자의 반응은 제니가 한 말 때문일 가능성이 있었다. 아니면 내가 일라이어스의 택시를 타고 왔을 때 마주친 노부인과 마찬가지의 심정이었는지도 모른다.

"난 딜레이니 니콜스라고 해요."

내가 끼어들었다.

"제니와 친구였는지 물어봐도 될까요?"

그제야 여자가 처음으로 나를 똑바로 보았다. 대단한 은혜라도 베푸는 투였다. 미국인으로서의 동포 의식이 도움이 되겠지.

"우린 10년 동안 이웃이었어요. 난 제니가 어느 집안 출신인지 알아요. 돈에 대해서도 들었고, 당신이 얼마나 이기적이었는지도 들었죠."

그러고서 여자는 에드윈을 보며 눈을 부라렸다.

"그만하면 많이 알았던 편이죠."

나는 목소리를 가다듬었다.

"혹시 제니가 누가 무섭다든가 하는 말을 한 적이 있나요? 싸웠다는 말을 들은 적은요? 최근이 아니더라도. 혹시 전에 말다툼하는 소리가 들린 적은 없었나요?"

여자의 표정이 바뀌었다. 드디어 뭔가 대꾸할 만한 질문이 나왔다는 듯이.

"그래요. 실은 열흘 전쯤에 그 집에서 말다툼이 있었어요. 경찰이 그런 건 안 물어봐서 잠시 잊고 있었네. 맞아요. 고함 소리가 들렸어요."

"제니의 목소리와 또 다른 목소리가 들렸나요?"

"네. 한 사람은 분명 제니였고 다른 사람은 누군지 몰라요. 남자였어요."

"전혀 모르는 사람이었나요?"

"잘 모르겠어요. 들어본 목소리 같기도 하고. 하지만 내가 잘못 들은 걸 수도 있으니 말하면 안 될 것 같아요."

"저기, 우린 경찰이 아니에요. 우리가 알게 된다고 해서 그 사람에게 문제가 생기는 건 아니에요."

조마조마하게 쳐다보는 동안 여자는 곰곰이 생각하더니 고개를 저었다.

"아뇨, 차라리 경찰에게 전화해서 말하는 게 낫겠어요. 난 하던 일 좀 마저 해야 해서……."

여자가 치마를 쓸어내리며 돌아섰다.

"시간 내줘서 고마워요."

문이 닫히기 직전에 에드윈이 말했다.

에드윈은 뒷짐을 진 채 한참 동안 가만히 서서 바닥의 베이지색 카펫을 내려다보았다. 나도 가만히 서서 기다렸다.

에드윈이 고개를 들더니 말했다.

"거들어줘서 고마워요, 딜레이니. 우리 가족의 지저분한 얘기들을 듣게 해서 미안합니다. 하지만 실제로는 젊은 아가씨가 암시한 내용이 전부는 아니랍니다."

나는 미소를 지었다. 그래야 할 것 같았다.

"젊은 아가씨는 아닌데요."

혹시 듣고 있을지도 몰라 조용히 말했다.

에드윈도 미소를 지었다. 아주 어른스러운 말은 아니었지만 불편한 분위기가 좀 누그러졌다.

"그러네요."

에드윈이 말했다.

"자, 다른 이웃에게도 가보고 이 불편한 일을 마무리하도록 하죠."

다른 이웃 역시 가운을 입고 있지는 않았지만 별로 입은 게 없었다. 월도리는 남자였는데(아무래도 진짜 이름이 아닌 듯했다) 역도리도 하는지, 자기 운동의 결과를 자랑하려고 안달이 난 사람 같았다. 딱 붙는 민소매와 다리를 몽당 잘라낸 청바지를 입은 상태였다. 너덜거리는 바짓가랑이 아래로 하얀 앞주머니가 비죽 나와 있었다.

"으, 젠맞게 확실해요."

월도가 말했다.

말을 반도 알아들을 수 없을 것 같아 열심히 집중해야 했다.

"전연 잘 알지 못했죠. 괜찮은 여자라도 나랑 친해지긴 넘 늦었지. 뭔 말인지 알죠?"

월도가 윙크를 보냈다.

에드윈도 말을 알아듣기 힘든 듯 그를 노려보았다. 아니면 그냥 알아듣고 싶지 않은 건지도 몰랐다.

"최근 제니의 플랫에서 이상한 소리를 듣지 못했나요?"

내 물음에 월도가 어깨를 으쓱했다. 신경도 쓰지 않았다는 뜻이었다.

"여긴 늘 소리가 나지."

"정말요?"

나는 이의를 제기할 수밖에 없었다.

"건물이 아주 조용한 것 같은데요?"

"그렇지 않아요. 뭐, 조용할 때가 예외라."

월도가 머리를 긁었다.

"그러니까, 소음 같은 게 있는데, 그거는 안에서 나는 거고. 안에서 나면 잘 안 들리지."

그러고선 자기 말을 지워버리듯 허공에 손을 휘저었다.

"그렇게 많은 소음이 들리려면 안에서 무슨 일이 일어나는 거죠?"

내가 물었다.

"아무 일도 없어요."

월도가 말했다.

아주 잠시, 크고 우락부락한 이 남자가 겁을 먹은 표정을 지었다. 겁까진 아니라고 해도 걱정이 깃들어 보였다. 그러나 금세 표정을 수습했다.

"봐요, 난 할 일이 있어. 그 여자를 잘 몰랐고 무슨 일이 있었는지도 몰라요. 그렇게 죽다니 유감이에요."

"그렇게 죽다니, 라고요?"

나는 한 발 앞으로 나서며, 월도가 문을 닫으려 하면 발을 끼워 넣을 준비를 했다.

"어떻게 죽었다는 뜻이죠?"

"살해당했다는 뜻이었어요."

월도가 눈을 휘둥그렇게 뜨며 말했다.

그런 뜻이었을 수도 있지만 그 말을 할 때는 분명 더 구체적인 의미가 들어 있었다. 살해당한 데 대한 안타까움이나 분노 이상의 무언가가 표현되고 있었다. 그러나 어떻게 하면 더 말을 하게 만들지 알 수 없었다. 나는 에드윈을 보았다. 에드윈은 벌써 월도에게

서 관심을 잃고 복도 쪽을 바라보고 있었다. 결국 나는 물러섰다.

"그럼 안녕히."

월도가 말하고 당당하게 문을 닫았다.

다시 한 번, 사방이 조용해졌다. 이상한 건물이었다.

"갑시다, 딜레이니. 저 남자가 하는 말은 믿을 만하지 못한 것 같네요."

에드윈이 말했다.

동감이었다. 월도는 뭔가 숨기는 게 있었다. 1층으로 내려가 시트로엥에 타면서도 한 가지가 계속 마음에 걸렸다. 고요함. 그것은 내 머릿속 끈덕진 책 속 인물들 가운데 하나와 비슷했다. 손을 높이 들어 흔들며 애걸하고 있었다. 나 좀 봐줘, 나 좀 봐줘. 정말 이해가 되지 않았다. 왜 그런지 알고 싶었다. 고요가 나에게 설명해주길 바랐다. 그런 일이 가능할까?

열넷

'갈라진 책'으로 돌아가보니 햄릿과 로지 둘 다 바빴다. 또한 윈터스와 모건이 돌아와 있었다. 에드윈은 그들을 보고 살짝 당황한 듯했다. 제니가 살던 곳에서 출발할 때부터 내리기 시작한 비를 머리와 어깨에서 털어내고 발을 닦는데, 서점 가운데 사다리 근처에 윈터스와 모건이 똑같이 엄지를 허리띠에 찌르고 서 있는 게 보였다. 일부러 맞춘 포즈인가 싶었다.

에드윈은 뭐라고 꿍얼거리고선 입을 열었다.

"막 전화하려던 참입니다. 내 사무실로 가죠."

그러고서 나를 향해 낮은 목소리로 말했다.

"가서 햄릿과 로지가 도움이 필요한지 봐줘요. 난 경찰들과 얘기 좀 할게요."

나는 고개를 끄덕였다.

로지는 푹 젖은 모자를 쓴 남자와 뭔가 한창 계산 중이었다. 남자는 바닥에 물을 뚝뚝 떨어뜨리며 로지와 함께 무언가를 들여다보고 있었는데, 머리를 너무 가까이 낮내고 있어서 모자 끝이 로지의 짧은 머리칼에 닿을 듯했다. 헥터도 둘 사이 책상 위에 서서 같은 물건을 내려다보고 있었다. 긴 앞머리 때문에 무얼 보는지 정확히 알기 힘들었다.

햄릿 쪽으로 가자 그가 고개를 끄덕이며 인사를 했다. 햄릿은 뒤쪽 구석 책상 앞에 있었는데, 착색 유리창에서 들어오는 침침한 빛에 폭 싸여 있는 듯했다. 오래된 천장 조명의 인공 불빛은 가게 뒤쪽까지 간신히 닿았다. 나는 손님과 대화하고 있는 햄릿에게 다가갔다.

가까이 가자 손님의 작은 목소리가 들렸다.

"총각, 이해를 못 한 거 같네. 나는 그 책을 꼭 구해야 해요."

"이해합니다, 터틀 부인. 하지만 아직 구하지 못했어요. 딜레이니, 이분은 터틀 부인이에요."

터틀 부인은 나이가 많아 보였고, 키는 150센티나 될까 싶었다. 앞이 잘 보이지 않아 그런 건지, 나이를 가리려고 그런 건지 화장으로 얼굴을 떡칠한 상태였다. 그러나 제니의 이웃을 따라갈 수는 없었다.

"딜레이니라고?"

터틀 부인이 나를 보았다.

"예, 부인. 뭘 도와드릴까요?"

"어, 미국인 같네."

"맞습니다. 최근까지 캔자스 주 위치타라는 곳에 살았죠."

"캔자스! 나도 캔자스에 가본 적 있어요. 위치타는 못 가봤지만. 유리 공예 박람회 때문에 토페카에 갔었어요."

터틀 부인의 얼굴이 환해졌다. 두꺼운 마스카라에 감싸인 눈을 크게 뜨자 밝은 파랑 새도가 갈라진 것이 눈에 들어왔다.

"토페카에도 친척이 많이 살아요."

"이제야 좀 행운이 찾아오려나. 내가 가본 적 있는 미국 도시를 잘 아는 미국인과 대화를 나누게 되다니!"

부인이 얼굴을 일그러뜨려 미소를 지었다.

"여기 햄릿은 아직도 내 책을 못 찾았어요. 난 늙었어요, 딜레이니. 기다릴 시간이 얼마 없다고."

"무슨 책이에요?"

"작가 필로미나 라이스의 『기절초풍시켜라』라는 책이에요."

부인은 내가 알아들을 수 있도록 천천히 말했다.

"죄송하지만 처음 들어보는 책이네요."

"존재하긴 해요."

햄릿이 말했다.

"없어진 지 오래된 글래스고의 한 출판사에서 60년 전에 양장본으로 출판했어요. 초판이자 유일한 판본의 인쇄 부수가 100권이었고 터틀 부인이 어릴 때 그중 한 권을 선물로 받았대요. 그 책을 잃어버려서 다시 한 권 사고 싶어 하세요."

"야."

터틀 부인이 말했다.

"딜레이니, 그 책은 내 첫사랑이었던 소년이 준 거예요. 그 애는 곧 글래스고를 떠나 스페인으로 이사를 갔지. 다시는 그 애의 소식을 듣지 못했는데, 알고 보니 내 부모가 그 애가 보낸 편지를 다 버렸던 거였어요. 그 사실을 알게 되었을 때는 너무 늦었죠. 그 애를 찾을 수 없었어. 그 책이라도 다시 갖게 되면 좀 위안이 될 것 같아요. 내 남은 시간을 거기에 의지하면서."

"아름다운 이야기네요."

나는 햄릿을 바라보았다. 햄릿은 어쩔 수 없다는 듯 눈썹만 치켜올렸다. 나는 다시 부인을 바라보았다.

"그 이야기를 직접 써볼 생각은 없으세요? 소년과 책과 편지에 대한 이야기를요. 책과 편지에 어떤 내용이 담겨 있었는지 써볼 수 있을 거예요."

"으잉? 아니야, 난 작가가 아니에요."

"그렇지 않아요. 짧게 이야기하셨는데도 진심 어린 감정이 잘 느껴졌어요. 전 부인이 완벽하게 잘 쓸 수 있을 거라는 생각이 들어요. 이야기를 쓰면서 햄릿이 책을 찾아낼 때까지 기다려보세요. 햄릿도 열심히 찾을 거예요."

내가 햄릿을 바라보자 햄릿이 부인의 팔에 손을 올리며 말했다.

"꼭 찾을게요."

부인은 입을 오므리고 코로 한숨을 뿜었다.

"믿을게요. 정말 마음이 급해서 그래. 하지만 좋은 생각이에요, 딜레이니. 그런 곳에 신경을 쓰다 보면 답답함도 좀 덜어지겠지. 당신도 도와줄 거죠?"

"최선을 다할게요."

"아유, 좋네. 그럼 정말 고마울 거예요. 둘 다 고마워요."

부인은 잠시 말을 멈췄지만 대화를 끝낼 생각은 없어 보였다. 오므린 입술의 붉은 립스틱이 주변 주름살에 점점 묻어났다.

부인은 나를 바라보며 물었다.

"토페카의 유리 공예 가게를 알아요?"

"아뇨. 어디 있죠?"

"로스 도로에. 어떻게 기억하고 있는지 모르겠는데, 생각이 나네."

불행히도 부인의 유리 공예 가게 이야기는 경찰들에 의해 중단됐다.

"햄릿이 제니 집에 갔었다고 얘기를 해줬어요. 우리는……."

에드윈이 경찰들을 따르며 말했다. 하지만 모건은 햄릿에게만 시선을 고정시키고 말했다.

"젊은이, 우리와 같이 갑시다."

"왜요?"

모건의 말에 햄릿이 눈을 휘둥그렇게 뜨고 물었다. 그가 처음으로 어려 보였다.

"제니 매컬리스터와의 관계에 대해 물어보고 싶군요."

모건이 말했다.

"친구였다니까요. 뭔가 더 있는 것처럼 말하지 말아요. 그냥 친구였으니까."

에드윈이 힘이 담긴 목소리로 말한 뒤 햄릿을 바라보았다.

"살해 전날에 제니를 만나러 갔었다고 경찰에게 말했지?"

"야, 물론이죠."

햄릿이 대답했다.

"봤죠? 아는 건 다 얘기했어요. 햄릿, 미안해."

"괜찮아요, 에드윈. 경찰서에서 다른 경찰에게 말해서 그러는 것 같아요. 전화를 한 게 아니거든요. 직접 가는 게 낫겠다고 생각했어요."

그때, 내가 끼어들었다.

"왜 조사를 받아야 하나요?"

헥터를 안은 로지와 폭 젖은 손님도 뒤에 나타나 눈을 크게 뜨고 상황을 지켜보았다.

"이건 경찰 업무입니다. 양해해주세요."

모건이 말했다.

"제니의 플랫에 다녀온 얘기도 했어요."

에드윈이 나에게 말하며 경찰이 아직 2절판에 대해 모른다는 의미일 표정을 지어 보였다.

"이웃 한 명이 그 전날에 햄릿을 보았고, 열흘 전쯤엔 싸우는 소리를 들었다는 얘기도 했어요. 그 다툼을 조사해봐야 된다고 말했죠. 그게 햄릿과 관련 있을 거라는 의미가 아니었는데, 아무래도 이분들은 그렇게 결론을 내린 것 같네요. 미안해, 햄릿."

"젊은이, 질문 몇 개만 하면 돼요. 갑시다."

"체포되는 건가요?"

자발적으로 경찰서로 가는 것이 미국에서와 같은 의미인지 알 수 없어서 내가 물었다.

"아직은 아닙니다."

모건이 대답했다.

"햄릿, 꼭 갈 필요는 없을 것 같아."

내가 말했다.

햄릿은 나와 에드윈, 로지를 차례로 본 다음 터틀 부인을 보았다. 터틀 부인은 관절염 때문에 곱은 주먹을 더 꽉 쥐고 푸른 새도를 바른 눈으로 경찰을 표독스럽게 쏘아보고 있었다.

"아니에요, 갈게요. 해명을 해야죠. 금방 올게요. 난 잘못한 게 없어요. 제니랑 싸운 적도 없고요. 가서 설명하죠. 가서 하는 게 낫겠어요."

햄릿이 말한 뒤 터틀 부인에게 미소를 지어 보였다.

"나도 같이 가요."

내가 불쑥 말하고 에드윈을 쳐다보자 그는 놀란 듯 고개를 끄덕였다.

"아뇨, 딜레이니는 갈 필요 없어요."

햄릿이 말했다.

"난 좋은 생각인 것 같은데. 끝나고 같이 오면 되겠다."

로지가 말했다.

경찰들은 서로 마주 보았지만 말릴 이유를 대지 못하는 듯했다.

"좋아요. 가죠."

모건이 앞장서서 햄릿의 팔을 잡고 경찰차로 이끌었다.

비는 그쳤지만 검은 구름을 보니 더 내릴 듯했다. 모건이 나와 햄릿을 뒷좌석에 태웠다. 출발 직전에 창문을 내다보니 에드윈, 로지, 헥터, 손님들이 가게 밖으로 나와 우리를 지켜보고 있었다.

지켜보는 사람이 한 명 더 있었다. 나와 같은 이름의 술집 잎에, 이번에는 킬트를 입지 않은 아주 잘생긴 남자가 서 있었다. 톰은 내가 경찰차로 들어가는 모습을 다 본 것 같았다. 눈을 가늘게 뜨고 턱을 비비는 그를 보며, 잠시 좋지 않은 인상을 심어준 건 아닌가 하는 생각이 들었다. 하지만 경찰차가 쌩 출발하는 순간, 그의 얼굴에 재미있다는 표정이 번지는 것을 분명히 보았다.

나의 내면의 대담한 반항아가 내 등을 토닥였다.

열다섯

내 방향 감각이 맞다면 경찰서는 로열마일 언덕 아래에 있었다. 이곳은 바다에서 가까워 도로 끝에 인적이 드물고 검은 바닷물이 철썩이는 해변이 보였다. 경찰서는 작고 낡은 벽돌 건물 안에 있었는데, 가운데에 시계탑이 솟아 있었고, 문 위에 '몬티첼로 경찰서'라는 표지판이 붙어 있었다.

우리는 안으로 들어가 안내 데스크 앞의 벤치에 앉아서 기다렸다. 햄릿의 표정을 보니 두려움은 조금 가라앉은 듯했지만 여전히 주눅 들어 있었다. 자발적으로 온 것이긴 해도 경찰의 요구를 받고 경찰서까지 온다는 건 무서운 경험이었다.

경찰서 건물도 다른 많은 건물들과 마찬가지로 중세에 지어진 로마 양식인 것 같았다. 꾸밈새가 장엄해 보이기는 했지만 고상할 정도는 아니었다. 심지어 지금 우리가 앉아 있는 나무 벤치도 1900년대 초쯤에 만든 것 같았다. 두 자리는 닳아서 검게 윤이 났지만 나머지 연한 색 나무 부분은 파삭하게 낡아 보였다. 내 옆의 팔걸이에는 '제니는 빌리를 좋아해'라고 새겨져 있었다. 수많은 경찰이 왔다 갔다 하며 한 번씩 흘끔거리는 벤치에 앉아 누가 이런 기물 손상을 저지른 건지 궁금했다.

잠시 후, 햄릿이 조사를 받으러 갔다. 그리고 얼마 지나지 않아 윈터스가 나타났다.

"젊은이가 당신이 미국에서 막 왔다고 하던데. 스코틀랜드에 잘 왔습니다. 커피 마실래요?"

윈터스가 컵을 내밀었다.

경찰들도 마음에 들지 않고 햄릿에 대한 보호 본능으로 꽉 차 있는 상태였지만, 커피를 거절할 필요는 없었다.

"감사합니다."

내가 컵을 받자 윈터스가 옆에 앉았다. 벤치는 넓었고 바짝 붙어 앉은 것도 아니었지만 어쩐지 몹시 좁게 느껴져 나는 조금 몸을 움직였다.

"우리나라 어때요? 에든버러는 마음에 들어요?"

윈터스가 물었다.

"지금까지는 나라도, 도시도 마음에 들어요. 별로 구경하진 못했지만. 제니의 죽음 때문에 첫출발이 좀 힘드네요."

"그렇겠네요."

윈터스가 경찰서 안을 둘러보다가 안내 데스크 뒤쪽을 들여다 보았다. 나도 그의 시선을 따라가 보았지만 눈길을 끌 만한 것은 없었다.

다시 윈터스를 바라보니 그는 수줍게 미소를 짓고 있었다. 그가 무슨 음모라도 꾸미고 있는 건 아닌가 걱정됐지만 그게 뭔지는 짐작할 수 없었다.

"지금으로선 에드윈도, 지금 데려온 젊은이도 제니 매컬리스터를 죽였다고 의심하고 있지 않다는 말을 해야겠네요."

"아, 네. 그거 잘됐네요. 알려주셔서 고마워요."

말은 그렇게 했지만 그의 말을 믿지는 않았다.

"그럼 햄릿을 왜 데리고 온 건가요?"

"내 파트너는 그렇게 생각하지 않아서요. '갈라진 책'의 누군가가 연루되어 있다고 생각하거든요."

"왜요?"

윈터스가 어깨를 으쓱했다. 우락부락한 어깨가 슬로 모션처럼 움직였다.

"평판을 염두에 두니까요. 스코틀랜드에 온 지 얼마 되지 않았으니 아직 모를 테지만 매컬리스터 집안의 평판도 있고 현재 조사를 받고 있는 젊은이도 대략적인 개인사가 있죠."

나는 "아, 그래요?" 하고 말한 뒤 미적지근한 커피를 한 모금 꿀꺽 삼켰다.

"야. 전설에 따르면 어느 날 밤 제니 매컬리스터가 집안의 영지에서 온갖 보물을 차에 가득 싣고 나왔다고 해요. 금 촛대 같은 것들 말이에요. 실제로는 자질구레한 장신구나 돈만 가지고 나왔던 게 아닐까 싶지만, 커다란 가방에 솔기가 터지도록 귀중한 보물들을 담아서 나왔다는 소문이 퍼졌어요. 어쨌든 그렇게 도망쳐서 물건들을 전부 팔아 마약을 샀대요. 그렇게 중독자가 되었죠. 그 외에도 많은 이야기가 있는데, 극적으로 부풀려진 일화도 많을 거라 생각해요."

"전설이요? 에드윈과 제니의 집안이 잘 알려져 있고, 전설도 있다고요? 소문도요? 사람들이 얘기를 많이 해요?"

"야. 그러니까 당신은 유명인과 일하게 된 거예요. 몰랐어요?"

"캔자스에서는 전혀 유명인이 아니라서……."

"뭐, 당신은 몰랐다고 해도 분명 캔자스에도 매컬리스터 집안에 대해 들어본 사람이 있을 거예요."

"그럴 수도 있죠. 그래서 그 후에 제니는 어떻게 됐어요?"

"부모가 의절하고 상속권을 박탈했죠. 그리고 모든 것을 에드윈에게 물려주면서 제니에게 1파운드라도 주면 전부 박탈하고 스코틀랜드 정부에 재산을 기부한다는 단서 조항들을 달아놨어요."

"대단하네요."

"야, 그랬죠. 에드윈의 부모는 상상도 못 할 만큼 부자였고 연줄이 대단했어요."

나는 고개를 끄덕였다. 정치와 돈의 밀접한 관계는 나의 모국에서나 새 나라에서나 따분할 만큼 보편적이었다.

"제니가 떠나고 나서 곧바로 부모가 조치를 취했고, 얼마 지나지 않아 부모 둘 다 죽었어요. 제니가 몇 년만 더 자제했더라면 부자로 남아 있을 수 있었을 텐데."

"아니면 부자 중독자가 되었거나요."

내가 말했다.

윈터스가 사방을 둘러보더니 나에게 몸을 기울였다.

"에드윈에게는 제니가 부모와 다른 사람들에게서 훔친 물건으로 가득한 비밀의 방이 있대요. 에드윈이 '갈라진 책'을 연 이유는 부모가 설정해놓은 법적 제약을 피해 제니에게 돈을 주기 위해서라는 말도 있어요. 거기서 일하는 노부인이 장부를 구워삶아서, 어, 서점에 어울리는 표현은 아니네요. 어쨌든 숫자를 조작하는 법을 알아서, 에드윈이 제니에게 주는 돈을 숨기고 있답니다."

"그렇군요."

나는 커피를 한 모금 더 마시며 에드윈과 내가 경매장에 가기 전의 상황을 떠올렸다. 에드윈이 제니를 경매에 참가시킨다는 말에 로지가 몹시 당황한 듯한 모습을 보였다. 숫자를 또 어떻게 맞출지 난처해서 그랬던 걸까?

윈터스가 물러나 앉았다.

"그 방을 봤나요?"

"아뇨, 그런 방에 대해선 전혀 모르겠네요. 내 생각엔 다 헛소리인 것 같아요. 정말 그런 말을 믿는 건 아니죠?"

"야, 나도 안 믿어요."

윈터스가 윙크를 했다.

"햄릿의 개인사란 뭘 말하는 거예요?"

"경찰 기록을 보니 거친 어린 시절을 보냈더라고요. 내 파트너는 과거 법적 행적 때문에 햄릿을 제니를 살해한 유력한 용의자라고 생각해요. 죽기 전날 밤에도 제니의 집에 갔었다고 하고. 우리, 아니 내 파트너는 그 녀석이 뭔가 숨기고 있다고 생각하죠. 뭔가 숨기고 있는 거 같지 않아요?"

"아뇨, 전혀요. 무슨 행적이 있었는데요?"

"말할 수 없어요. 알려주는 건 불법이니까. 서점 사람들은 말해줄지도 모르죠."

윈터스가 미소를 지었다. 허술한 수작은 마음에 들지 않았지만, 속임수를 시도하는 것 같지는 않았다. 그저 나에게 단서들을 흘리고 알아서 찾아보게 하려는 것 같았다. 그 점은 고마웠다.

"그럼 이만 돌아가야겠네요. 뭔가 알려야 할 게 생각나면 전화해줘요."

윈터스가 자리에서 일어나 명함을 주고 가버렸다.

마음에 드는 경찰이었다. 낯선 나라로 이사 와서 경찰 친구 하나쯤 만들어놓는 게 나쁜 일 같지는 않았지만 지금은 그럴 상황이 아니었다.

주변을 둘러보았다. 나에게 신경 쓰는 경찰은 없는 것 같았다. 주머니에서 잉이가 준 쪽지를 꺼냈다. 딸려 나온 보라색 종잇조각들은 다시 조심스레 주머니에 넣었다.

쪽지를 펼쳐보니 버크의 지시대로 먼로 로스, 주느비에브 베그비, 버크 블랙번의 주소와 전화번호가 적혀 있었다. 어지러운 글씨였지만 알아볼 수는 있었다. 그리고 아래쪽에 다음과 같은 문장이 적혀 있었다.

'베그비 씨는 오늘 오후에 대학에서 강의를 할 겁니다. 꽃병과 같은 실없는 물건들의 전문가이지요.'

쪽지에는 시간과 장소도 적혀 있었다. 쪽지를 다시 주머니에 넣는데, 햄릿이 기둥과 벽 뒤에서 나왔다. 멀쩡해 보였다. 가혹한 심문이나 고문을 당한 흔적은 보이지 않았다. 조금 피곤해 보이기는 했지만 다치거나 정신이 나간 것 같진 않았다.

"괜찮아?"

내가 물었다.

"괜찮아요. 가요. 커피 한잔 하면서 무슨 일이 있었는지 얘기해 줄게요."

나는 그가 풀려나서 기쁜 건지, 아니면 단둘이 얘기할 기회가 생겨서 기쁜 건지 알 수 없었다.

"좋은 생각이네."

우리는 간간이 내리는 비를 맞으며 로열마일로 갔다. 높은 전면 창에 녹색 테두리가 둘러져 있고 오래된 나무 문이 달린 '나뭇잎 물결'이라는 카페로 들어갔다. 안은 생각보다 좁았지만 뒤쪽 구석에 좀 떨어진 넉넉한 자리를 잡을 수 있었다. 커피와 식초 냄새가 동시에 났는데, 의외로 기분 좋은 냄새였다. 바깥 공기에서는 신선하고도 짜릿한, 폭풍 때의 캔자스 냄새가 났고 언덕까지 밀려온 바다 냄새도 문득 감돌았다. 이런 냄새는 처음이었다. 햄릿과 경찰서에 다녀온 오늘이 두고두고 기억날 듯했다.

햄릿이 커피 두 잔과 초콜릿 치즈 케이크를 시켰다. 한 입, 한 입이 혀 위에서 가볍게 녹았다.

"에드윈에 대해서랑, 제니와의 우정에 대해 물었어요. 내가 그날 왜 제니를 찾아갔는지도 물었죠. 윈터스는 가만히 있기만 하다가 방을 나갔지만 모건은 나를 의심하는 것 같았어요. 증거가 없는 게 분명해요. 제니에게 무슨 짓을 하지 않았으니 증거를 발견할 수도 없겠지만. 계속 조사할 거예요."

"에드윈에 대해서는 뭘 알고 싶어 했어?"

"말을 하지 않는 것이 있는 것 같다고요. 2절판에 대해서는 말하지 않았어요. 에드윈과 로지가 부탁하지 않아도 말하지 않을 거지만, 그들과 같은 이유는 아니에요."

"무슨 이유?"

"제니를 보호하기 위해서예요. 에드윈은 나에게 잘해줬어요. 에드윈과 로지를 정말 좋아하지만, 둘 다 제니의 평판에 대해서는 신경을 쓰지 않는 것 같아요. 경매와 관련된 사람들만 보호하려고 하죠. 난 제니도 보호하고 싶어요. 2절판을 숨겼다고 했지만, 숨기는 것보다 더 안 좋은 일을 저질렀으면 어떻게 해요?"

"에드윈도 경찰에 말하지 않는 다른 이유가 있는 것 같아. 실은 너와 마찬가지인지도 모르지. 하지만 제니의 평판을 왜 보호해야 하는 건지는 이해가 안 가. 제니가 2절판을 어떻게 했을 수도 있다는 거야? 넌 지금 2절판보다 제니의 평판이 더 중요하다고 생각하니? 슬프지만 제니는 죽었잖아. 2절판을 찾는 게 우선 아닐까? 음, 제니는 내 가족도 아니고 알지도 못했으니 그동안 들은 나쁜 이야기들을 가지고 내가 너무 비판적으로만 생각하고 있는지도 모르지."

"모르겠어요."

햄릿이 다시 눈을 크게 뜨고 두려움을 내비쳤다.

"하지만 우린 가족이나 마찬가지였으니까, 진실을 알기 전까지는 최대한 평판을 보호해줘야 할 것 같아요."

나는 고개를 끄덕이며 불만을 숨겼다.

"살코기 시장 멤버에 대해서는 잘 알아?"

"다는 몰라요. 버크는 서점에 가끔 오고, 몇몇은 에드윈의 오랜 친구라는 정도만 알아요."

"다들 제니와 친구야?"

"아, 아뇨. 야, 몇 명과는 친구였지만 한참 전 일이에요."

"연애하다가 헤어지고 그런 거였어?"

햄릿이 눈을 가늘게 떴다.

"야, 그렇죠. 내가 태어나기도 전에요. 먼로 로스와 주느비에브 베그비가 생각나네요. 자세히는 몰라요."

"그들 중에 아직도 제니에게 화가 나 있는 사람이 있을까?"

"아뇨, 그건 너무너무 오래전이라……."

"그래. 하지만 에드윈이 사업에 제니를 끌어들였다며. 묻어 뒀던 원한이 다시 고개를 쳐들었다든가……."

"그렇지 않을 거예요."

"제니에게 무슨 일이 일어난 것 같아?"

"모르겠어요. 하지만 마약과 관계된 일이 아닐까요? 제니가 살던 건물은 정말 문제가 많아요."

내가 제니가 살던 곳에 가본 걸 햄릿이 아는지 알 수 없어서 그 이상한 조용함에 대해서는 묻지 않았다.

"제니는 마약을 끊은 게 아니었어? 그 건물에 살고 있으면 유혹을 받기 쉽다는 거야?"

"야, 한동안은 끊었죠. 하지만 내가 갔던 날은 그렇지 않았던 것 같아요. 에드윈에게는 말하지 않았어요. 제니의 죽음을 전하는 상황에서 적절하지 않은 것 같아서."

"그럼 왜 계속 거기에 살았을까?"

"에드윈이 뭐라고 하든 자기 방식대로 살고 싶으니까요. 얼마 전까지만 해도 둘 사이가 정말 좋지 않았어요. 얼마나 좋지 않았나 하면, 에드윈이 제니의 집세와 공과금을 내줄 방법을 찾았는데도 제니가 받지 않으려 했죠. 원한을 품고 있었으니까. 결국 에드윈이 물밑에서 움직여야 했어요. 집주인에게 말해서 집세가 밀리면 연락을 달라고 했죠. 에드윈은 늙어가고 있어요, 딜레이니. 어디가 아픈 것 같지는 않지만 당신을 고용하고 동생과의 관계를 치유하려는 건 삶을 정리하는 과정이잖아요. 그래도 2절판을 제니에게 맡겨선 안 되었죠. 절대로. 에드윈도 알고 있었어요. 가끔 에드윈이 그런 짓을 할 때가 있어요."

"에드윈이 집세를 내주지 않으면 제니는 돈이 어디서 나?"

"한동안 가정부 일을 했어요. 하지만 그것도 꽤 예전 일이에요. 그거 말곤 모르겠어요."

나는 생각에 잠겨 커피만 마셨다. 경찰서에서 마셨던 커피보다 훨씬 맛있었다.

"햄릿, 넌 몇 살이야? 그리고 '갈라진 책'에는 언제 들어왔어?"

햄릿의 얼굴에 생기가 돌았다.

"열아홉이에요. 난 입양되었어요. 법적 절차를 밟은 건 아니지만 에드윈, 로지, 헥터, 제니에 의해 4년 전인 열다섯 살 때요. 그때 나는 거리에서 생활했어요."

"우와, 장난 아니다!"

"그렇죠. 정말 찰스 디킨스 소설 속 인물 같았다니까요. 얼굴은 지저분했고, 도둑질도 했어요. 영국이 아니라 스코틀랜드에서요."

"어떻게 된 거야?"

"내가 열 살 때 가족이 살해당했어요. 난 정부 시설에서 잘 지내지 못하고 도망쳐서 거리에서 살았어요. 낮에는 에든버러의 서점에서 시간을 보냈어요. 다른 도시에서도요. 할 수 있는 한 많은 책을 읽고 기회만 되면 음식을 훔쳤죠. 다시 생각하고 싶지 않은 끔찍한 일도 저질렀어요. 어느 날, 창가 쪽 서가 앞에 앉아 무언가를 읽고 있는데, 로지가 말을 걸었어요. 날 쫓아내려나 싶었죠. 하지만 예상과 다르게 날 데리고 나가 근사한 식사를 사줬어요. 남김없이 먹어치웠죠. 그러고 나선 자기 사무실에 침낭을 깔아주더라고요. 그날 거기서 잠을 잤어요. 다음 날 아침에는 에드윈을 소개해줬어요. 나는 그에게 다 말했죠. 내 가족에게 일어난 끔찍한 일들과 내가 시설에서 적응하지 못했던 이야기까지. 그랬더니 에드윈이 나를 자기 집으로 데리고 가 씻게 해주고, 한동안은 여기서 멀지 않은 플랫에서 살게 해줬어요. 지금은 대학에 들어가 기숙사에서 살아요. 그리고 '갈라진 책'에서 일해서 생활비를 해결하고 있죠. 다 감당할 수 있을 정도로 봉급을 충분히 받거든요. 내가 하는 일에 비해 너무 많이 받아서 빚을 진 셈이지만, 에드윈은 절대 그런 티를 내지 않아요. 에드윈과 로지, 핵터는 내 가족이에요. 당신이 계속 함께 일한다면 당신도. 비공식적이긴 하지만 입양된 거죠."

"나도 계속 있고 싶어. 그러면 정말 영광일 거야. 네 가족 일은 정말 안됐다. 지금은 잘 풀렸지만 얼마나 힘들었었니."

"그랬죠."

햄릿이 한동안 천장을 쳐다보며 회상에 잠겼다. 예술가적 얼굴에 아직 그때의 고통이 남은 듯했지만, 그래도 좋은 추억을 살려내려 애쓰는 것처럼 보였다. 정말 행복한 추억도 있었기를.

"어쨌든 처음 에드윈을 만났을 때 제니도 같이 만났어요. 1년 동안 약을 끊은 상태였죠. 나에게는 엄마와 비슷한 존재예요. 제니와 나는 비슷한 경험이 많았어요. 우린 힘든 시절을 겪어왔다는 공통의 유대감으로 연결돼 있었고, 나는 제니가 좋았어요."

"내가 서점에 처음 방문한 날, 네가 에드윈 얘기를 하는데, 좀 긴장돼 보였어. 다음 날에 둘이 인사할 때도 불편해 보였고. 최근에 둘 사이에 문제가 있었니?"

"아, 그거요. 야, 그랬을 수 있죠. 나는 에드윈이 제니에게 2절판을 주지 않길 바랐어요. 처음 로지와 함께 그 얘기를 들었을 때 난 에드윈에게 놀라움을 숨기지 않고 그러지 말았어야 했다고 말했어요."

"그랬구나. 네 말이 맞았네."

"야, 하지만 그렇게 펄쩍 뛰진 말았어야 했어요. 아직도 미안해요."

"에드윈이 화가 났니?"

"아뇨. 하지만 내가 반대 의견을 주장한 건 처음이었어요. 내 생각에 우리 둘 다, 내가 때로는 다른 의견을 낼 수 있다는 것을 염두에 둘 필요가 있는 것 같아요. 로지가 그러는데, 내가 동의하지 않는 일에 대해서는 늘 말을 해야 한대요. 그렇게 어른이 되는 거라고."

"그러네."

"야, 나도 그렇게 생각해요."

나는 커피를 한 모금 마셨다.

"햄릿, 창고에 있는 물건들 말이야. 전부 제니가 훔친 거니?"

"아, 그 소문을 들었군요. 아니에요, 제니는 아무것도 훔치지 않았어요. 제니가 그렇게 합법적으로 살아오지는 않았지만, 에드윈이 그것들을 다 어디서 구했는지는 모르지만, 제니가 훔친 건 없어요. 도둑 남매가 아니라고요. 하지만 재미있는 이야기라 사람들이 자꾸 입에 올리죠."

커피와 케이크가 바닥날 때쯤 우리는 대화를 유쾌한 주제로 옮겼다. 버크와 마찬가지로 햄릿도 캔자스의 농장 생활에 관심을 보였다. 나는 햄릿에게 소젖을 짜고 닭 모이를 주는 등의 이야기를 들려주었다. 그런 이야기를 하면서 경찰서에서 받은 스트레스가 거의 다 날아가는 듯했다.

웨이트리스가 우리 접시를 치우자 햄릿이 휴대 전화를 확인해 보더니 말했다.

"로지가 걱정하겠어요. 돌아가야겠네요."

비는 그쳐 있었지만, 로열마일을 걸어 올라가 그래스마켓으로 내려가자 다시 주룩거리기 시작했다. '갈라진 책'에 도착하자 혼자 남아 있던 로지가 우리를 맞아주었다. 그리고 경찰보다 더 철저하게 질문을 퍼부었다. 눅눅한 날씨 덕에 곱슬머리가 대책 없이 부스스해졌지만 상관없었다. 햄릿이 해준 말들에 의심이 가지는 않았다. 에드윈과 제니가 도둑 남매 같진 않았다. 특히나 에드윈은 아무리 엄격한 기준을 들이대도 도둑일 리 없다고 생각했다.

하지만 비밀은 사방에 있었고, 나는 겨우 몇 개의 꼬리만 잡아낸 기분이었다. 나에게 모든 이야기를 들려주는 사람은 없었다. 왠지 제니의 살인범은 그 비밀들 뒤에 도사리고 있을 것 같았다.

오후 네 시경, 로지가 조금 일찍 일과를 끝내자고 제안해 각자의 길로 흩어졌다. 나는 조사를 계속해야 할 것 같았다.

열여섯

나는 혼자 버스를 타고 에든버러 대학의 매큐언관으로 갔다. 대학은 나의 새집과 반대쪽에 있었고, 서점에서 멀지 않았다. 아직 영국 전화 서비스에 가입하지 못했지만 돈을 좀 내더라도 잠깐 검색을 해야 할 것 같아서 그래스마켓 광장에 앉아 지도를 열어 버스 경로를 찾아봤다. 일라이어스를 귀찮게 하기도 싫었고, 이 정도 거리는 혼자서도 갈 수 있을 것 같았다.

게다가 운 좋게도 친절한 버스 기사를 만났다. 다시 보슬비가 내리더니 곧 하늘이 깨끗이 개었다. 아직 해가 지기 전이었다. 춥긴 했지만 겉옷을 입고 있으면 괜찮았다. 내 옆에 앉았던 대학생 세 명이 친절하게 길을 안내해주었다. 매큐언관의 리셉션 홀로 들어가는 특정 문도 가르쳐주었다.

"에든버러에는 추한 건물은 없는 거예요?"

내가 창밖을 내다보며 물었다.

버스는 둥근 지붕과 장식 기둥, 거대한 나무 문이 있는 이탈리아 르네상스 풍의 갈색 석조 건물을 지나가고 있었다.

"의회 건물을 아직 보지 못했군요. 눈 뜨고 못 볼 정도죠."

"한번 가봐야겠네요."

일라이어스도 같은 말을 했던 기억이 났다.

학생들에게 감사 인사를 하고 건물 안으로 들어가 대리석 경사로로 이어진 복도를 올라갔다. 리셉션 홀로 가려면 좌회전을 해야 했지만 오른쪽에 메인 홀이 있었다. 문이 활짝 열려 있어 들여다보지 않고 지나칠 수가 없었다. 학생들이 매큐언관은 대학원이라고 알려주었다. 내가 봐왔던 대학원 건물과는 전혀 달랐다. 벽화가 길게 이어지고 거대한 파이프 오르간도 있는, 유서 깊은 교회 같은 홀이었다. 분위기도 경건했고, 이곳에서 학위를 받은 사람들의 지성이 배어 있는 듯했다. 하지만 꾸물거릴 시간이 없었다. 벌써 주느비에브의 강의에 몇 분 늦은 상태였다.

아쉽지만 발걸음을 돌려 리셉션 홀로 갔다. 또 다른 커다란 나무 문에 귀를 대고 안의 소리를 듣다가 조심스레 문을 열었다. 기다란 컨퍼런스 룸이었다. 경매 장소였던 크레이그 하우스와 비슷한 나무 패널이 벽을 장식하고 있었다. 바닥에는 빨간 무늬가 새겨진 카펫이 깔려 있었다. 나는 사람들로 붐비는 방의 뒤쪽 문을 연 것이었다.

주느비에브가 앞쪽 연단에 서 있었고, 많은 청중이 등받이가 직각인 나무 의자들을 채우고 있었다. 자리가 부족해 서서 듣는 사람들도 있었다. 그들 사이를 뚫고 들어가 키 큰 남자 둘이 서 있는 옆

쪽으로 갔다. 거기선 누구의 앞도 가리지 않을 수 있었다. 주느비에브는 누가 들어오는지 신경 쓰지 않는 듯했다.

주느비에브는 명조(明朝) 화병 전문가였다. 나도 옛날 것들을 좋아하지만 이렇게 많은 사람이 명조 화병에 관심 있는 줄은 생각도 못 했다. 모두가 집중해서 강의를 듣고 있었다. 주느비에브는 품위 있고 유머가 있었으며(비록 청중의 웃음을 이끌어내는 말을 내가 다 알아듣지는 못했지만) 긴 재킷에 검은 단과 검은 단추가 달린 하얀 정장이 아름답게 어울렸다.

왜 이곳에 왔는지는 스스로도 확신이 서지 않았다. 주느비에브와 대화를 나누고 싶었지만 딱히 무엇을 물어야 할지 알 수 없었다. 닥쳐서 생각해보기로 했다. 무작정 전화를 걸거나 약속도 하지 않고 집을 찾아가는 것보다는 강의가 끝났을 때 접근해보는 것이 나을 것 같았다.

서서 무게 중심을 이리저리 옮기며 주위를 둘러보았다. 다행히 모두가 정장을 빼입은 것은 아니어서 빨간 머리라는 것만 아니면 내가 그다지 눈에 띄는 모습은 아니었다. 그러나 대부분의 사람이 잘 단장한 모습이었고 유복한 분위기를 풍겼다. 갑자기 아까까지만 해도 괜찮게 생각되었던 부스스한 머리 상태가 신경 쓰여 손으로 매만졌다.

그때, 뒷줄에 앉아 있는 한 사람이 눈에 들어왔다. 내가 서 있는 곳에서 멀지 않은 반대편 벽 쪽이었다. 그 사람 어깨의 기울기가 눈길을 끌었다. 옆에 앉은 사람으로부터 비딱하게 멀어진 어깨가 왠지 낯익었다. 나는 키 큰 두 남자 사이로 몸을 내밀며 고개를 쭉 뺐다. 그 비딱한 남자는, 먼로 로스였다. 나의 할 일 목록에서 두 가지 항목이 지워진 것과 마찬가지였다. 만일 내가 그에게 가서 말을 끌어낼 수 있다면 말이다.

나는 조용히 "실례합니다"라고 중얼거리며 사람들을 뚫고 나갔다. 먼로의 의자와 벽 사이는 공간이 넓지 않았지만 나는 비집고 들어가 쭈그리고 앉았다.

"안녕하세요?"

나는 목소리를 최대한 줄였다.

먼로는 선글라스를 끼고 있었지만 자신의 안전거리를 침해하고 억지로 인사를 건네는 나의 무례에 기겁하는 것이 보였다.

"니콜스 씨, 안녕하세요."

먼로가 재빨리 고개를 까딱했다.

나는 "대단해 보여요" 하고 말하며 주느비에브 쪽으로 고개를 끄덕였다.

"정말 그렇죠."

먼로는 조용히 말하며 입술에 손가락을 올렸다.

"아, 그래요. 만나서 반가웠어요."

먼로는 고개를 끄덕이고 다시 주느비에브에게 집중했다. 나는 그대로 일어나 그 자리에 서 있었다. 먼로를 화나게 하려는 의도는 아니었지만, 강의를 듣는 중에 말을 걸려면 예의를 차릴 수 없었다. 나는 먼로처럼 내성적인 사람들을 잘 알았다. 바짝 옆에 붙어 있지 않으면—물론 안전거리를 침해하지는 않는 선에서—말을 걸어볼 기회도 주지 않고 달아나고 말 것이다. 나뿐 아니라 모든 사람에게 그럴 테지만, 지금의 나에게서는 특히 최대한 빨리 달아나려 할 것이다. 먼로가 제니의 죽음과 아무 관계가 없다는 것이 밝혀지고 난 다음에 사과를 하거나 해야겠지.

강의는 계속되었다. 명조 화병에 대해 배우는 것은 박물관에서 일하다가 지금은 비밀스러운 보물로 가득한 곳에서 일하는 여자애가 딱 좋아할 만한 일이었다. 나의 알 수 없는 작전에 정신이 팔려 있지 않았더라면 받아 적기까지 했을지도 모른다.

주느비에브는 기립 박수를 받았고, 먼로는 내가 예측한 대로 박수가 시작되자마자 나를 지나 빠져나가려 했다. 나는 그의 코트 소매를 꽉 잡고 잠깐 시간을 내줄 수 있냐고 물었다.

"야, 그러죠."

먼로는 한참 생각하다가 대답했다.

"복도로 나가죠."

내가 제안했다. 주느비에브는 사람들의 질문 공세 때문에 잠시 바쁠 것 같았다.

복도는 넓었으나 정문으로 빠져나가려다 보니 사람들과 부딪칠 수밖에 없었다. 사람이 없는 곳으로 가서 소매를 놓아주고 조금 거리를 두었다. 먼로는 한시름 놓는 듯했다.

"무슨 일인가요, 니콜스 씨?"

먼로가 물었다.

"먼저, 제발 딜레이니라고 불러주세요. 두 번째, 에드윈이 걱정돼서요. 동생의 죽음으로 힘들어하고 있고 경찰을 믿지 못하더군요. 나는 에드윈의 동생에 대해 좀 알아보고 싶어요. 그러면 에드원이 슬픔을 극복하는 데 도움이 될지도 모르잖아요. 내가 알아낸 것들이 단서가 되어 경찰이 살인범을 찾아낼지도 모르고요."

아주 거짓말은 아니었지만 설득력 있는 말도 아니었다. 곰곰이 생각해보면 황당한 얘기로 들릴 수도 있지만, 어쨌거나 현재로선 먼로나 다른 사람들이 에드윈을 걱정하고 있다는 버크의 말에 의존해 설득해볼 수밖에 없었다.

"내가 무슨 도움이 될지 모르겠네요, 딜레이니."

"당신은 제니를 알았잖아요. 제가 물어보면 그녀에 대해 어떻게 설명하시겠어요?"

"아, 그건…… 내가 제니를 잘 알았던 건 오래전 일이에요. 친절하고 재미있고 잘생긴 여성이었죠. 알게 될수록 더욱 예쁘다는 생각이 드는."

"멋진 설명이네요."

먼로가 어깨를 으쓱했다. 천장 조명이 선글라스에 비쳤다.

"마지막으로 만난 게 언제예요? 일주일 전? 열흘 전? 제니의 플랫에서 싸웠죠?"

순간, 로스가 얼어붙었다. 무작정 찔러본 것이었다. 나는 누가 제니와 싸웠는지 전혀 알지 못했고, 심지어 제니의 미국인 이웃이 사실을 말한 것인지, 거짓을 말한 것인지도 알 수 없었다. 일단은 가능성이 있는 남자들에게 같은 질문을 던질 작정이었다. 벤치에 앉아 버스를 기다리면서 한 생각이었다. 가장 먼저 버크에게 전화를 걸어 물어보려 했지만 버스가 도착해 일단 행동을 접었다. 그런데 첫 시도에 운 좋게 맞췄단 말인가?

"싸운 건 아니에요."

먼로가 약간 풀이 죽은 목소리로 말했다.

"아, 그래요? 열흘 전에 제니를 찾아간 건 맞나요?"

먼로가 입을 오므렸다.

"무슨 얘기를 나눴나요?"

"그건 상관없어요."

"그래요, 그렇겠죠. 그때 제니의 상태는 어땠나요? 약은 안 했어
요?"

"야."

"플랫에는 왜 갔나요?"

"제니가 불렀어요."

"왜요? 갑자기 난데없이? 오랫동안 연락하지 않고 지내지 않았
나요?"

"상관없는 일이에요, 딜레이니. 조금도요."

"그게 마지막으로 제니를 본 건가요? 다시 연락도 없었고요?"

"야."

왠지 거짓말 같았다. 또 어떤 질문을 해야 답을 얻을 수 있을까
머리를 짜냈다. 하지만 먼로는 이제 마음을 들키지 않을 준비가 되
어 있었다. 게다가 언뜻 청중들이 빠져나오는 문 쪽을 보니 갈색
옷이 보였다. 나는 그쪽으로 고개를 확 돌렸다. 내가 제대로 본 게
맞나? 셰익스피어 의상을 입고 갈색 머리 꼬랑지를 단 젊은 남자
를 본 것 같은데.

"햄릿이 강의에 왔나요?"

내가 물었다.

"나는 못 봤는데요."

먼로가 대답했다.

사람이 너무 많아 더 이상 보이지 않았다.

"여기서 잠깐만 기다려주세요. 제발요."

먼로가 뭐라고 어물거렸다.

나는 서둘러 사람들이 많은 쪽으로 가서 복도를 따라 그들과 합류했다가 내가 원래 들어왔던 문으로 나갔다. 밖으로 나오자 청중들이 몇 갈래로 갈라졌다. 햄릿은 여전히 보이지 않았다. 왜 햄릿을 쫓아가야겠다는 생각이 든 건지 알 수 없었지만 그때는 중요했다. 하지만 그러지 말았어야 했다.

발길을 돌려 서둘러 리셉션 홀로 돌아갔다. 당연히 먼로는 기다려주지 않았다. 주느비에브도 가고 없었다. 리셉션 홀에는 의자를 정리하는 신사 한 명만 남아 있었다.

"무슨 일이죠?"

"강의를 했던 여자분을 찾는데요."

"갔어요. 방금 전에."

"제가 못 봤나 보네요. 저도 문 바로 옆에 서 있었는데."

"다른 쪽으로 나갔는지도 몰라요. 메인 홀을 지나서요. 비싼 꽃병을 들고 선글라스를 낀 신사와 함께 나갔죠. 보안요원 한 명의 호위를 받으면서. 이상하죠. 실내에서 선글라스를 쓰다니."

"그러네요. 감사합니다."

나는 건물을 빠져나왔다. 버스에 탄 뒤 제대로 가고 있는지 확인하려고 휴대 전화를 꺼냈다. 머릿속은 하루 동안의 활동과 발견들로 꽉 차 있었지만 무사히 집으로 돌아왔다.

열일곱

에든버러는 한여름이었기 때문에 구름이 많이 낀 날이 아니면 나의 새집에는 밤 아홉 시 삼십 분까지도 자연광이 비쳐들었다. 여덟 시가 채 되지 않았을 때 나는 침대 옆 스탠드를 주방 식탁으로 가져갔다. 콘센트가 너무 아래쪽에 있어 전깃줄이 팽팽하게 당겨졌다. 전력 기계에는 며칠 쓸 수 있을 정도의 돈을 넣어두었다.

나는 식탁 위에 보라색 종잇조각들을 꺼내놓았다. 화장 도구로 챙겨온 족집게로 종잇조각들을 이리저리 배열하며 뭔가 빨리 결과가 나오길 바랐다.

처음에는 종잇조각 모양도, 글씨 잉크선도 전혀 알아볼 수 없었다. 그때 묘안이 하나 떠올랐다. 나는 페이퍼 타월을 꺼내 보라색 종잇조각들이 찢기기 전의 크기로 오려냈다. 물론 큰 조각이 빠졌을 수도 있지만 기존에 있는 것들을 모아 비슷한 크기를 유추해봤다. 그리고 반으로, 또 반으로 종잇조각들과 비슷한 크기가 될 때까지 찢었다.

그래도 아무 결론이 나지 않았다. 내가 뭘 하는 건지도 확신이 서지 않았다. 종이를 찢는 느낌이라도 알 수 있지 않을까 싶었지만 아무 느낌도, 의미도 찾을 수 없었다. 그 무의미를 뚫어지게 들여다보느라 눈이 아파올 때쯤, 책 속에서 나온 게 아닌 목소리 하나가 머릿속에 들렸다.

'가장자리 먼저. 다른 방법은 없어, 딜레이니. 첫 번째 맞추기 과제라고 생각해. 삶도 마찬가지야. 어디서 시작해야 하는지 알기 전까지는 우리가 무엇을 가지고 있는지 알 수 없어.'

아빠의 목소리였다. 다섯 살 때 들었던 말이었다. 내 기억이 정확하다고 확신했다. 갑자기 부모님이 너무 그리워 가슴이 아팠다. 얼른 새 휴대 전화를 구해 전화를 해야 할 것 같았다.

"가장자리. 그래야겠네. 고마워요, 아빠."

나는 소리 내어 말했다.

족집게로 가장자리라고 생각되는 것들을 집어냈다. 그러고 나서 내 안에 있는 줄도 몰랐던 집요한 끈기로 한 조각, 한 조각 맞춰 나갔다. 한쪽 모서리와 한쪽 가운데 조각만 빠져 있었다.

여전히 뭐가 뭔지 알 수 없었지만 시작이 좋은 것 같아 만족했다. 새집에 바람이 새어들지는 않았지만 종잇조각을 그냥 두는 위험을 감수할 수는 없었다. 찬장에서 유리그릇 하나를 꺼내 맞춰놓은 가장자리 조각들을 덮었다. 그러고 나서 내부 조각들을 찾기 시작했다. 제대로 맞췄는지 확인할 때만 유리그릇을 들어 올렸다. 위쪽의 두 조각을 찾아내자 인내심이 바닥났다. O나 Y 자의 시작 부분인 듯했다. 그때, 뒷문에서 노크 소리가 들렸다. 그만둘 핑계가 생겨 기뻤다. 적어도 잠시 동안은 말이다.

"안녕, 아가씨. 애거사가 늦은 저녁 식사를 함께할지 물어보라 네. 우리가 이제야 돌아와서. 동네 가게가 어디에 있는지도 알려줘 야 할 것 같고. 같이 먹으면 좋겠는데."

"정말 감사합니다. 저도 어느 정도 정리가 되면 꼭 대접하게 해 주셔야 해요."

"그러면 우리야 너무 고맙지."

"일라이어스, 혹시 맞추기 잘하세요? 애거사는요?"

나는 잠시 망설이다 어렵게 입을 열었다.

"세상에! 색시, 나는 잘하는 게 별로 없어. 하지만 애거사는 나 와 반대로 못하는 게 거의 없지. 맞추는 것도 마찬가지고. 왜 그러 는데?"

"저녁 식사를 한 다음에 저 좀 도와주실 수 있을까 해서요."

"그럼. 좋아할 거야."

저녁 메뉴는 해기스였다. 싫지 않았지만, 좋지도 않았다. 곁들여 먹은 감자와 순무는 정말 맛있었다. 이제껏 순무가 맛있는 줄 모르 고 있었다. 애거사가 순무에 육두구로 짐작되는 것을 넣었는데, 매 력적인 향이 났다. 해기스를 반 정도밖에 먹지 못하자 일라이어스 와 애거사는 웃음을 터뜨리면서 결국은 개종시키고 말겠다고 말 했다.

설거지를 한 뒤 다 같이 내 집으로 왔다. 두 개의 짐 가방을 풀어 여기저기에 옷가지들을 쌓아둔 것 말고는 집을 꾸밀 시간이 없었

다. 집주인들은 집 안이 엉망인 것을 눈치채지 못한 듯했다. 우리
는 식탁에 둘러앉았다.

"뭐, 가장자리는 해놨네."

애거사가 돋보기를 쓰고 종잇조각을 들여다보았다.

"이런, 모양이 다 똑같아서 힘들겠는데. 왠지 몇몇 조각은 빠진
것 같고."

"위에 글씨가 있으니 맞출 수 있지 않을까요?"

내가 자신 없는 목소리로 말했다.

"흠, 글쎄……."

애거사는 말을 흐렸지만 벌써 족집게로 조각 하나를 들어 오른
쪽 위 가장자리 조각 아래에 맞췄다. 그리고 다른 조각을 들어 그
옆에 놓았다.

"이러면 rry가 되네."

"정말 그러네."

일라이어스가 어깨 너머로 들여다보며 말했다.

"놀라워요, 애거사. 난 전혀 안 보였는데."

잠시 후에 애거사가 어깨를 꿈틀거렸다.

"우리는 텔레비전이라도 보러 갈까?"

일라이어스가 눈썹을 치켜 올리고 나를 보았다.

"더 좋은 생각이 있어요. 일라이어스도 괜찮으면요."

"뭔데?"

일라이어스가 미심쩍다는 듯 말했다.

"제가 가보고 싶은 곳이 있는데요. 지금 운전해줄 수 있어요?"

226

내가 미소 지으며 말하자 일라이어스가 애거사를 바라보며 대답했다.

"괜찮을 것 같네."

애거사는 종잇조각들을 뚫어지게 들여다보며 고개를 끄덕였다.

"한 시간 정도 보면 질릴 것 같아. 그 전에 돌아와."

"그러지."

일라이어스가 대답했다.

밖은 완벽히 어두워져 있었다. 택시에 타자 일라이어스가 내게 어디를 가고 싶냐고 물었다. 나는 잉이에게 받은 쪽지를 꺼내 주느비에브의 주소를 읊었다. 일라이어스가 휘파람을 불었다.

"부자 동네네."

"여기 먼저 갈까요?"

"야."

아무래도 주느비에브의 집은 버크의 집이 있던 동네에서 좀 더 서쪽으로 가는 듯했다.

"일라이어스, 내 상사인 에드윈 매컬리스터나 그의 가문에 대한 이야기를 들은 적 있어요?"

"아니, 이름도 처음 들어보는데? 딜레이니가 그 동생의 이야기를 하니 애거사는 뭔가 들어본 적이 있는 것 같긴 한데, 뭐였는지 기억이 나지 않는대. 우리 둘 다 가십을 별로 안 좋아해서. 남 일에는 되도록 참견하지 말자 주의거든."

"오늘 경찰이 서점에 왔어요. 우리 직원 중 하나에게 물어볼 것이 있다고 해서 나도 경찰서에 함께 갔어요. 한 경찰이 매컬리스터

가문에 대해 이야기했어요. 스코틀랜드에서 유명하다고. 정말인
가 싶어서요."

일라이어스는 어깨를 으쓱했다.

"다른 사람에게 물어봐야 할 것 같은데. 난 모르겠어. 동료는 체
포됐나?"

"아뇨, 조사만 받았어요."

"다행이네."

"예."

"다 왔어. 아름다운 집이네."

일라이어스가 택시를 보도 옆에 세웠다. 조용한 거리에는 주차
된 차도, 다니는 차도 보이지 않았다. 주느비에브의 차는 조명이
켜진 넓은 정원 안쪽 원형 진입로를 지나서 안쪽에 주차돼 있었다.
주느비에브가 창밖을 내다보지 않는 한, 누가 엿봐도 모를 것 같았
다. 게다가 택시는 다른 차보다 덜 수상해 보일 것 같았다.

"밤에도 꽃들이 무척 예쁘네요. 낮에 보면 환상적이겠어요."

"야. 누가 사는 곳이지?"

"내 상사랑 같이 만난 어떤 여자요. 주느비에브 베그비라고, 혹
시 들어봤어요?"

"해럴드 베그비는 들어봤어. 어부였지. 왠지 둘이 친척일 것 같
진 않네."

원형 진입로에 주차된 다른 차는 없었지만 집 앞의 조명들은 켜
져 있었다. 나는 자동차 손잡이에 손을 올리고 망설였다. 열 시가
지난 늦은 시간이었다. 게다가 주느비에브가 나오면 뭐라고 해야

할지도 몰랐다.

일라이어스에게 그냥 가자고 말하려는데, 뒤쪽에서 웬 차가 다가왔다.

"숙여요!"

내가 일라이어스의 팔을 잡고 말했다.

"왜? 우린 문제될 짓을 하지 않았는데?"

일라이어스는 그러면서도 나와 같이 몸을 움츠렸다.

"시동을 끌까?"

"네. 아뇨! 아니에요, 괜찮아요. 지금 끄면 이상해 보일 거예요."

"지금 우리가 하는 짓도 이상해 보이지 않을까?"

"잠깐만요."

나는 몸을 약간 폈다.

차는 우리를 지나 주느비에브의 집 진입로로 들어갔다. 시트로엥이라는 것을 바로 알아볼 수 있었다. 나는 들키지 않을 정도로만 몸을 좀 더 일으켰다.

"제발 에드윈은 아니길……."

나는 조용히 혼잣말을 했다. 왜 그런 생각이 드는지는 알 수 없었다.

내 소망에도 불구하고 에드윈이 차 밖으로 나왔다. 긴 다리가 빠르게 현관으로 움직였다. 에드윈은 택시 쪽을 한 번도 돌아보지 않고 주느비에브의 집 문을 노크했다. 잠시 후 주느비에브가 문을 열고 나왔다. 여전히 하얀색 정장을 입고 있었다. 둘은 짧게 포옹하고 안으로 들어갔다.

"에드윈이었어?"

일라이어스가 물었다.

"네."

"안 좋은 일이야?"

"모르겠어요."

나는 다시 몸을 숙였다.

"나는 몸을 숙이고 있을 테니 여기서 나가줄 수 있어요?"

"야."

일라이어스가 몸을 반쯤 일으켰다.

"그대로 있어. 전에도 해본 적이 있다고. 눈 깜짝할 새 빠져나
갈게."

늦은 시간이지만 그냥 사교적 방문일 수도 있었다. 친밀한 포옹
도 친구 이상의 의미를 담고 있는 건 아닐 수도 있었다. 활기찬 걸
음걸이도 원래 에드윈이 걷는 방식일 수 있었다. 그다지 슬퍼 보이
지 않는 것도 그저 멀리서 보아서 그런 것일 수도 있었다. 내가 본
모든 것을 의심할 필요가 없었다.

그런데 왜 이리 신경이 쓰이는 걸까?

열여덟

일라이어스에게 다른 곳도 가보자고 설득하기가 쉽지 않았다.

"늦었어, 색시. 게다가 안전한 동네도 아니라고."

"그냥 지나가기만 할 거예요. 벌써 두 번이나 가봤는데, 그렇게 나빠 보이지 않았어요."

"제니가 살던 건물은 그렇게 나쁘지 않았지만 그 주변 동네는 좋지 않아."

"마약 때문에요?"

"야, 다른 것도 있고."

"그래서 거기 살았겠죠. 적어도 그런 이유도 있었을 거예요."

햄릿의 말이 생각났다. 햄릿은 제니가 그곳에 산 이유가 마약 때문이 아니라 고집스러워서라고 했다.

"어쨌든 그쪽은 낮에 가는 게 좋아."

"그렇겠죠. 하지만 밤에도 어떤지 봐야겠어요. 제발요. 빨리 나오면 되죠."

일라이어스가 전혀 알아들을 수 없는 말을 웅얼거리고 난 뒤 다시 입을 열었다.

"알았어. 대신 차 안에 있어야 해."

"고맙습니다."

모든 상황을 설명하지 않고서는 현재의 내 불길한 느낌을 설명할 방법이 없었는데, 일라이어스는 내가 주느비에브의 집에서 에드윈을 보고 신경 쓰는 이유를 캐묻지 않았다. 대신 내게 새 동료들에 대한 경계를 게을리하지 않는 게 좋겠다고 충고했다. 그들 중누구도 살인범이 아니라는 확신이 들 때까지 말이다. 일라이어스는 주변 상황이 어떻게 돌아가는지 조금도 적당히 넘겨버리지 않는 사람 같았다. 나는 조심하겠다고 대답했다.

제니가 살던 건물은 주느비에브의 동네 반대편에 있었지만 가는 데 오래 걸리지 않았다. 늦은 시간이었기 때문에 다니는 차도 많지 않았다. 일라이어스는 모든 지름길을 속속들이 아는 택시 기사답게 뒷길들로 택시를 몰았다.

언뜻 보았을 땐 제니가 살던 곳의 주변 거리는 위험해 보이지 않았다. 하지만 자세히 들여다보면 건물들이 낡았을 뿐 아니라 '유서 깊은' 건물들보다 사용하기가 힘들 정도로 상태가 좋지 않고 황폐했다.

일라이어스가 속도를 늦추며 차창 밖을 보라는 듯이 고갯짓했다. 캔자스에서도 볼 수 있는 풍경이었다. 두 사람이 모종의 거래를 하고 있었다. 평범해 보이려고 노력하고 있는지는 모르겠지만 전혀 평범해 보이지 않았다.

"누가 보든 신경도 안 쓰네. 뭐, 경찰차는 알아볼 수 있을 테니까."

일라이어스가 말했다.

"경찰도 택시를 타고 다니면 훌륭한 위장이 되겠어요. 꼭 권해 보고 싶네요."

"어이쿠, 이런 밤에 젊은 아가씨가 떠올릴 묘안은 아닌데."

"그런가요?"

"야. 제니도 이런 데서 사는 게 좋지 않았을 텐데. 산책하고 싶다고 해서 나갈 수 있는 곳이 아니니."

"그렇죠."

나는 대꾸하며 창밖을 보다가 창문에 얼굴을 바짝 대며 외쳤다.

"잠깐만요!"

거래를 끝낸 두 사람을 지나쳐 걸어가는 한 남자가 보였다.

"무슨 일이야?"

"아는 남자예요. 제니가 살던 건물에 살아요. 벌써 두 번이나 봤어요. 이상하게 두 번 다 가운을 입고 있더라고요."

"지금은 아니네."

매니저 집 건너편 플랫에 사는 남자가 걸어가고 있었다. 청바지와 소매가 긴 검정색 티셔츠를 입은 상태였다. 수염은 여전히 텁수룩했지만 태도나 자세는 지난번에 보았을 때와 뭔가 아주 많이 달랐다. 가운을 입고 있을 때는 잘 움직이지 않을 것 같은 그저 늙은 사람으로 보였는데, 옷을 제대로 입고 있으니 왠지 젊고 활동적으로 보였다. 가운에 감싸인 모습이 50대 후반이나 60대 초반 같아 보였다면, 목적의식적으로 기운차게 움직이는 모습은 40대 후반 같았다. 놀라울 정도의 변신이었다.

"저 남자와 얘기를 해봐야겠어요."

나는 차 문에 손을 올리고 말했다.

"나도 같이 가지."

일라이어스가 택시를 보도 옆에 댔다. 우리가 보았던 거래 장소에서 그리 멀리 나가지 않은 곳이었다.

일라이어스가 먼저 차 밖으로 나와 내 쪽으로 돌아왔을 때 나도 차 문을 열었다. 일라이어스는 입고 있던 재킷을 벗더니 모자와 함께 택시 안으로 던졌다. 반팔 티셔츠 아래로 문신이 드러났다.

나는 그를 보며 눈썹을 치켜 올렸다.

"갑시다."

일라이어스가 고개를 끄덕이며 말했다.

같이 가주지 않아도 괜찮다고 말하고 싶기도 했지만 고마웠다. 우리는 함께 남자의 뒤를 따라갔다.

"별일 없겠죠?"

"그럴 거야. 하지만 내가 그만 가자고 하면 바로 따라와야 해."

"그럴게요."

남자가 빨간 불인 횡단보도 앞에서 멈췄다. 얼른 길을 건너고 싶어 하는 듯했다. 몸을 빼고 좌우로 도로를 둘러보며 무단횡단을 노리고 있었다.

"실례합니다."

내가 그에게 달려가며 외쳤다. 그를 놓치고 싶지 않았다. 일라이어스가 괴상한 신음 소리를 내며 쫓아왔다.

"실례합니다."

3미터 앞에서 다시 외쳤다.

주변에는 두세 명의 사람이 길을 걷거나 신호등 신호가 바뀌기를 기다리고 있었다. 부름을 받은 사람 특유의 직감으로 남자만 나를 돌아보았다.

"안녕하세요!"

나는 멈춰 서며 말했다. 일라이어스도 내 옆에 멈춰 섰다.

남자는 내가 누군지 알아채고 놀라더니 곧 짜증스러운 표정을 지었다.

"안녕."

남자가 내키지 않는 인사를 뱉었다.

"미안합니다만, 지나가는 걸 보고 얘길 좀 하고 싶어서요."

"왜요?"

남자는 더욱 짜증스러운 표정으로 힘주어 물었다.

"왜냐하면…… 어, 시간 좀 있어요? 커피 한잔 어때요?"

남자가 웃었다.

"위스키로 하죠. 첫 잔은 내가 살게요."

일라이어스가 말했다.

"뭐, 그렇다면 생각해볼 만하네. 내가 아는 곳으로 가죠."

심지어 목소리도 다르게, 더 젊게 들렸다. 남자가 우리를 데리고 모퉁이를 돌아 한 블록 내려가자 더욱 어두운 길이 나왔다. 그곳에

'비틀거리는 곰'이라는 펍이 있었다. 시끄러운 펍으로 들어가는데, 그 안의 모두가 남자를 아는 것 같은 눈치였다. 하지만 반갑게 인사하는 분위기는 아니었다.

거친 사람들이 모여 있었다. 사람을 볼 때 곱게 쳐다보지 않았고, 미소를 짓는 대신 인상을 썼다. 시끌벅적함은 즐거운 파티 분위기가 아니라 '뒤통수 조심해' 하고 으르렁거리는 소리에 가까웠다. 일라이어스와 그의 문신이 있어서 다행이었다. 무슨 문신인지는 알 수 없었지만.

우리는 가게 앞 창문 아래 탁자에 자리를 잡았다. 남자가 고개를 끄덕이고 손가락을 세워 보이자 우리의 음료가 주문되었다. 나는 웨이트리스가 어디에 있는지 보지도 못했는데, 잠시 후에 병 하나와 잔 세 개가 테이블 위에 올려졌다.

일라이어스가 접대 역할을 맡아 술을 따랐다. 남자와 일라이어스 둘 다 한입에 술을 털어 넣었다. 나는 조금 마셔보고 잔을 탁자에 내려놓았다. 분위기를 깨는 행동인지는 모르겠지만 술을 잘 마시는 편도 아닌 데다 뭔가 멍청한 짓을 벌일 때가 아니었다.

다행히 두 사람 모두 나를 보며 미소를 지었다. 분명 일라이어스의 미소는 격려였고, 남자의 미소는 답답하다는 뜻이었다.

"안 마시나?"

남자가 물었다.

"별로. 게다가 첫 스카치위스키를 같이 마시기로 한 사람이 있어서요. 난 딜레이니라고 해요. 이쪽은 일라이어스고요."

그는 나를 한참 쳐다보더니 눈을 껌뻑였다.

236

"여긴 왜 온 거야? 이틀 연속으로 내가 사는 건물에 오더니, 어떻게 또 여기까지 왔지? 날 따라온 거야?"

"이름 좀 물어봐도 될까요?"

"히스. 그레고리 히스."

"히스, 난 당신을 따라온 게 아니에요. 그렇게 보였다면 미안해요. 하지만 정말 그런 게 아니에요. 당신에게 관심이 있는 게 아니라 거기 거주자 중 한 명 때문에 그 건물에 갔던 거예요."

물론 그의 옷차림에 호기심이 일긴 했지만 제니가 더 중요했다.

"그냥 그레고리라고 불러. 제니에 대해 알고 싶은 거야?"

"그래요."

"뭘 알고 싶은데?"

"그냥 제니가 어떻게 살았는지 개인적으로 알아보고 싶어서요."

"야. 당신, 제니의 오빠와 같이 왔었지."

나는 그냥 고개만 끄덕였다.

그레고리는 어깨를 으쓱하더니 말했다.

"사실 제니랑 나는 친구였어."

나는 흘긋 일라이어스를 보았다. 일라이어스는 그레고리를 뚫어지게 보면서 수상해하는 표정을 짓고 있었다.

"그렇군요. 어, 나는……."

내가 머뭇거리자 일라이어스가 목을 가다듬더니 끼어들었다.

"그 동네 평판이 말이야, 그레고리. 개인적인 시간을 보내기에 좋은 곳은 아니야. 약을 팔거나 사려는 사람이 아니면 대부분 얼씬

하려 하지 않지."

그레고리는 전혀 기분 나쁘지 않은 듯 고개를 끄덕이고 위스키를 한 잔 더 따라 들이켰다.

"사실이지. 제니는 특히 마약에 쫓겨 다녔고 중독과의 모든 전쟁에서 실패한 중독자였으니까."

"모든 전쟁에서라고요?"

내가 물었다.

"야. 하루 이상 약물을 하지 않은 적이 없었다고 할까."

그레고리가 말했다.

"정말요?"

햄릿과 에드윈의 말과 달랐다. 1년 가까이 끊었었다고 했는데.

"약물은 어떤 걸 말하는 거죠?"

그레고리가 어깨를 으쓱했다.

"이것저것 다."

"다요? 헤로인?"

"대부분 처방 제한 약물이었을 거야."

"서로 안 지 얼마나 됐나요?"

내 질문에 그레고리가 눈을 가늘게 뜨고 날짜를 헤아렸다.

"10년쯤 된 것 같네."

"제니가 그동안 약을 끊은 적이 한 번도 없었다고요? 10년 내내?"

"그래, 없어."

"확실해요?"

"야, 나도 힘들게 싸우고 있다고. 제니랑 같은 문제를 가지고 있어서 친구가 된 거야. 자꾸 그놈의 악마가 찾아오지."

"잘 대처하고 있어요?"

"그럭저럭."

그레고리가 위스키를 한 잔 더 따랐다. 그레고리가 병을 든 채 일라이어스를 바라보자 일라이어스는 손으로 잔을 가렸다

"무슨 일을 하세요?"

내가 물었다.

"어, 이런저런 일을 해서 청구서를 메꾸고 있지. 대체로."

"제니는 직장이 있었어요?"

"아니. 한 번도. 대단하신 오빠가 돈을 줬어. 분명해. 하지만 제니는 오빠를 인정하지 않더군. 그 돈을 늘 현명하게 쓰지도 않았고. 집세도 내지 못할 때가 너무 많았어."

햄릿은 제니가 가정부로 일한 적이 있다고 했지만 그레고리보다 알고 지낸 시간이 적었으니. 에드윈은 건물 매니저가 집세를 달라는 전화를 하지 않아서 놀랐다고 했다. 지금까지 내가 모은 정보들이 의심스러워지고 있었다. 누가 진실을 말하는지 믿을 수가 없었다.

"집세를 내지 못할 때는 어떻게 했어요?"

"우리 모두 하는 일을 했지."

"그 일이 뭔데요?"

"구걸하고, 빌리고, 훔치고."

"그 말이 은유적인 거라면 정확히 어떤 걸 의미하는지 모르겠

고, 실제 행동을 말하는 거라면 제니가 구걸하고, 빌리고, 훔친 사람들 중에 살인범이 있을 수도 있겠네요. 그런 이유로 제니를 죽이고 싶어 한 사람을 아나요?"

그레고리는 쩝, 소리를 내며 입술을 핥았다. 마치 입 주변 수염 뿌리에 묻은 위스키를 닦아 먹으려는 듯이.

"딱히 없는데."

"왜요?"

"그 건물 주변에는 불법적이고 부도덕한 행동들을 하고 살인까지 저지를 만한 사람이 많아. 그런 사람들과 친구 비슷하게 되거나 아니거나 하는 거지. 이런저런 상황에 따라서 말이야."

"좋아요. 그럼 좀 더 구체적으로, 제니의 죽음을 바랄 정도로 감정이 좋지 않은 사람이 있을까요? 제니가 죽기 며칠 전에 싸우는 사람을 본 적 없어요?"

갑자기 그레고리의 눈이 멍해졌다. 방금 들이켠 위스키 때문만은 아닌 것 같았다.

"그레고리?"

내가 그레고리 쪽으로 손을 옮겨 짚으며 말했다.

그레고리는 내 손을 내려다보더니 자기 손을 치웠다.

"여러 명 있었지. 죽기 2주 전에."

"그중에 아는 사람이 있었나요? 어떤 사람들이었는지 설명해줄 수 있어요?"

"부자들."

"그리고요?"

"매니저 해리에게 물어봐. 죽기 전날 제니가 해리한테 무언가를 얘기하러 내려온 걸 봤으니까. 해리가 무슨 일인가 의아해하더라고. 제니가 그런 말을 했을 수도 있지."

"그럴게요. 당신이 저번에 나에게 거기서 집을 구하면 안 된다고 했죠? 왜 그랬어요?"

"위험하니까. 당신 눈엔 안전해 보여도 젊은 색시가 있을 곳이 못 돼."

"좀 이상한 점이 있는데요, 그레고리. 건물이 너무 조용했어요."

"어, 뭐, 낮에는 아주 조용하지. 밤에는 좀 더 시끄럽고. 하지만 조용하다고 해서 안전한 건 아니야. 사람들이 숨어 있으려고 노력한다는, 주의를 끌지 않으려 조심한다는 뜻일 수도 있어."

"기억해둘게요."

"그러는 게 좋을 거야."

그레고리가 위스키를 한 잔 더 마셨다. 점점 그의 입에서 제대로 된 말이 나오기 힘들어지고 있었다.

"우리가 집까지 태워다줄까?"

일라이어스가 그레고리에게 말했다.

"밤이 아직 한창인데."

그레고리는 자리에서 일어나 손가락으로 탁자를 짚으며 몸을 가누었다.

"다른 쪽에 더 관심을 가져보는 게 좋을 거야."

"어떤 쪽이요?"

"제니가 죽기 전날 저녁에 한 남자가 찾아왔었어. 1층에서 엘리

베이터로 가는 걸 봤지."

"그래요? 무슨 옷을 입고 있었죠?"

"무슨 의상 같은 거."

햄릿이 제니의 집에 방문한 것을 모르는 사람은 없었다.

"나중에 내가 3층 친구 집으로 갈 때, 제니의 집에서 소리가 들렸어. 제니가 누군가에게 나가라고 소리쳤어. 보지는 못했지만 그 자였을 거야."

"경찰에게 말했나요?"

"아니, 말하지 않을 거야. 경찰과 엮이기 싫어. 내가 당신한테 말해주는 이유는, 특히 밤에는 그 건물 근처에 가지 말라고 경고해주기 위해서야."

"알았어요. 그 남자 생김새에 대해 더 말해줄 수 있어요?"

햄릿 같긴 했지만 확인을 할 필요가 있었다.

"의상은 아니었던 것 같아. 정장, 비싸 보이는. 턱시도였던 것 같아."

"몇 살로 보였어요?"

그레고리의 풀린 눈이 나에게 초점을 맞추려 애를 썼다.

"너보다 나이가 많았지."

그러고 나서 엄청난 노력을 기울여 일라이어스에게 시선을 돌렸다.

"당신 나이에 더 가까울걸?"

"정말요? 머리 색은요?"

그레고리가 천천히 고개를 저었다.

"몰라. 모자를 썼던 것 같아. 빨간 머리였나? 내가 문 앞을 지나갈 때 제니가 셰익스피어에 나오는 이름 같은 걸 불렀던 것 같아. 재미있다고 생각했거든. 연극을 하는 건가 싶었어. 제니가 연극을 하는 줄은 전혀 몰랐으니까."

"빨간 머리인 게 분명해요?"

머릿속에 먼로보다는 햄릿의 모습이 자꾸 떠오르는 것을 꾹 눌러내렸다.

"아니. 정확하지 않아."

"그 이름이 뭐였어요?"

"몰라. 맥베스였나? 아냐. 모르겠어."

먼로가 셰익스피어에 나오는 이름 같지는 않았다. 나는 햄릿이 아니냐고 묻고 싶은 걸 참았다. 그쪽으로 유도할 순 없었다.

"이름이 정말 생각 안 나요?"

나는 점점 흩어져가는 그의 정신을 붙들고 싶었다.

"오셀로였나?"

제대로 기억하든 그렇지 않든, 셰익스피어에 나오는 이름을 정확히 알고 있다는 게 인상적이었다.

"그 남자를 다시 보지는 않았어요? 건물을 나가는 걸 봤다거나."

"아니. 난 아침까지 친구 집에서 나오지 않았어."

그레고리가 윙크를 하며 말했다.

"여자 친구가 하나는 3층에, 하나는 4층에 있어서 아주 조심해야 하거든."

"그렇겠네요."

내가 말했다.

일라이어스가 짧게 그렁거리는 탄식을 뱉었다.

"어쨌든 제니는 오빠에 대해 말을 많이 하는 편이 아니었는데……."

그레고리는 좀 정신이 돌아온 듯 말을 이었다.

"죽기 며칠 전에 뜬금없이 이상한 말을 했어. 오빠가 자기에게 너무 많은 걸 기대한다고."

"무슨 기대요?"

"나도 물어봤지. 무슨 말이냐고. 자기를 너무 믿는다고 하더군. 비밀을 지킬 거라는 기대 같은 거. 제니가 비밀을 잘 지키는 타입은 아니었으니까."

그러더니 조금 비틀거리다가 거의 들리지도 않는 목소리로 덧붙였다.

"그걸 알았어야지."

"그랬군요."

나는 제니가 무슨 말을 한 건지 알고 있었다.

"그리고요?"

"몰라."

"이것도 경찰에 말하지 않았나?"

일라이어스의 물음에 그레고리가 웃었다.

"묻지도 않았는데? 앞으로도 묻지 않겠지. 놈들은 나나 제니 같은 인간들에게 신경도 안 써. 가치 없는 것들이 일만 늘린다고 생각하니까."

"살인 사건에 대한 단서가 필요할 거예요. 경찰에게 당신 얘기를 해도 될까요? 지금 말한 내용들이 수사에 도움이 될지도 몰라요."

내 말에 그레고리는 다시 태도를 바꾸었다. 멍했던 눈이 갑자기 또렷해졌고, 입매도 딱딱해졌다.

"무슨 말? 난 아무 말도 하지 않았는데?"

그러고는 돌아서서 재빨리 사람들을 헤치고 나가버렸다.

나는 일라이어스를 바라보았다.

"이런, 내가 실수했나 봐요."

일라이어스는 그레고리가 펍을 나가고 난 뒤에도 주변을 살폈다. 아마도 마약 중독자이자 전과자일 남자가 다시 돌아와 경찰 끄나풀인 멍청한 빨간 머리 미국인을 죽이려고 하는 건 아닌지 확인하려는 듯했다.

일라이어스는 계속해서 주변을 살피며 내게 말했다.

"딜레이니, 마지막 부분 빼고는 잘했어. 놀라울 정도로 많은 말을 하게 만들었잖아. 하지만 지금 들은 이야기는 경찰에게 하지 않는 게 좋을 것 같아. 그렇게 믿을 만한 목격자도 아니잖아. 그리고 경찰이 내일이나 모레 방문을 하게 되면 네가 위험해질 수도 있어. 물론 안 그럴 수도 있지만 그런 위험을 무릅쓸 필요는 없잖아. 살인과 관련된 일인데 더욱 조심해야지."

"알았어요."

하지만 그런 정보들이 정말 살인범을 찾는 데 도움이 된다는 생각이 들면 어떻게 해야 할지 몰랐다. 나도 모르게 제니가 진심으로 안됐다는 생각이 들기 시작했다. 결국 직접 만날 수는 없었던 사람. 어쩌면 햄릿의 감정에 공감을 느껴서 그런지도 몰랐다.

"이제 가자고. 그리고 애거사에게 여기에 왔었다는 말은 하지 맙시다."

"그럼요."

열아홉

　다음 날 아침, '갈라진 책' 앞에 도착하니 일곱 시가 조금 안 된 시간이었다. 나는 이제 버스를 타는 것이 아주 편했다. 그래스마켓 호텔에서 모퉁이를 돌면 나오는 베이글 가게까지 서둘러 걸어갔다. 하늘은 파랗고 기온은 적당히 시원했다. 아침으로 먹을 것과 대형 커피를 주문했다. 서점으로 돌아가려 다시 모퉁이를 돌자 햄릿이 서점 문을 열고 있는 것이 보였다.

　지난밤에 나는 제대로 잠을 자지 못했다. 생각할 것이 너무 많았다. 다들 무슨 생각을 하는 건지, 그들의 행동이 제니의 죽음과 무슨 관계가 있는지 따져보았다. 애거사가 일부 맞춰놓은 보라색 종잇조각에는 '에드윈에게 미', 그리고 '전해줘'라는 메시지가 있었다. 생각이 꼬리에 꼬리를 물고 이어져 밤새도록 뇌가 편안히 쉴 수 없었다.

　"안녕."

서점 안으로 들어서며 내가 말했다.

"딜레이니, 안녕."

햄릿은 계산대 서랍에서 뭔가를 보고 있었다. 계산대는 로지만의 구역이라고 생각했는데. 햄릿이 서둘러 서랍을 닫고 어색하게 자리를 옮겼다. 오늘은 머리카락을 귀 뒤로 넘기고 어깨까지 늘어뜨렸다. 멋진 스타일이었다.

"내 베이글 좀 줄까? 아직 한 입도 안 먹었어."

나는 계산대를 보지 않으려 노력하며 말했다.

"아, 고마워요."

햄릿이 대답하며 뒤쪽의 책상으로 갔다.

나는 햄릿의 뒤를 따라가며 계산대를 한번 훑어본 뒤 무심결에 빼곡한 책장으로 시선을 옮겼다. 그때, 갑자기 보이지 않는 어떤 힘에 가로막히며 숨이 턱 막히는 듯했다. 나는 걸음을 멈췄다. 앞으로 나갈 수 없었다. 심장 소리가 귓속에서 쿵쿵, 울렸다. 무슨 일이지?

다행히 그 순간은 금세 지나갔다. 머리가 맑아지면서 다리가 풀렸다. 대체 뭐가 잘못된 건지 알 수 없었지만 달라진 점은 바로 알 수 있었다. 책들. 책들이 갑자기 소름 끼치게 조용해졌다. 마음을 활짝 열고 어서 말을 해보라고 독려해도, 애걸해도 소용없었다. 아무 일도 일어나지 않았다. 책들이 침묵을 지켰다.

태양은 떠 있었지만 내부는 아침 그늘에 잠겨 있어 직접 들어온 햇빛에 그림자들이 쫓겨나지 않았다. 나는 계단 옆 벽에 있는 스위치를 켰다. 천장 조명이 들어왔다. 근처 책장의 책들을 손으로 만

248

졌다. 나는 제인 오스틴이 쓴 책을, 그중에서도 『오만과 편견』을 가장 좋아했다. 하지만 그 책등을 손으로 건드려도 아무 소리가 들리지 않았다. 미스터 다르시도, 엘리자베스도 그렇게 말이 많았는데, 지금은 완강하게 침묵을 지켰다. 지난번에 경매에 참석하려 에드윈과 함께 서점을 나설 때 책들이 침묵하고 있다는 사실을 눈치채긴 했다. 그러나 그 후에는 목소리들이 들렸다. 방금 밀어 닥쳤던 알 수 없는 파동과 관계가 있는 것이 분명했다. 어쩐지 이번에는 영원히 이럴 것 같았다.

"헉."

나는 숨을 들이마셨다.

"딜레이니?"

햄릿이 벽 뒤에서 나를 내다보았다.

"아, 미안."

나중에 다시 살펴봐야 했다. 적어도 지금은 기절할 것 같은 느낌이 들지 않았다. 나는 햄릿에게 가서 베이글을 나누어주었다. 커피도 나눠주겠다고 했지만 햄릿은 벌써 두 잔이나 마셨다며 사양했다.

"일찍 왔네요."

햄릿이 말했다.

"너도."

"난 원래 일찍 와요. 수업이 있어서 그 전에 일을 끝내려고요. 이메일을 확인하고 주문받은 책들을 찾아야 하거든요."

"지금까지 본 것 중에 제일 비싼 책이 뭐야?"

"나는 만져보지도 못한 책이에요. 사인을 받은 초판이었죠. 커버도 아직 깨끗한 상태였던 『바람과 함께 사라지다』. 운명 같은 우연의 일치였어요. 미국에서 누가 연락해서 그 책을 사겠냐고 물었어요. 우린 당연히 사겠다고 했죠. 그리고 바로 그날, 독일에서 연락이 와서 그 책을 살 수 있냐고 물었어요. 에드윈은 둘 사이 협상만 도와주고 끼어들지 않으려고 했어요. 판매자와 구매자를 직접 연결시켜주면서 수수료를 받지 않으려 했죠. 받으면 안 될 것 같다면서. 우리가 그 책의 임자가 아닌 것 같다고 했어요."

"그런 일이 자주 있어? 에드윈이 수수료를 사양하는 일이?"

"야, 종종 있죠. 운명의 여신이 끼어든 일이라고 생각할 때면요."

나는 잠시 베이글을 먹으며 생각에 잠겼다.

"에드윈은 2절판을 안 살 수 없었을 거야. 그렇지?"

"그럴 돈이 있다면 누구나 마찬가지 아닐까요?"

나는 어깨를 움츠렸다.

"에드윈이 낙찰 받은 거잖아. 지나치게 많은 돈을 지불했기 때문일까, 아니면 다른 살코기 시장 멤버들이 원하지 않았기 때문일까?"

"나도 몰라요. 얼마를 지불했는지 말하지 않았으니까."

"다른 멤버들과 얘기해봤어? 왜 낙찰을 받지 않은 건지?"

"멤버들이 서점으로 오지 않는 이상 내가 그들과 얘기할 기회는 없어요. 온다고 해도 인사 정도만 하죠. 나는 아직 끼지 못하는 세상이에요. 멤버를 전부 알지도 못해요. 그리고 에드윈이 그러는데,

대부분 버크의 설명을 수상하게 생각했대요. 저도 그 이야기를 들었는데, 너무 억지스럽더라고요."

"베니 밀턴은? 불법적으로 보이는 문제는 그가 조사해야 하는 거 아냐?"

"난 그를 몰라요."

나는 햄릿의 눈을 빤히 들여다보았다. 거짓말 같지 않았다. 에드윈이 살코기 시장이 비밀스러운 곳이라고 말해주긴 했지만 뭐가 비밀인지 점점 더 알 수 없어지고 있었다. 다시 베이글을 조금 떼어 먹었다.

"어제 오후에는 뭐 했어? 늦은 오후에."

내가 물었다.

"공부했는데, 왜요?"

"나는 주느비에브 베그비의 강의를 들으러 갔었거든. 그 사람 알아?"

"야, 에드윈의 친구 중 하나죠. 전에 서점에 온 적이 있어요."

나는 고개를 끄덕였다. 어떻게 질문을 던져야 더 이상 비밀을 발설하지 않을 수 있을지 고민이 됐다. 햄릿에게 살코기 시장 멤버들에 대해 더 알려주면 안 되는지도 몰랐다. 에드윈과 주느비에브가 그냥 친구인지 묻는 것도 적절하지 않은 것 같았다.

"주느비에브는 명조 시대 화병에 대해 많이 알더라."

내가 말했다.

"그렇겠죠. 에드윈과 친구들은 많은 것들에 대해, 많은 것을 아니까."

"너는 명조 시대 화병에 대해 잘 몰라?"

"네, 그렇죠."

햄릿이 눈을 가늘게 떴다.

"버크가 2절판을 발견했다는 곳, 어떻게 생각해?"

햄릿이 웃었다.

"사실인 것 같지 않아요. 그런 말을 지어낸 이유가 분명히 있을 거예요. 굳이 그 이유를 추측하고 싶지는 않아요."

"정확히 어디서 발견했는지 알아?"

"버크가 말했잖아요. 관광 명소라고. 다들 아는 곳이에요."

"지금은 거기에 가기 너무 이른 시간인가? 그러니까 오늘 할 일이 너무 많은 게 아니면⋯⋯."

"지금은 좀 일러요. 한 시간 정도 있다가는 가도 될 거예요. 나도 시간이 될 것 같고요."

우리는 재빨리 아침 식사를 마쳤다. 햄릿은 이메일을 확인했고 나는 전면창의 책장 맨 윗줄을 공략했다. 바로잡기에도, 책 속 인물들이 말을 걸어오는지 알아보기에도 좋았다. 또한 내가 서점에 들어섰을 때 햄릿이 재빨리 닫아버린 서랍도 보고 싶었다.

책들이 너무 아무렇게 책장에 끼워져 있어서 그 줄에 있는 서른두 권 중 여덟 권을 빼내 따로 둬야 했다. 간단한 수리가 필요했다. 다른 책들은 찌그러지거나 벌어지지 않도록 조심해서 다시 책장에 꽂았다. 책들은 대부분 헝겊으로 제본되어 있었지만, 비싼 책이 아니라 그저 좀 낡은 것들뿐이었다. 누군가 적당한 가격을 치르고 집으로 데려갈 것이다. 『보물섬』과 『폭풍의 언덕』도 있었는데, 덴

마크 시집이 보여서 우선 그리로 관심이 갔다. 스코틀랜드어와 영어의 조합으로 번역된 알렉산더 그레이의 『4와 40』이었다. 그 안에는 다음과 같은 구절이 있었다.

너는 아홉 번째, 그 올바른 노래가 되어,
내가 저지른 모든 잘못을 속죄하리

나는 시집을 따로 챙겨놓았다. 언어가 매혹적이었고, 더 알아보고 공부해보고 싶었다.

나에게 말을 거는 소설 속 등장인물은 없었다. 단 한 명도. 이상한 일이었다. 불안했고, 슬프면서도 외로웠다. 늘 목소리들을 억제하느라 애썼지만, 완전히 떠나버리는 건 싫었다.

햄릿이 어두운 쪽으로 잠시 자리를 비웠다. 나는 얼른 계산대로 가서 서랍을 열었다. 펜 몇 개, 노란색 수첩 하나, 사진 한 장이 전부였다. 사진이라는 건 뒤집어보고 알았다. 두 사람이 정겹게 팔을 두르고 행복하게 웃으며 서 있는 흑백 사진이었다. 한 사람은 분명 젊은 시절의 에드윈이었다. 지금보다 주름이 조금 적어 보였고 깊지도 않았다. 어쨌든 그때도 멋진 신사였다.

다른 인물은 제니인 것 같았다. 키가 크고 말랐지만 단단해 보이는 체격이었다. 머리는 금발에 가까운 갈색이었고, 어깨까지 쭉 뻗다가 밖으로 구부려져 있었다. 예쁘지는 않았지만 매력이 없는 것은 아니었다. 나는 여자에게 '잘생겼다'는 표현을 사용하는 게 좋았다. 먼로도 말했듯이 제니는 잘생겼으면서도 여성적이었다. 사진 속의 제니는 정말 좋아 보였다. 낡은 사진이라 안색을 살피기는 어려웠지만 중독의 흔적은 전혀 보이지 않았다.

햄릿은 이 사진을 보고 있었던 걸까, 아니면 사진을 서랍에 넣고 있었던 걸까. 혹시 펜을 찾고 있었던 건 아닐까? 사진을 도로 서랍에 넣는데, 로지가 들어왔다. 나는 햄릿과 마찬가지로 재빨리 서랍을 닫고 벌떡 일어났다.

"딜레이니, 거긴 왜?"

로지가 헥터를 바닥에 내려놓으며 물었다. 헥터가 내 앞으로 달려왔다.

"아무것도 아니에요. 미안합니다. 포스트잇을 찾다가 딱 걸렸네요."

나는 헥터를 안으며 대답했다.

"어, 내 책상은 아니니 미안할 건 없어. 그저 내가 대부분의 시간을 앉아 있는 곳이니까. 진짜 힘든 일은 전부 저쪽의 내 사무실에서 하지. 계산대에 포스트잇 같은 걸 보관해두긴 해. 그 밑에 서랍을 봐."

나는 아래 서랍을 열어 포스트잇을 꺼냈다.

"햄릿은? 에드윈은?"

로지가 물었다.

"에드윈은 아직이고, 햄릿은 왔어요. 괜찮으면 조금 있다가 탐험을 좀 하러 가고 싶은데…… 햄릿이 데려다주기로 했어요."

"그래. 대신 다녀와서 꼭 모험담을 들려줘야 해."

그때 햄릿이 왔다. 로지는 잠시 혼자 서점에 남아 있어도 괜찮다

254

고 했다. 햄릿과 내가 서점을 나서는데 로지가 진지하게 덧붙였다.

"꼭 유령 보고 와."

우리는 그래스마켓 호텔을 향해 언덕을 올라가 좌회전해 가파르게 굽은 빅토리아 거리로 들어섰다. 거기서 꼭대기까지 올라가면 로열마일인 듯했지만 반쯤 가다가 숨은 계단으로 들어가 훨씬 빨리 도착했다. 거기서 또 우회전하고 두 블록 더 언덕을 내려갔다. '메리 킹스 골'이라는 표지판이 붙은 문을 몇 개 통과하니 선물 가게가 나왔다. 중세 시대처럼 긴 치마와 긴팔 셔츠를 입고 앞치마를 두르고 보닛을 쓴 젊은 여자들이 있었다.

"햄릿, 여긴 무슨 일이야?"

선물 가게 계산대에 서 있던 예쁜 금발 여자애가 말했다.

"멜, 안녕. 이쪽은 딜레이니야. '갈라진 책'에서 새로 일하게 됐어. 이쪽 골을 꼭 보고 싶어 해서. 다음 투어가 언제야?"

"새 직원을 뽑은 줄 전혀 몰랐네."

멜이 미소 지으며 윙크를 날렸다.

"사람을 뽑지 않는다고 하더니. 아주 특별한 분인가 봐."

"그래. 딜레이니는 미국 캔자스에서 왔어."

"에든버러에 온 걸 환영해요."

나는 멜과 악수를 나누었다. 그녀는 오늘의 첫 투어를 자신이 이끌 거라고 했다. 사람이 많지 않아 나와 햄릿이 낄 자리가 있었다. 얼마 지나지 않아 우리는 옛날 이곳의 어느 방에서 살던 아그네스로 변신한 멜을 따라갔다. 소규모 투어 그룹은 그녀를 따라 땅속 깊은 곳으로 들어갔고, 미리 들은 대로 우리는 도시 아래에 남아 있는 도시를 발견했다. 오랜 세월을 너끈히 견딘 공간이 그대로 남아 있었다. 비좁은 곳에 너무 많은 사람이 살아 생활 환경이 형편없었다. 그때는 부유한 사람들이나 창문을 뚫을 수 있었다.

아그네스는 그 당시 언덕 거주자들이 하루에 두 번씩 창문으로 쓰레기를 던지면 언덕 아래 호수로 굴러 떨어졌다고 설명해주었다. 또한 여성들을 호수에 던져 마녀인지 아닌지를 알아보기도 했다고 했다. 빠져 죽으면 마녀가 아니었고, 빠져 죽지 않으면 마녀라고 간주해 가혹한 사형을 당해야 했다. 쓰레기와 마녀 재판의 장소였던 호수는 이제 프린스 스트리트 가든으로 변모하여 햄릿의 연극이 상연되는 공원이 되었다.

어쨌든 위생적이지 않은 생활 때문에 도시 전체에 전염병이 두 차례나 퍼졌고, 그때마다 4분의 3의 인구가 줄었다. 좁은 돌벽과 참을 수 없을 만큼 낮은 천장 속에서 듣는 아그네스의 이야기는 너무 재미있어서 나와 햄릿이 왜 이곳에 왔는지 잊어버릴 지경이었다.

그때 햄릿이 내 팔을 잡으며 조용히 말했다.

"다음 방이 암소의 방이에요. 조그만 외양간을 지나면 오른쪽으로 벽난로가 있어요. 거기예요."

그곳은 아직도 냄새가 났다. 동물 냄새는 아니고 뭔가 낡고 이상한 냄새였다. 아그네스는 이 냄새가 진짜라며 없애거나 늘리려는 조치를 취한 적이 전혀 없다고 설명했다. 햄릿과 나는 그룹 뒤쪽으로 이동했다. 아그네스가 사람들을 이끌고 방을 나갈 때 우리는 몸을 숙이고 뒤에 남았다. 햄릿이 주머니에서 손전등을 꺼내 벽난로 쪽을 비췄다.

"그냥 벽에 작은 구멍 하나 파놓은 거네."

내가 말했다.

"뭘 오랫동안 감춰놓거나 할 수 있는 곳이 아닌데. 이렇게 어두워도 다 보이잖아. 저기서 버크가 2절판을 발견했다고? 말도 안돼."

"야, 우리도 그렇게 말했죠."

그때 뭔가 내 뒷목을 스치고 지나갔다. 그리고 누군가의 목소리가 희미하지만 똑똑히 들렸다.

"꺼져."

분명히 그렇게 들렸다.

"햄릿, 방금 들었어?"

"뭘요?"

벌써 첫 에든버러 유령을 만난 건가? 나는 잠시 가만히 앉아 귀를 기울이며 또 다른 감각이 느껴지지 않을까 기다렸다. 그러다 갑자기 이 모든 게 무서워졌다.

"가야 할 것 같아."

내가 말했다.

"그래요."

우리는 그룹을 따라잡은 다음 내내 같이 다녔다. 물론 계속 뒤를 돌아보긴 했다. 지하 세계에서 빠져나와 위협적인 회색 하늘의 현실을 마주하자, 내가 헛것을 들었을 수도 있다고 결론 내렸다. 스코틀랜드를 방문한 첫 주에 스코틀랜드 유령을 만나고 싶은 사람이 있을까?

그래, 내가 잘못 들었겠지.

스물

우리의 탐험은 한 시간 정도밖에 걸리지 않았고, 햄릿의 예상대로 에드윈이 오기 전에 '갈라진 책'에 도착했다. 하지만 다른 사람이 와 있었다.

"저 뒤에 누가 딜레이니를 보러 와 있어."

로지가 음흉한 미소를 지으며 나에게 조용히 말했다.

"누구요?"

"직접 가봐."

서둘러 안으로 들어가 벽 뒤를 보니 한 남자가 책을 들고 목차를 열심히 살피고 있었다.

"안녕."

톰이 수줍어 보이는 미소를 지었다. 이런 남자도 수줍어할 때가 있나?

"오늘은 킬트를 입지 않았네요?"

나는 말을 뱉은 뒤 바로 손을 입에 올렸다.

"아, 미안해요. 혹시 무례한 말인가요?"

톰이 웃었다.

"아뇨. 이틀 동안 결혼식과 피로연에 참석하느라 입었던 거예요. 대단한 파티였죠. 오늘은 일만 할 거라서 그런 옷을 입을 일이 없어요."

"아."

나는 다시 고개를 갸웃하고 톰을 보며 그가 실제 사람인가 하는 생각을 했다. 에든버러에 직장을 잡은 후 나의 상상력 풍부한 머리가 시나리오들을 창작했다. 그리고 거기에 사람들이 들러붙고 있었다. 톰은 내 상상력이 만들어낸 인물일까, 아니면 실제 사람일까?

톰이 목소리를 가다듬었다.

"미안해요."

내가 고개를 흔들었다.

"도와드릴 일이라도?"

"오늘 일이 끝나면 저녁에 함께 식사하면 어떨까 해서요. 그때 말한 위스키도 한잔하면 좋고요. 일을 해야 하긴 하지만 다른 사람이 손님을 상대하면 되니 당신과 앉아서 저녁 식사도 하고 대화도 나눌 수 있어요. 우리 펍 옆에 아일랜드 식당이 붙어 있어요. 그 집으로 스코틀랜드 위스키를 가져가도 되거든요. 확실히 불편한 데이트이긴 하지만 내가 일하지 않는 시간에는 당신이 일을 하고, 내가 일하는 시간에는 당신을 일을 하지 않아서. 그래도 함께 식사를 하고 싶네요, 딜레이니."

와, 와, 세상에. 정말 현실이 아닌가? 현실일 리가 없어. 하지만 나는 상관없다는 결정을 내렸다.

"기꺼이요."

나는 망설이지도 않고 대답했다.

"잘됐네요. 몇 시쯤에 끝나요?"

"다섯 시 반쯤. 일이 끝나면 그쪽으로 갈게요."

"그래요. 기다릴게요."

톰이 하늘색 눈동자를 파랗게 빛내며 미소 지었다. 그 눈 속으로 뛰어들어 무슨 생각을 하는지 살펴보고 싶었다. 내가 하고 있는 생각들만큼이나 재미있으면 좋겠는데. 톰은 고개를 끄덕이고 책을 제자리에 꽂은 다음 내 쪽으로 걸어왔다.

"바래다줄게요."

내가 말했다.

서점이 크지 않아 우리는 몇 걸음 만에 앞쪽으로 나왔다. 햄릿과 로지, 헥터가 노골적으로 쳐다보았다. 톰은 그들에게 미소를 짓고 헥터의 머리를 쓰다듬어준 뒤 인사를 하고 나갔다.

나는 동료들을 보며 한숨을 쉬었다.

"이렇게 요란하게 데이트 신청을 받은 적은 처음이라서……."

햄릿이 웃었다.

"톰도 처음일 거예요. 저런 모습은 처음 봐요. 두 사람이 튀긴 불꽃에 내 눈썹까지 타버리겠어요."

"난 또 스코틀랜드 사람들은 원래 그러는 줄 알았네."

"여자 때문에 남자 눈이 뒤집히면 그럴 수 있죠. 딱 그 경우 같은데요."

"누가 나한테 이런 적은 처음이야."

"에이, 설마요."

나는 웃었다.

"그렇게 말해줘서 고마워. 하지만 진짜야. 데이트도 해봤고 남자친구도 한둘 있었지만, 톰 같은 사람은 처음이야."

"톰에 대해 잘 모르잖아요. 끔찍한 인간일 수도 있는데."

"햄릿과 로지는 톰에 대해 잘 알죠? 어떤 사람이에요?"

질문을 던져놓고 답을 기다리는데 묘하게 긴장이 됐다.

"톰은 훌륭한 사람이야, 딜레이니."

로지가 말했다.

"비열하지도 않고 끔찍하지도 않아. 현재 싱글이기도 하고. 그래도 저렇게 홀딱 반한 모습은 처음 보네. 데이트를 하는 건 꽤 많이 봤는데 저런 강렬한 눈빛은 처음 봐."

"바람둥이예요?"

"아니, 전혀! 그저 정착한 적이 없어서 맞는 여자를 만나지 못했나 했지. 이제 만났는지도."

햄릿이 장난꾸러기 같기도 하고 애늙은이 같기도 한 얼굴로 미소 지었다.

"어땠는지 나중에 얘기해줄게요."

내가 말했다.

"즐거운 데이트가 될 거예요."

햄릿이 말했다.

나는 애써 아무렇지 않은 척 어깨를 으쓱했다.

"오늘 에드윈이 뭔가 새로운 일을 시킬지 어떨지 모르겠네요."

"앞으로도 많이 그럴 거야. 차츰 익숙해지겠지. 에드윈은 딱히 일을 시키는 경우가 별로 없어. 햄릿이 미술품 찾는 걸 도와줘도 되고."

로지가 말했다.

"그럼 되겠네요."

창고에 혼자 남아 몇 군데 전화를 하거나 인터넷으로 살코기 시장 멤버들의 정보를 찾아보고 싶었지만 당연히 서점 업무가 먼저였다.

"무슨 미술품이죠?"

햄릿이 나를 데리고 서점 뒤쪽 구석으로 가 먼지투성이 깔개 더미 아래에 감춰져 있던 문서 수납장 두 개의 발굴 현장을 보여주었다.

"몇 년 전에 에드윈이 지도와 인쇄물도 수집하기로 결정했어요. 물론 수집품들이 잘 정리되지는 못했죠. 하지만 딜레이니도 들어오고 하니까 의욕이 생겨서요. 딜레이니가 여기를 정리하는 걸 돕고 싶어요. 방향을 가르쳐주면 좋겠어요. 지금은 이 수납장에서 던성(Doune Castle) 펜화를 찾아야 해요. 여기서 가까운 곳이에요. 딜레이니도 가보면 좋아할 거예요."

"얼마나 특별한 곳이기에 그 성 그림을 찾는 사람이 있어?"

햄릿이 웃었다.

"몬티 파이선(1970년대부터 활동한 영국의 코미디 그룹으로 수많은 방송 프로그램과 영화, 만화 등을 제작했다—옮긴이) 팬들이에요."

"아, 그래?"

"〈몬티 파이선과 성배〉를 거기서 촬영했거든요."

"나도 그 성에 꼭 가보고 싶다."

엉망인 문서 수납장을 뒤지면서 나는 햄릿을 관찰했다. 햄릿은 그림 찾기에만 열중하고 있었다. 심각한 고민거리를 안고 있는 사람 같지는 않았다. 아침에 서점에 들어왔을 때 죄책감 같은 게 보이는 듯했던 건 너무 슬퍼서였을까. 제니의 사진을 발견하고서 나에게 자기 슬픔을 보이고 싶지 않아서 그랬는지도 몰랐다. 내 희망처럼 '착한 아이'라서 그랬는지, 아니면 자신의 감정을 억누를 정도로 힘든 과거를 겪은 건지 알 수 없었다.

"햄릿, 내가 어제 누굴 만났는지 알아?"

"전혀 모르겠네요."

"그레고리 히스."

"누구요?"

"제니의 건물에 사는 남자야. 매니저 집 건너편에."

"맨날 가운 입고 있는 남자요?"

"맞아."

"어디서 만났는데요?"

나는 택시 기사와 친구가 되고 어젯밤에 함께 도시 구경을 나섰던 사연을 짧게 들려주었다. 물론 모든 것을 사실대로 말하지는 않았다.

"펍에서 우연히 마주쳤지."

"하필이면…… 또 가운을 입고 있었어요?"

"아니. 평범한 옷을 입고 있었어. 전혀 다르게 보이더라. 희한했어."

"상상이 안 가네요. 딜레이니가 말을 걸었어요?"

"그랬지. 일라이어스랑. 아, 택시 기사 말이야. 함께 대화를 나눴어. 그레고리가 제니를 잘 안다고 하더라."

"그랬어요?"

햄릿이 몸을 조금 일으켰다.

"어떻게 안대요?"

"오랫동안 친구였다던데."

햄릿이 고개를 끄덕였다.

"제니는 거기 오래 살아서 친구가 많았어요. 바람직한 친구는 드물었지만. 그 남자와도 알고 지냈는지 몰랐네요. 그 남자 얘기를 한 적이 없었거든요. 나도 그 남자랑 얘기해본 적이 없고요."

"재미있는 남자더라. 그다지 많이 친해지고 싶은 사람은 아니었지만."

"그렇겠죠. 거기 건물 사람들이 다 그럴 거예요."

나는 고개를 끄덕였다.

"그 남자가 한 말 중에 신경 쓰이는 게 한 가지 있어. 그는 제니가 약을 끊은 적이 한 번도 없다고 했어. 하루 이상도 말이야. 정말일까?"

햄릿은 심각한 얼굴이 되어 생각에 잠겼다.

"난 제니가 약을 끊은 걸 봤어요, 딜레이니. 24시간 내내 같이 있었던 적은 없지만, 약에 취해 있지 않은 제니를 여러 날 연속해서 본 적이 있어요. 약에 취해 있을 때의 제니와 그렇지 않을 때의 제니는 확연히 달랐어요. 알아보기 쉬웠죠. 약에 취한 제니도 너무 많이 봤으니까."

햄릿은 화가 난 듯 목소리 톤이 달라졌다. 나는 고개를 끄덕이며 별일 아닌 척하려 애썼다.

"살해되기 전날 밤에 제니가 너한테 화를 내진 않았어?"

"화를요? 전혀요. 나를 반기지는 않는 눈치였지만 화를 내지는 않았어요."

나는 다시 고개를 끄덕였다.

"고함도 치고 그러는 사람이었어? 그러니까 제니가 화가 났을 때 말이야."

"제니가요? 나는 그런 모습을 본 적이 한 번도 없어요."

햄릿은 기분이 더욱 상한 듯했다. 그리고 왠지 거짓말을 하는 것 같았다.

"그래? 그레고리는 그 전날 밤에 제니가 고함치는 걸 들었대. 복도를 지나가는데 소리가 들렸대."

"제니답지 않네요."

그레고리가 들려준 말들은 햄릿이 알고 있던 제니의 모습과 전혀 달랐다. 제니가 두 가지 모습을 가지고 있었던 걸까, 아니면 두 남자 중 한 명이 거짓말을 하고 있을 걸까? 어느 쪽인지 알 수 없었기에 나는 햄릿에게 그레고리가 봤다고 주장한 빨간 머리일 가능성이 큰 택시도 남자에 대해서는 말하지 않았다. 향정신성 물질의 영향하에 있던 사람의 말만 믿고 다른 사람을 의심하고 싶지도 않았다. 적어도 지금으로서는. 우리는 잠시 말이 없었다.

햄릿이 먼저 입을 열었다.

"딜레이니, 제니가 고함을 치거나 말다툼을 벌였다면 뭔가 문제가 생겼거나 나말고 다른 사람이 왔었을 거예요. 경찰에 전화해서 알려줘야 할 것 같아요. 주변의 다른 집들에 물어보도록 말이에요."

"정말?"

"야. 나를 수상하게 생각하더라도 어쩔 수 없어요. 뭔가 이상해요. 다른 사람을 보거나 목소리를 알아들은 사람이 있을지도 몰라요. 분명 그날 밤에 제니가 다른 사람을 만난 거예요."

진심으로 걱정하는 햄릿을 보자 나는 마음이 편치 않았다. 이렇게 나올 줄은 몰랐기 때문이다. 제니와 햄릿이 다퉜던 건 아닌가 싶어서 찔러본 건데. 햄릿이 그 정보를 진지하게 생각할 줄은 몰랐다.

내가 경찰에 알린다고 했을 때 그레고리의 반응은 명백했다. 일라이어스는 내가 위험해질 수도 있다고 했다. 하지만 햄릿의 말이 옳았다. 경찰에 알려야 했다. 햄릿이 자기는 아니라고 했으니 누구인지 알아내야 했다. 갑자기 그레고리가 알려준 정보가 아주 중요하게 느껴졌다. 어쩌면 그레고리를 끌어들이지 않고도 경찰에게 알릴 방법이 있을지 몰랐다.

"그래. 네 말이 맞아. 하지만 내가 말할게, 햄릿."

"왜요?"

나는 일어서서 바지를 쓸어내렸다.

"그게 나을 것 같아. 내가 직접 가서 말할래."

"전화로도 충분할 것 같은데요."

"아니, 가고 싶어. 지금 갈래."

"나도 같이 갈까요?"

"아니, 너는 그림을 찾아."

햄릿은 여전히 바닥에 앉아 눈썹을 모으고 나를 올려다보았다.

"알았어요. 다녀와서 얘기해줘요."

경찰서를 또 가게 될 줄은 몰랐다. 햄릿의 반응도 예상하지 못했다. 당황스러웠다. 하지만 적어도 햄릿이 경찰에 알리겠다고 강경하게 나왔다는 건, 제니의 살인범이 아니라는 증거였다. 그렇지 않을까? 그 점은 다행이었다.

스물하나

"안녕하세요, 윈터스나 모건 반장님 있나요?"

나는 안내 데스크에 서 있던 경찰에게 물었다.

경찰은 졸린 눈을 들어 말했다.

"성함이 어떻게 되죠?"

"딜레이니 니콜스예요."

"뭐 하시는 분인가요?"

"'갈라진 책'에서 일해요."

경찰은 전화기를 들고 뭐라고 웅얼거렸다. 바로 앞에 서 있는데도 한마디도 알아들을 수 없었다.

경찰이 수화기를 내려놓고 말했다.

"저쪽으로 들어가 오른쪽 복도로 가면 윈터스를 찾을 수 있을 겁니다. 못 찾겠으면 '불이야' 하고 외쳐요. 누구라도 나와서 도와줄 겁니다."

나는 눈을 껌뻑였다.

"알았어요."

경찰은 다시 모니터로 시선을 돌렸다.

"딜레이니, 안녕하세요."

복도에 들어선 지 얼마 지나지 않아 어느 문에서 윈터스가 고개를 내밀었다.

"이리 와요."

윈터스가 있던 작은 방은 다른 곳들과 마찬가지로 오래된 목재패널로 꾸며져 있었다. 탁자와 의자도 오래된 목재였지만 앉아보니 놀랄 만큼 편안했고 팔걸이도 널찍했다.

"무슨 일입니까?"

윈터스가 수첩을 펼치고 펜을 들며 말했다.

윈터스는 평상복을 입고 있었다. 그래서인지 미소가 훨씬 친근해 보였다. 어깨는 여전히 떡 벌어지고 두터웠지만 위협적으로 곤두세우고 있진 않았다.

"어떤 사람이 제니 매컬리스터가 살해당하기 전날 밤에 누군가와 고함치며 싸우는 소리를 들었대요. 그리고 또 다른 사람은 제니가 원래 그런 사람이 아니라고 하더라고요. 고함치는 걸 한 번도 본 적이 없다고요. 그리고 햄릿은 제니를 만났을 때 절대로 싸우지 않았대요."

윈터스는 미간을 살짝 찌푸렸다.

"아무리 조용하고 점잖은 사람도 가끔은 고함을 쳐요. 제니의 고함 소리를 들었다는 사람이 누군지 말해주세요. 더 조사해봐야 하니까요. 그리고 왜 햄릿이 아니라 당신이 이 소식을 가지고 왔는지 궁금하군요."

"이름은 알려드릴 수 없어요. 햄릿이 말하고 싶어 했는데, 내가 직접 말하겠다고 했어요."

"그렇다면 당신 정보는 쓸모가 없어요. 풍문이나 알려주려고 시간을 내서 이곳까지 온 겁니까?"

윈터스는 펜을 수첩 옆에 내려놓았다.

"왜 누가 한 말인지 알려줄 수 없다는 거죠?"

"말하지 않겠다고 약속했으니까요."

"왜 그 사람은 경찰에게 말하지 말라고 한 겁니까? 살인이나 그 말다툼에 관계된 사람이 아니라면. 이런 사건을 해결하려면 경찰이 모든 걸 알아야 한다는 걸 잘 알 텐데요."

"간단한 문제가 아니네요. 내가 보기에 그는 범인이 아닌 것 같아요."

윈터스가 천천히 머리를 저었다.

"알겠습니다. 그럼 말다툼은 무슨 내용이었대요?"

"확실하진 않은 것 같아요."

"그렇군요."

"내가 한 가지 건의를 할게요."

윈터스가 인상을 쓰고 의자에 기대앉으며 팔짱을 꼈다.

"기꺼이 들어보죠."

"건물 안의 모든 거주자들과 얘기해보세요. 특히 제니와 같은 층에 사는 사람들과요. 고함 소리를 듣거나 햄릿 이외의 사람이 그

집으로 들어가는 걸 봤는지요."

"그 층의 사람들은 물론, 건물 내 다른 사람들과도 벌써 얘기해
봤습니다."

"혹시 고함 소리를 들었는지 물어봤나요? 문제가 많은 건물이
잖아요. 거기 거주자들, 경찰의 골칫거리 아닌가요?"

그레고리가 한 말이 기억났다. 그 건물 거주자들이 과거에 문제
를 많이 일으켜 경찰이 성가셔 한다는. 그래서 제대로 신경 쓰지
않는다는.

"우리도…… 잠깐만요. 당신이 신경 쓸 문제가 아닙니다."

"하지만 거기가 좀 거친 곳이잖아요."

내 말에 윈터스의 이맛살이 잔뜩 찌푸려졌다.

"더 거친 곳도 많아요."

우리 둘 다 서로를 떠보고 있었지만 별 소득이 없었다.

"그 누구도 그날 밤에 낯선 사람을 본 적이 없대요? 햄릿 말고
요. 그곳에 살지 않는 다른 사람이 제니의 집을 방문했을 수도 있
어요."

"그것도 말해줄 수 없습니다."

나는 입술을 깨물었다.

"에드윈과 햄릿 말고, 에드윈 주변 사람들과 얘기해봤나요? 의
심 가는 사람이 없어요?"

윈터스의 눈빛이 잠깐 반짝였지만 노련하게 심중을 감췄다.

"딜레이니, 그런 것도 말해줄 수 없어요. 당신도 이해할 겁니다.
이건 말해줄 수 있겠네요. 당신에게 이 말을 해주는 이유는, 당신

이 내 질문에 답을 해주길 바라기 때문입니다. 가는 게 있어야 오는 게 있는 법이니까요. 알겠죠?"

"좋아요."

윈터스가 탁자를 팔로 짚으며 몸을 앞으로 내밀었다. 방이 너무 좁아서 의자를 뒤로 물리고 싶었지만 꾹 참았다.

"우린 제니가 뭔가를 숨기고 있었다는 걸 압니다. 그게 뭐죠? 물건입니까? 에드윈과 관계가 있는 거죠? 그 정도까지는 알지만, 더 많은 정보가 필요해요. 분명 그게 살인과 관계가 있을 거라고 확신해요."

"알려드릴 수 있는 게 있으면 좋은데, 전혀 몰라요. 정말."

정말 뛰어난 연기였다. 넘어갔나 싶어서 윈터스의 눈을 들여다보았다. 확실하진 않지만 믿는 것 같았다.

"알았습니다. 알게 되면 말해줄 거죠?"

"그럼요. 바로 알려드리죠."

"미국에서는 원래 그래요?"

윈터스가 물었다.

나는 한쪽 어깨만 들썩했다.

"글쎄요. 주변에서 누가 살해당한 적은 처음이라서요."

윈터스가 다시 물러나 앉아 나를 지긋이 쳐다보았다.

"왜 그렇게 관심을 가지는 거죠? 이곳에 온 지도 얼마 되지 않잖아요. 누가 진짜 당신의 친구인지도 알 수 없는 상황 아닙니까."

"그래요. 고향과 가족에게서 떨어져 멀리 왔으니까. 어쩌면 에드윈, 햄릿, 로지와 가족처럼 지내고 싶어서 그럴지도 몰라요. 그들이 괜찮아졌으면 좋겠어요. 그러려면 제니에게 일어난 일이 해결돼야 하잖아요."

"그중 한 명이 살인범이면 어쩌려고요?"

"그렇지 않을 거라 믿어요. 혹시 그렇더라도 밝혀내야겠죠."

나는 침을 꿀꺽 삼켰다.

"그들에 대해 얼마나 알죠? 같이 일하러 대서양을 건너왔는데, 그전에 좀 알아봤습니까?"

"직감을 믿는 편이라서요. 좋은 사람들이에요. 그건 확실해요."

그는 한참 나를 쳐다보더니 고개를 저었다.

"정말이지 당신이 알려준 정보로 할 수 있는 게 아무것도 없군요, 딜레이니. 미안합니다. 일부러 와줘서 고맙긴 해요."

"뭐라도 해봐요."

내가 말했다.

윈터스가 과장되게 한숨을 푹 쉬었다.

"물론 그럴 거예요. 나중에 당신에게 보고라도 드려야 할 것 같군요."

내가 미소 지었다.

"그러진 않을 겁니다."

윈터스가 엄한 목소리로 말했다.

"이해할게요."

"다른 할 말이라도?"

"없어요."

"배웅해드리죠."

윈터스가 밖으로 나와 정문까지 바래다주었다. 수사 결과에 따라 그와 친구가 될 수도 있겠다는 생각이 들었다.

아침 일찍부터 하루를 시작했는데, 벌써 늦은 오후가 되었다. 어느덧 톰과의 데이트 시간이 가까워져 있었다. 나는 걸어서 경찰서에 왔다. 버스 시간표를 알아내느라 시간을 들이고 싶지 않았고, 일라이어스 외의 택시를 부르는 건 어쩐지 배신 같았기 때문이다. 지금 택시를 탄다고 해도 집에 다녀올 시간이 부족했다. 그래도 서둘러 서점으로 돌아간다면 데이트 준비를 할 시간이 조금 있을 것 같았다. 비만 맞지 않는다면 말이다.

그러나 이곳은 스코틀랜드였다. 늘 비가 올 가능성이 있었다.

스물둘

서점으로 돌아가는데, 비가 내렸다. 로열마일을 따라 늘어선 가게들 처마를 잠깐씩 정거장으로 삼았다. '세상의 끝'이라는 펍에도 들어갔다. 그곳에서 〈메리다와 마법의 숲〉에 나오는 공주를 쏙 빼닮은 바텐더가 우산을 빌려주었다. 다음 날 꼭 돌려주겠다고 약속했지만 바텐더는 별로 신경 쓰지 않는 듯했다.

서점으로 돌아오자 로지가 경찰서에 다녀온 일은 어떻게 되었는지 물었다. 햄릿은 퇴근했으므로 로지에게만 나의 경찰서 습격 사건 개요를 들려주었다. 자세한 전말은 모두가 있는 자리에서 해야 했다. 에드윈이든 누구든 (나 빼고) 경찰에 2절판에 대해 말을 해야 한다는 생각이 들었다. '비밀'이 있다는 걸 경찰이 어떻게 알았는지 모르겠지만 그건 중요하지 않았다. 이제 비밀을 밝혀야 할 때였다. 안 그러면 너무 늦을지도 몰랐다.

나는 로지에게 양해를 구하고 어두운 쪽에 있는 화장실로 향하며 머리가 구제불능 상태가 아니기를 기도했다. 완벽하진 않았지만 봐줄 만했다. 좀 부스스했지만 비오는 날인 것을 감안하면 그럭저럭 괜찮았다. 옷에 묻은 흙을 닦아내고 주름을 펴보려 했지만 별 소용이 없었다. 서점에 언제든 갈아입을 수 있는 옷과 예비 화장품을 가져다둬야겠다는 생각이 들었다.

아무 준비도 하지 못한 상태에서도 나는 스코틀랜드 왕족의 손길이 닿은 으리으리한 책상의 어느 서랍에 나의 립글로스와 마스카라를 보관할까 하는 궁리를 했다.

다시 밝은 쪽으로 돌아오자 로지와 헥터가 음흉한 미소를 지었다. 물론 앞머리에 가려 헥터의 눈빛은 정확히 볼 수 없었지만.

"왜 그래요?"

"뭐, 톰이 좋은 남자이긴 하지만 여자가 많았다는 건 알아두는 게 좋을 것 같아서. 상처를 준 여자도 좀 있었고."

"명심할게요. 고마워요, 로지."

나는 오른손을 들며 말했다.

"킬트도, 바지도 너무 잘 어울리는 잘생긴 스코틀랜드 펍 주인과 즉시 사랑에 빠지진 않을 것을 맹세합니다."

로지가 웃었다.

"정말 잘생겼어. 그건 분명해. 좋아! 조심하라는 경고도 했으니, 재밌는 시간 보내라는 격려도 해줘야지."

"그럴게요. 에드윈은 안 왔어요? 내일은 올까요?"

로지의 얼굴에 짧지만 진심으로 걱정하는 표정이 스쳤다.

"내일은 분명히 올 거야."

"오늘은 왜 안 왔대요? 무슨 일이 있대요?"

"딜레이니, 서점에 에드윈이 오지 않을 때도 있어. 바쁘겠지. 딴 일도 있고."

"전화는 해봤어요?"

"야, 물론. 받지 않더라고. 시간 나면 전화하겠지."

"무슨 일일까요?"

"일하느라 그랬겠지."

왠지 그랬을 것 같지는 않지만 아는 게 너무 없는 처지였기 때문에 설득력 있는 추측은 아니었다.

"혹시 다치거나 문제가 생긴 건 아니겠죠?"

"아닐 거야."

로지는 가슴에 한 손을 올리고 말했다. 그녀도 걱정되는 것이 분명했다.

"로지, 경찰에 전화하는 게 어때요?"

"아냐! 아니야. 에드윈에게 무슨 일이 있든 그건 원하지 않을 거야. 에드윈이 곧 전화할 거야. 늘 그랬어."

내가 경찰에 전화할까도 싶었지만 로지가 계속 걱정할 일이 아니라고 주장할 것 같았고, 나는 오늘 이미 경찰에 불충분한 정보를 전달해 핀잔을 들은 전력이 있었다.

"에드윈에게 전화가 오면 제게 연락해줄래요?"

"물론이지. 얼른 가. 재밌게 놀아."

"오늘 처음으로 진짜 스카치위스키를 마셔보려고요."

어제의 한 모금은 치지 않기로 했다.

"술 못 마시지 않아?"

"네."

"이런! 내가 보호자로 따라가야 하는 거 아닐까?"

"괜찮을 거예요. 한두 모금만 마실 거예요."

로지는 다시 걱정스러운 표정을 지었다.

"정말이에요. 괜찮을 거예요."

'술꾼들 틈에서 술을 안 마시는 건 꽤 강점이 될 수 있지.'

『위대한 개츠비』의 등장인물인 조던 베이커의 목소리가 들리지는 않았지만 그의 말을 억지로 떠올렸다. 목소리가 들리는 것과 문장을 생각해내는 것은 전혀 달랐다. 계속 들어왔던 목소리들을 듣기에 적당한 때였는데, 들리지 않으니 기분이 이상했다.

"여기 『위대한 개츠비』가 있을까요?"

내가 물었다.

"있을 거야. 지금 보려고?"

"아니에요. 잠깐 생각이 나서요. 이상하네. 무슨 일이지?"

"야? 괜찮아, 딜레이니?"

"그럼요."

나는 미소를 지었다.

로지와 헥터가 작별 인사를 하며 나가는데, 마치 '순진했던 딜레이니는 이제 안녕' 하고 말하는 듯한 느낌이 들었다. 내가 그렇게 아무것도 모르는 아가씨로 보이나? 좋은 건지 나쁜 건지 알 수 없었다.

나도 가게를 나서 언덕을 조금 올라갔다. 톰의 펍 앞에 멈춰 안을 들여다보았다. 문이 열려 있었다. '스코틀랜드에서 가장 작은 펍'이라는 광고를 하지 않았어도 충분히 짐작할 수 있을 만한 크기였다. 뒤쪽 벽의 바까지 포함해도 가로세로가 3미터를 넘지 않는 공간에 사람이 꽉 차 있었다.

바에는 의자가 없고 다른 자리에도 의자 딸린 탁자가 없었지만 한쪽 벽면에 좁고 높은 탁자들이 서 있었다. 펍 안의 사람들은 모두 서서 손에 잔을 들고 문 위쪽 벽에 설치된 텔레비전을 올려다보고 있었다. 모두가 열중해서 보고 있는 것이 무엇인지 궁금해 고개를 빼고 올려다보니 축구 경기가 중계되고 있었다.

"그래, 미식축구가 아니지."

나는 중얼거렸다.

"딜레이니."

톰이 사람들 틈을 뚫고 나와 인사를 건넸다.

"나의 고조할머니 이름을 따서 지은 펍에 온 걸 환영합니다. 오늘은 당신의 이름과 같은 영광을 누리게 되었네요. 이리 와요. 옆집에 자리를 잡아놨어요. 먼저 로저와 인사해요."

톰이 내 손을 잡고 좁고 혼잡한 실내를 지나 가게 안쪽으로 끌고 갔다.

"좀 정신없죠? 미안해요. 다음번엔 제대로 된 데이트를 준비할게요."

나는 문득 그가 첫 번째 데이트는 매번 이렇게 하는 것이 아닐까 궁금해졌다. 어색한 침묵이 흘러도 당황스럽지 않고 잘 모르는 상대를 알아갈 수 있는 좋은 방법이었다. 이곳은 앞으로도 쭉 조용한 순간이 없을 것 같았다. 이런 환경에서도 둘 사이가 가까워지지 않는다면 좀 더 은밀한 자리를 다시 만들 필요가 없을 것이다. 편리한 장소였다.

"안녕. 당신이 미국에서 온 딜레이니군요. 난 로저예요."

바 뒤에 있던 남자가 때 묻은 흰 앞치마에 손을 닦고는 내 쪽으로 내밀며 빠르고 큰 목소리로 말했다.

로지는 마른 체격이었고, 40대쯤으로 보였다. 툭 튀어나온 앞니 때문에 미소가 더욱 매력적으로 보였다. 오른쪽으로 세워 붙인 앞머리는 이제까지 본 헤어스타일 중 최고였다.

"만나서 반가워요, 로저."

"톰이 오늘 당신을 만난다고 얼마나 긴장했는지 몰라요."

"정말요?"

"가게 비밀은 얘기하는 거 아냐, 로저. 일이나 해."

톰이 부드럽게 말했다.

로저가 나에게 과장되게 윙크를 한 뒤 다시 손님들을 상대하기 위해 돌아갔다.

"어휴, 미안해요."

톰이 말했다.

"전혀요. 정말 긴장했어요?"

"그렇죠. 데이트가 긴장되긴 오랜만이네요. 당신이 여기 출신이 아니라서 그렇다고 하고 싶군요. 스코틀랜드 방식이 미국인에겐 거슬릴 수도 있지 않을까 해서……."

나는 웃었다.

"그럴 일은 없을 거예요. 미국인이 보기에, 아니 그냥 내가 보기에, 라고 해야겠지만, 스코틀랜드의 모든 것이 매력적이에요. 억양, 옷…… 킬트 같은 것도요."

망할! 여기서 얼굴을 붉히고 말았다.

"백파이프, 스코틀랜드 사고방식…… 그런데 뭐가 스코틀랜드 사고방식인지는 딱히 모르겠어요. 조금 태평하고 상당히 애국적인 점은 있는 것 같지만요."

톰은 내 말이 재미있는 듯 작게 미소를 띠고 나를 한참 쳐다보았다. 나는 질문을 던지는 듯한 그의 하늘색 눈동자를 피하지 않으려 무척 노력했다. 그럭저럭 성공한 것 같아서 나 자신이 자랑스러웠다.

"사실 난 미국인과 친해질 기회가 별로 없었어요. 시내에서 만난 관광객 몇 명 이외에. 한 사람은 위스키를 너무 많이 마셔서 택시에 태워 보내고 무사하기만을 빌었죠. 이곳에 조상을 찾으러 온 노인도 있었는데, 3일인가 4일 연속으로 펍에 와서 몇 시간이고 죽치고 있었어요. 말하는 걸 좋아하지 않는 것 같아서 대화를 많이 나누지는 못했지만 상냥한 사람이었죠."

"그게 다예요? 두 명밖에 기억이 안 나요?"

"아뇨, 다른 사람도 많았어요. 그저 그 둘이 가장 인상 깊었을 뿐이에요."

로저가 끼어들었다.

"딜레이니는 톰이 데이트 신청을 한 최초의 미국인이에요."

"우리 얘기를 듣고 있었어? 손님들한테 신경 써야지."

톰이 말했다.

로저가 어깨를 으쓱하고 양손에 술병을 하나씩 든 다음 뒤집어 한 잔에 따랐다.

"네 목소리가 너무 잘 들리잖아."

"정말 미안해요."

톰이 내게 말했다.

"형편없는 첫 데이트네요. 하지만 더 이상 기다리기가 싫어서요. 로저가 알아서 잘하지만 경기 동안에는 도움이 필요할지도 몰라요. 경기가 끝나면 바로 옆집 레스토랑으로 갑시다."

"재미있어요. 아, 첫 스카치위스키를 준다면서요."

"물론이죠."

톰은 바에서 잔 두 개와 위스키 병을 가져왔다. 그리고 잔을 채운 뒤 자신의 잔을 들고 말했다.

"건배! 어떤지 말해줘요."

나는 잔을 들어 냄새를 맡았다. 정말 강한 냄새였다. 냄새만으로도 코 뒤쪽이 화끈거렸다. 나는 조금, 여성스럽게 한 모금을 홀짝들이켰다. 그래도 어젯밤보다는 많이 마신 것이었다. 술이 목을 타고 내려가 위장에 도달하는 감각이 느껴지고 목이 타는 듯했지만 불쾌하지는 않았다.

톰은 내가 한 모금 마실 때까지 기다렸다가 재빨리 자신의 술을 넘겼다.

"고백해야겠는데, 내가 술을 잘 마시는 편이 아니라서 이 정도면 오늘 저녁 내내 마실 수 있을 것 같아요. 하지만 꽤 괜찮네요."

톰이 다시 미소 지었다.

"사실 난 일할 때 술을 마시지 않아요. 그러니 공평하네요."

"그래요?"

"좋은 스코틀랜드 사람이면 누구나 그렇듯이, 나도 위스키를 즐기는 편이지만 영업 중에는 자제하는 게 좋죠. 지금 마신 건 어때요?"

"아주 싫진 않아요."

톰은 편하게 웃음을 터뜨렸다. 첫 데이트 같은 어색함이 느껴지지 않았다. 시간이 지날수록 펍 안에는 사람이 점점 불어났고, 그들은 환호하기도 하고 야유하기도 하며 축구를 보았다. 중간중간 처음 들어보는 노래를 부르기도 했다. 오랜만에 시간이 순식간에 지나가는 것을 느꼈다.

얼마 후에 축구 경기가 끝났고, 우리는 아일랜드 레스토랑으로 자리를 옮겼다. 펍의 옆집이 아니라 붙어 있는 가게였다. 두 가게 사이에 드나들 수 있는 구멍도 뚫려 있었다.

나는 톰에게 가족 이야기를 들려주었다. 부모님과 오빠, 중서부 전역에 흩어져 살고 있는 수많은 친척들에 대해서. 그리고 위치타 주변의 조그만 캔자스 농장에서 자란 이야기, 대학을 졸업한 후에 일해온 박물관에 대한 이야기도 들려주었다. 에드윈, 버크와 마찬가지로 톰도 나의 이야기를 재미있게 들어주었다.

나도 톰의 인생에 대해 들었다. 펍의 원래 주인이었다가 지금은 에든버러 대학의 사서가 된 홀아버지, 톰이 태어난 지 겨우 두 달 만에 세상을 떠난 어머니, 어머니 역할을 대신해준 고모. 고모는 아직 살아 계시는데, 워낙 괴팍해서 가족들을 걱정시키고 있다고 했다.

"이런 말 하는 건 싫지만 아무래도 누가 돌봐줘야 할 듯해요. 혼자 두면 위험해요. 매일 들러서 확인하긴 하지만, 나도 일하고 아버지도 일을 하시니 식사도 그렇고 그 밖의 시간도……."

"힘들겠네요. 사랑하는 사람들이 늙어가는 모습을 지켜보는 건 힘든 일이죠."

톰이 손을 내저었다.

"어, 미안해요. 이런 이야기로 침울하게 만들 생각은 아니었는데. 그나저나 에드윈은 어떻게 지내요? 서점에 몇 번 갔었는데 안 보이더라고요."

"슬퍼하죠. 다들 슬퍼해요. 경찰이 아직 살인범을 찾고 있어요. 에드윈을 수상하게 생각하는 것 같아요."

오늘 아무도 에드윈으로부터 연락을 받지 못했다는 말은 하지 않았다.

"그럴 만도 하죠."

"그래요?"

"네. 제니가 에드윈을 궁지에 몰아넣은 게 한두 번이 아니에요. 엉망이었죠. 그렇다고 해서 에드윈이 동생을 죽일 정도로 앙심을 품었을 가능성은 매우 드물지만. 햄릿과 로지도 의심을 받고 있나요?"

"로지는 별로."

"햄릿은요?"

"의심을 아예 받지 않는 건 아니에요."

"과거 이력이 있으니까요. 하지만 누굴 죽일 애는 아니에요. 다만……."

"다만?"

"내가 생각 없이 말을 했네요. 아무튼 어린아이가 도둑질을 너무 잘했거든요. 그 얘기는 알죠?"

"조금요. 고아가 된 다음에 에드윈이 받아주었다고요."

"한때 좋지 않은 짓을 했던 아이니까 경찰이 그 사실을 안다면 의심하겠죠. 에드윈과 사이가 좋지 않았던 적도 있고, 제니와 사이가 좋지 않았던 적도 있었어요. 하지만 두 사람 중에 누가 제니를 죽였다고 생각하고 싶진 않아요."

"그들에 대해 잘 아시나요?"

"오랫동안 이웃으로 살아왔으니까요. 내가 아기일 때 에드윈이 '길라진 책'을 열었어요. 아빠와 펍에 왔다가 지루해지면 서점으로 도망쳤어요. 독서하는 것을 좋아했거든. 좋은 곳이었죠. 에드윈이 늘 환영해주고, 책도 추천해주었어요."

"제니가 약을 완전히 끊었던 적이 있다고 생각해요? 그러니까 하루나 이틀 이상."

"그럼요. 그랬던 적이 있다고 생각해요. 백 퍼센트 확신은 못 해요. 나는 에드윈, 로지, 햄릿은 잘 알지만 제니는 잘 몰라요. 그녀에 대한 이야기만 들었죠. 한다면 하는 사람 같았어요. 야, 그런 얘기도 많이 들었죠."

나는 고개를 끄덕였다.

"제니의 이웃 하나가 그런 적이 없다는 거예요. 제니는 한 번도 하루 이상 약을 끊은 적이 없다고요."

톰이 눈을 껌뻑이고 물을 한 모금 마셨다.

"이웃이라고요? 당신이 제니의 이웃 사람과 얘기를 했어요?"

"네. 그녀가 살던 건물로 가서 기웃거렸거든요."

"정말요? 에드윈도 알아요?"

"네."

"그렇군요. 저기, 당신 기분을 상하게 만들고 싶지는 않아요. 오늘이 우리의 첫 데이트고, 나는 오늘 작별 인사를 하기 전에 두 번째 데이트 약속도 받아내려 하고 있는 입장이니까. 하지만 당신이 제니가 살던 건물에 들락거린다는 건 걱정이 되네요. 어떤 곳인지 알거든요. 그다지 좋은 곳이 아니에요."

나는 톰을 지긋이 쳐다보았다. 기분이 나쁘지는 않았다.

"두 번째 데이트 때는 어디에 갈 건데요?"

톰이 웃었다.

"좀 조용한 곳이어야 하지 않을까요? 오붓한 곳이었으면 좋겠어요."

"괜찮네요."

"그럼, 허락하는 거예요?"

"더 들어보고요."

"아직 데이트가 끝나지 않았으니 더 두고 봅시다. 하지만 그 전에, 재수 없게 들릴 수도 있지만, 당신이 싫어할 수도 있는 요청을 하나 할게요. 다시는 제니가 살던 건물에 가지 않겠다고 약속해줘요.”

"혼자서는 안 갈 거예요. 나에게 또 다른 에든버러 가족이 생겼다는 말을 못 했네요. 한 남자분을 만났어요. 택시 기사예요.”

"당신이 아는 펍 주인만큼 잘생긴 남자예요?”

"그분 아내는 그렇게 생각할 거예요.”

애거사가 톰을 직접 보면 톰이 훨씬 잘생겼다고 할 것 같았지만 일단은 그렇게 말했다.

"난 벌써 그분이 마음에 드네요.”

나는 톰에게 일라이어스와 애거사, 그리고 그들의 집과 내 새집에 대해 들려주었다. 일라이어스와 함께 두 번이나 제니가 살던 곳에 다녀왔다는 말도. 하지만 그레고리와 펍에 갔던 이야기는 하지 않았다. 물론 내 식탁 위에 펼쳐놓은 종잇조각에 대해서도. 아직은 나와 일라이어스와 애거사만의 비밀이었다.

톰은 내 이야기를 듣는 내내 걱정하는 표정을 지었다. 왼쪽 눈썹이 올라가고 이마에 주름이 졌다. 내가 본 중 가장 귀여운 표정이었다. 적어도 내 입장에서는 이번 데이트가 아주 잘 진행되고 있는 것 같았다. 누군가의 눈썹이 치켜 올라간 것을 보고 귀엽다고 생각한 것은 처음이었다.

"일라이어스는 뭘 좀 아는 분 같네요.”

일라이어스가 나를 어떻게 보호해줬는지를 듣고 톰이 말했다.

"충분히 조심하겠군요.”

나는 고개를 끄덕이고 그의 눈썹을 보며 너무 얼빠진 미소를 짓지는 않으려 노력했다.

그날 저녁은 그다지 연착륙으로 마무리되지 못했다. 우리는 저녁 식사를 마친 후에 사람들이 거의 빠져나간 펍으로 돌아갔다. 로저가 안에서 걸상을 가져다주었다. 마지막 주문을 받은 지 한 시간이 지난 후에도 한 명의 손님이 남아 있었다. 조너선이라는 노인이었다. 그는 반이나 남은 맥주 컵을 탁자에 놓고 구부정하게 서 있다가 이따금씩 마셨는데, 맥주 양은 변함이 없는 듯했다. 언제쯤 한꺼번에 마셔버릴까 지켜보았지만 절대 그러지 않았다.

로저는 자갈 깔린 바닥을 쓸고 닦느라 분주하게 몸을 놀렸다. 톰과 나에게 신경 쓰지 않는 척했지만 신경을 쓰고 있는 것이 분명했다.

"와, 시간이 많이 늦었네요. 로저를 도와줘야 하지 않아요?"

내가 휴대 전화를 들여다보며 말했다.

"괜찮을 거예요. 시간이 정말 빠르네요. 집까지 데려다주고 싶은데, 사는 데를 알려주고 싶지 않으면 택시를 불러줄게요. 일라이어스에게 전화해도 되고요. 나도 만나보고 싶네요."

"당신에게 내가 사는 곳을 알려줘도 괜찮은데요."

우리는 로저와 조너선에게 인사한 뒤 펍에서 나왔다. 로저는 혼자 가게를 정리해도 괜찮다고, 조너선을 집에 잘 보낼 테니 걱정하지 말고 가라고 말했다. 톰은 좁은 주차 장소에서 낡았지만 잘 관리한 듯 보이는 푸조를 능숙하게 끌고 나왔다. 나는 기특하게도 그를 나의 새집까지 제대로 안내했을 뿐 아니라 왼쪽 차선에서 우회전을 할 때마다 흠칫거리지도 않았다.

"이 집 하나를 다 쓰는 거예요?"

톰이 게스트하우스들 앞에 차를 세우며 물었다.

"네. 이 게스트하우스 뒤예요. 일라이어스와 애거사를 만난 건 정말 행운이었어요."

"집을 구하는 게 쉽지 않죠. 집까지 데려다줄까요?"

"아뇨, 괜찮아요. 바로 뒤인걸요."

톰이 집 앞까지 데려다줘도 문제는 없을 것 같았지만 여전히 내 안에는 캔자스 시골 처녀다운 거리낌이 있었다. 집에 들어오지 못하게 하는 것이 전혀 현대적인 태도는 아니었지만 내 핏속에는 아직도 밀밭과 체크무늬 커튼의 풍경이 흐르고 있었다.

"정말 즐거웠어요, 톰. 당신 펍과 아일랜드 식당에서의 데이트 고마워요. 제대로 된 첫 스카치위스키를 경험하게 해준 것도 고맙고요."

"나도 즐거웠어요."

어색한 침묵이 흘렀지만 아주 잠시였다. 우리는 그럭저럭 동시에, 같은 속도로 몸을 기울였다. 단순한 키스였고 동시에 끝냈다. 이런 완벽한 합에는 박수라도 받아야 하는데.

"내일도 볼 수 있죠?"

톰이 말하고 웃었다.

"좀 한심하죠? 이렇게 쉽게 속마음을 드러내면 안 되는데. 두 번째 데이트를 계획해놓긴 했지만 내일 서점으로 당신을 보러 갈 핑계를 만들려면 생각할 시간이 필요하다고 해야겠어요."

"속마음을 드러내는 거 좋아요. 물론 내일도 볼 수 있죠. 앞으로 자주 마주칠 것 같은데요?"

"내가 그렇게 만들 거예요."

나는 차에서 내려 톰에게 손을 흔들고 서둘러 마지막 게스트하우스를 돌아갔다. 매케너 부부 집에 불이 모두 꺼져 있어서 조용히 지나가려 노력했다. 톰이 차를 출발시키는 소리가 들렸다. 멋진 데이트와 키스에 들떠 잠이 오지 않을 것 같았다.

그때, 나의 집 현관 부근 그늘에서 남자 목소리가 들렸다.

"늦었네요, 딜레이니."

나는 비명을 지르며 그 자리에 얼어붙었다.

스물셋

"윈터스! 정신 나갔어요?"

낮에 보았던 평복 차림 그대로 윈터스가 게스트하우스 앞의 가로등 그늘에서 나왔다. 나는 겁에 질리기도 했지만 터무니없는 상황에 화가 났다.

"미안합니다, 딜레이니. 이렇게 나타나려고 했던 건 아닌데."

"여기서 뭐 하는 거예요? 날 기다린 거예요?"

"그래요. 당신 집으로 좀 들어가도 될까요?"

집으로 들이기는커녕 주먹을 한 대 먹여주고 싶었다. 하지만 이런 터무니없는 행동을 하는 경찰이라고 해도 폭행을 해서는 좋을 것이 없었다. 내 비명 소리가 정말 컸는데, 매캐너 부부의 집에서 불이 켜지지 않아 의외였다.

"들어올 수는 있지만 문을 열어놓을 거예요. 차도 내놓지 않을 거고요."

"당연하죠."

윈터스가 말했다.

나는 씩씩거리며 집 안으로 들어가 의자에 앉은 뒤 그에게 소파를 가리켰다. 문을 열어놓긴 했지만 매케너 부부의 집 쪽으로 난 문이 아니었다. 부부가 와서 봐주었으면 했지만 어쩔 수 없었다.

"왜 나를 기다렸죠?"

내가 물었다.

"미안해요, 딜레이니."

놀랍게도 진심으로 사과하는 목소리였다.

"놀라게 할 생각은 없었어요. 저녁에 별일 없나 보러 왔을 뿐입니다. 현관 앞에서 기다리고 있었더니 애거사라는 이웃분이 커피 한잔 하라고 하더군요. 사양했습니다만 오늘 당신이 경찰서에 왔었고, 다시 얘기를 하고 싶어서 왔다고 말했죠. 하지만 문제가 있어서 온 건 아닙니다. 그런데 당신이 집에 돌아올 만한 시간이 지났는데도 오지 않아 다른 경찰을 시켜 서점에 가보게 했어요. 아무도 없다고 하더군요. 그러는 사이 밤이 점점 깊어졌고, 당신이 괜찮은지 확인해야겠다는 생각이 들었어요. 당신은 이 도시에 온 지 얼마 되지 않았고, 살인 사건도 일어났으니까요. 애거사는 당신 전화번호를 모른다고 하더군요. 에드윈에게 연락해볼까도 생각했지만 당신 상사니까 좀 그래서요. 난 그냥 당신이 잘 있나 확인하려고 했을 뿐입니다."

"내가 잘 있는지 왜 확인하려 했죠?"

이렇게 늦게까지 기다리고 있었다는 건 말도 안 되는 일이었지만 직접적으로 묻지는 않았다.

"무엇보다 당신이 안전한지 확인을 해야 해서요. 게다가 경찰서로 정보를 가지고 오지 않았습니까. 당신이 떠나고 나서 당신이 '조사한' 내용들을 생각해봤는데, 좀 더 자세한 얘기를 듣고 싶었어요. 경찰로서 할 일을 하는 것뿐입니다. 열의가 좀 지나쳤을지는 몰라도요. 놀라게 했다면 미안해요."

"내가 사는 곳은 어떻게 알았죠?"

"햄릿과 경찰서에 함께 왔을 때 당신이 주소를 적어냈잖아요."

"아."

양식을 작성했던 게 기억났다. 미국 휴대 전화 번호는 일부러 적지 않았다. 이곳에서 전화를 받으면 비용이 많이 나올 테니까.

"그냥 내가 드린 정보만 다시 조사해보면 안 되나요?"

"조사해봤어요."

"뭔가 발견했나요? 제니가 누구랑 고함을 지르며 싸웠는지 알아냈어요?"

나도 모르게 손으로 무릎을 짚고 몸을 앞으로 내밀었다.

윈터스는 과묵한 미소를 지었다. 나는 눈을 굴리고 다시 등받이에 기대앉았다.

"원칙에 따라 그런 말씀은 드릴 수 없어요."

"그러시겠죠. 뭐라도 알려줄 순 없어요? 살인범의 가닥은 좀 잡았나요?"

윈터스가 둥글고 유쾌한 얼굴에서 미소를 거두고 나를 보았다. 잘생기지는 않았지만 눈은 사람을 끄는 매력이 있었다. 지적인 눈빛이었다.

"아뇨. 나는 당신이 서점으로 돌아가서 당신 상사가 뭘 숨기고 있는지 주변에 물어보지 않을까 기대했어요."

"그럴 시간이 없었어요. 돌아갔더니 로지밖에 없었고요."

"에드윈을 마지막으로 본 게 언제예요?"

"어제요."

"어땠어요?"

"동생 때문에 슬퍼하고 있었죠."

"그에게 비밀이 있는 것 같아 보였나요?"

"다들 그렇지 않나요?"

"야. 하지만 그는 큰 비밀을 가지고 있어요."

내가 아무 말도 하지 않자 윈터스가 계속해서 말했다.

"에드윈의 친구들을 본 적 있나요?"

"그럼요."

"서점으로 와서요?"

"아뇨. 에드윈과 같이 만났어요. 친한 친구 중 한 명에게 책을 배달하러 가기도 했고요."

"책이 많더군요."

"서점이니까요."

"그 서점에서 제일 비싼 책이 뭔지 압니까?"

"아뇨. 아직 일을 제대로 시작하지 못해서. 살인 사건 때문에요."

"혹시 오늘 전화해봤나요?"

"네. 하지만 받지 않았어요."

윈터스가 고개를 끄덕였다.

갑자기 그래서 나를 기다리고 있었던 건가 하는 생각이 들었다. 나를 걱정했을 수도 있지만 그보다는 에드윈에 대해 물어보려고 온 것 같았다.

"그래서, 당신은 어디에 다녀온 건가요?"

"데이트가 있었어요."

이런 말까지 해야 하는 게 기분이 좋지는 않았지만 다른 사람들도 아는 사실을 숨길 필요는 없었다.

"그래요? 어땠어요?"

"어, 좋았어요."

"잘됐네요. 감시받는 기분이 들었다면 정말 미안해요. 하지만 그런 의도는 아니었어요 당신이 잘 지내서 다행입니다. 문제 있는 행동을 하고 다니는 것도 아니고. 미안해요."

"사과는 받아들이죠."

나는 내키지 않는 투로 말했다.

"이만 가봐야겠네요."

윈터스가 일어섰다.

"매케너 부부에게 휴대 전화 번호를 알려주는 게 좋을 겁니다. 나한테 알려주는 것도 나쁘지 않을 것 같고요. 물론 그럴 의무가 있는 건 아니지만. 내 번호를 드리죠. 경찰서 번호 말고 이리로 전화할 필요가 있을 수도 있으니까요."

"알았어요."

나도 일어서서 내 상황을 설명하고 현재 전화는 응급 상황에서만 사용하고 있다고 말했다. 윈터스는 꼭 필요한 경우가 아니면 전화하지 않겠다고 약속했다. 일라이어스는 내 번호를 알고 있었다. 나와 통화를 한 적이 있었으니까. 애거사도 모르는 척했을 뿐, 알고 있을 것 같았다. 내일 확인해봐야겠다. 내 번호를 경찰에게 주는 것도, 경찰의 번호를 내가 받는 것도, 그다지 거리낄 건 없었다.

윈터스는 밖으로 나가다가 다시 돌아보았다.

"괜찮다면 한 가지만 더 묻고 싶군요."

"그러세요."

"당신은 어떤 책이 제일 비싼지 몰라도, 햄릿은 알지 않을까요?"

"그럴 수도 있죠. 에드윈이 말해주었으면요."

에드윈보다 햄릿이 책들의 가격을 더 잘 알고 있을 것 같았지만 그렇게 말해주고 싶지는 않았다.

"그렇군요. 어쩌면 햄릿은 서점에 있는 모든 것의 가격을 알고 있지 않을까 하는 생각이 드네요. 내 파트너가 그 점을 지적해주었고 나도 동의합니다. 햄릿은 물건들의 가격에 대해 식견이 있는 젊은이니까요. 당신도 그 점을 기억해두는 게 좋겠네요."

"햄릿은 범인이 아니에요, 윈터스 수사관님."

"잘 있어요, 딜레이니."

윈터스가 떠난 뒤 나는 문을 잠갔다. 놀라서 솟구쳤던 아드레날린도, 데이트로 들떴던 마음도 가라앉았다. 나는 그저 지치고 피곤했다. 머릿속이 어지러워 잠이 잘 올까 걱정이 되었다. 하지만 괜

한 걱정이었다. 머리를 베개에 누인 지 얼마 되지 않아 나는 정신
을 잃었다.

스물넷

어제 아침을 위해 휴대 전화의 알람을 일찍 맞춰놓았는데 재설정하는 것을 잊어버려 오늘도 다섯 시 삼십 분에 일어났다. 하지만 의외로 피곤하지 않았다.

애거사가 내 부엌에 슬그머니 몇 가지 물건들을 가져다놓았다. 나는 커피를 한 주전자 가득 만들고 샤워를 하러 갔다. 일라이어스가 수도를 고쳐놓았는지 뜨거운 물이 잘 나왔다. 두 사람 덕분에 나의 아침은 완벽하게 시작되었다.

나는 커피를 마시며 식탁 위의 글자 조각들을 확인했다. 애거사에게 내가 없어도 안으로 들어와 조각을 맞춰도 된다고 했는데, 정말 그런 것 같았다. 맞춰진 조각들이 늘어나 있었다. 두 번째 줄이 드러났다.

악마의 유혹이 (한참 띄고) **심해**

"별로 좋은 말은 아니네."

나는 중얼거렸다.

제니가 에드윈에게 자신의 중독을 변명하며 사과하는 것 같았다. 하지만 추측일 뿐이다. 사실상 나는 온갖 추측을 하고 있었다. 종잇조각을 제니의 집에서 찾긴 했지만 제니가 쓴 것이 아닐 수도 있었다. 글씨체가 남성적이지도, 여성적이지도 않았고 특이한 점이나 삐친 선도 보이지 않는 평범한 것이었다. 더구나 정말 제니가 사과의 말을 쓴 것이라 해도 무엇에 대해 사과하는 것인지는 알 수 없었다.

나는 글자들을 자세히 들여다보며 뭔가 특징을 찾아내려 애썼다. 내가 발견한 유일한 특징은 O가 완전히 닫히게 그려지지 않았다는 것이다. 어디서 제니의 글씨를 볼 기회가 있다면 O에 초점을 맞춰야겠다 싶었다. 그래도 별 소용없을지 모르지만.

뒷문에서 조용히 노크 소리가 들렸다.

"들어오세요."

내가 말했다.

"안녕, 색시."

일라이어스가 기운차게 인사했다.

"불이 켜져 있어서. 아침에 직장까지 태워다줄까? 애거사가 시킨 심부름을 하러 나가는 길인데, 그 서점 앞을 지나가."

"고마워요. 그런데……."

"야?"

"혹시 서점으로 가기 전에 딴 데 들렀다 갈 시간도 있어요?"

"안전한 곳이면."

"그럴 거예요."

"좋아. 준비하고 앞으로 나와."

나는 최소한의 화장을 하고 브러시와 작은 헤어스프레이, '세상의 끝' 바텐더에게 빌린 우산과 내 우산을 가방에 넣고 집을 나섰다.

"애거사가 글자를 더 맞춰놨더라고요. 나중에 직접 얘기하겠지만 먼저 감사하다고 전해주세요."

내가 말했다.

"그러지."

일라이어스는 잠시 말이 없다가 한숨을 쉬고 코를 문지른 다음 택시를 출발시켰다.

"다 큰 색시지만, 그래도 어젯밤엔 좀 걱정이 되더라고. 우린 열한 시쯤에 잤는데, 그때까지 들어오지 않아서. 경찰 하나도 기다리고 있었어. 딜레이니가 별일 없는지 확인하려는 것뿐이라고 하긴 했지만. 경찰이 딜레이니의 전화번호를 물어봤는데, 애거사가 모른다고 거짓말을 했어. 전화해서 방해하고 싶지 않았거든. 애거사가 아무 말도 하지 말라고 했지만 그래도 난 딜레이니가 앞으로도 종종 어젯밤처럼 늦을 건지 알고 싶어. 우리가 상관할 일은 아니지만, 딜레이니는 이곳에 온 지 얼마 되지 않았고, 위험한 동네에 관심도 너무 많잖아. 난 걱정이 돼. 왜 늦는 건지 알면 걱정이 덜 될 것 같은데."

나는 미소를 지었다.

"미안해요, 일라이어스. 누군가가 내 귀가에 관심을 가져주는 게 참 오랜만이네요. 정말 친절하세요. 걱정되면 언제든 전화해요. 빨리 영국 휴대 전화를 구하긴 하겠지만, 그 전까진 지금 번호로 전화하면 돼요. 지금으로선 일과가 어떻게 될지 나도 짐작하지 못하겠어요. 근무 시간을 스스로 정하면 될 거라고 듣긴 했는데, 아직 정착이 안 돼서요. 어젯밤에는 서점 근처에 있는 펍 주인과 데이트를 했어요."

"오, 잘됐으면 좋겠네."

"저도요. 좀 색다른 데이트였지만 좋았어요. 첫 데이트는 다 그렇게 가벼웠으면 좋겠어요. 그 남자에게 일라이어스와 애거사에 대해서도 얘기했어요. 두 분을 만나보고 싶대요."

"우리도 그랬으면 좋겠네. 말해줘서 고마워. 뭔가 문제가 생긴 게 아니었다니 다행이야."

"모르겠어요. 난 그 남자가 마음에 들어요. 그러니 앞으로 어떤 문제가 생길지 알 수 없죠."

일라이어스가 웃었다.

"그런 건 아주 좋은 문제지. 그 남자가 마음을 찢어놓거든 알려줘. 내가 박살내줄 테니까."

나는 큭큭 웃었지만 일라이어스의 말에는 진심이 담겨 있는 듯했다. 일라이어스와 애거사가 나를 왜 그렇게 걱정하는지 아직은 잘 모르겠지만 상당히 고마웠다. 열아홉 살 때는 부모님의 과보호가 그다지 반갑지 않았는데 지금은 경우가 달랐다. 날 걱정해주는 사람이 있다니, 참 든든했다.

"고마워요, 일라이어스. 집에 도착하니 그때까지 경찰이 있었어요. 엄청 놀랐죠. 그도 내가 늦게 들어와서 걱정이 됐다고 하더라고요."

"윽! 그 남자가 기다리고 있는 줄은 몰랐네. 다음 날에 다시 오라고 내가 한마디 했어야 하는 건데."

"아뇨, 괜찮았어요."

매케너 부부는 내 비명 소리를 듣지 못한 것이다. 진짜 위험한 상황에 처하면 더 크게 소리를 질러야겠다고 다짐했다.

"근데 어디로 가나?"

"어느 아파트요. 아니, 플랫이에요."

나는 잉이에게 받은 쪽지를 편 뒤 일라이어스에게 주소를 불러주었다.

"어딘지 정확히 알겠네. 또 다른 부자 동네야. 또 상사의 친구?"

"네."

먼로는 로열마일 바로 뒤쪽의 어느 역사적 건물에 살았다. 다른 유서 깊은 건물이 주로 그렇듯 1층에는 커피숍, 피시 앤 칩스 판매점, 꼭 시간을 내어 가보고 싶은 지도 가게 등이 있었다. 위층들은 회색 석재로 만들어졌고, 큰 창에 발코니가 나 있었다.

일라이어스가 택시를 세웠을 때는 일곱 시가 다 되어 있었다.

"아래층에서 커피를 사서 위에 사는 남자에게 올라갈 거예요. 여기서 서점까지는 금방 걸어갈 수 있겠네요."

"뭘 하겠다고?"

"커피를 가지고 올라가서 질문을 좀 하려고요."

일라이어스가 시동을 껐다.

"그럼 같이 가."

일라이어스가 나보다 먼저 택시에서 내렸다. 커피를 사서 먼로에게 간다는 말을 하지 말걸 그랬나? 아니면 일라이어스의 차를 얻어 타지 말걸 그랬나? 어쨌든 입씨름을 해봐야 소용없었다.

일라이어스가 커피 세 잔을 사서 피시 앤 칩스 판매점과 지도 가게 사이 좁은 공간에 있는, 위층 플랫으로 가는 보안 문을 발견했다.

내가 먼로의 플랫 번호를 눌렀다.

몇 초 후에 먼로의 목소리가 들렸다.

"누구죠?"

"안녕, 먼로. 딜레이니 니콜스예요. 기억하죠?"

"내가 이렇게 잊겠어요."

나는 일라이어스에게 미소를 지어 보였고, 일라이어스는 인상을 썼다.

"시간 좀 내줄 수 있나요?"

내가 물었다.

"너무 이른 시간인데요."

"알아요. 하지만 곧 일하러 가야 해서요. 커피도 샀어요."

"손님 맞을 준비가 안 됐어요, 딜레이니."

일라이어스가 툴툴거리고서 몸을 기울였다.

"이보세요, 가운 입어요. 색시가 커피도 준비했다잖아요. 들여보내줘요."

긴 침묵이 이어졌지만 결국 먼로는 버저를 눌러 우리를 들여보내주었다. 낡은 건물이었지만 대리석 계단이 굉장했다. 2층에는 현관문이 두 개뿐이었다. 나는 약간 열려 있는 왼쪽 문을 노크했다.

"딜레이니."

먼로가 인사했다.

먼로는 벌써 정장을 차려입고 있었다. 사람들의 돈을 투자하러 갈 준비를 마친 듯했다. 까맸던 멍은 이제 누렇게 변해 있었다. 집 내부는 대부분 회색과 금속으로 꾸며져 있었다. 현대적이긴 했지만 아늑하지는 않았다.

"들여보내줘서 고마워요. 이쪽은 내 친구 일라이어스예요."

내가 말했다.

"반갑습니다."

일라이어스가 말했다.

"저도요."

먼로가 형식적으로 대꾸했다.

내가 커피를 건네자 먼로는 우리를 거실로 안내했다. 그는 종이컵을 외국 물건이라도 되는 듯 노려보았다.

일라이어스와 나는 회색 가죽과 금속으로 된 딱딱한 소파에 앉았고, 먼로는 금속 탁자 너머에 있는 의자에 앉았다. 먼로는 손잡이가 없는 커피 컵을 어떻게 들어야 할지 어색한가 보았다.

"주느비에브의 강의 후에 그냥 가버려서 미안했어요. 보안 요원

들이 빨리 가야 한다고 해서요. 서점에 들러서 사과하려 했는데, 많이 바빴어요."

"괜찮아요. 고맙습니다."

"나는 사람 많은 곳을 별로 좋아하지 않아요. 불편하거든요. 그날은 주느비에브가 불안하다고 해서 갔던 거예요. 에드윈이 에스코트하기로 되어 있었는데 아무래도 상황이…… 처음 만났을 때도 그렇고 그때도 그렇고 내가 무례하게 굴었던 것 같네요."

나는 먼로가 사과를 할 줄 몰랐다. 그 사과에 마음이 흔들리지 않도록 노력해야 했다. 먼로 역시 일라이어스가 경매에 대해 눈치채지 못하게 하는 데 한 치의 실수도 없었다.

"세 분이 아주 좋은 친구라고요?"

내가 물었다.

"야. 곧 출근을 해야 해요. 묻고 싶었던 게 그겁니까?"

"눈의 멍은 어디에서 생긴 건가요?"

"말했잖아요. 문에 부딪쳤다고."

너무 뻔한 거짓말이었다. 일라이어스도 불만스러운 듯 끙, 소리를 냈을 정도였다. 먼로는 눈을 껌뻑이며 일라이어스를 바라보았다. 방 안의 권력이 부유한 남자에게서 택시 기사에게로 옮겨가는 것이 느껴졌다. 먼로도 느낀 듯했다.

"알았어요. 사실은 펍에서 싸웠습니다."

나도, 일라이어스도 그 말을 믿지 않았다.

"그럴 분 같아 보이지 않는데요."

내가 말했다.

"난 스코틀랜드 사람이에요, 딜레이니. 누가 내 축구팀을 무시하고 위스키도 많이 마셨다면 성미가 급해질 수 있죠."

먼로가 웃으며 대답했다.

"그럴 수 있지."

일라이어스가 자신의 커피를 한 모금 마시며 대꾸했다.

'성미'라는 단어를 쓰는 남자가 펍에서 싸움을 벌인다고?

"나도 내 행동이 부끄러워요. 혼잡한 사교 상황에서 억지로 버티려 하다가 이런 일이 벌어진 적이 몇 번 있어요."

먼로가 자신의 눈을 가리켰다.

"아주 부끄러운 일입니다.

"제니가 죽기 열흘 전쯤에 그녀를 봤다고 했죠? 그때 대화 내용은 제니의 죽음과 상관없다고요. 혹시 말다툼을 했나요? 목소리가 높아졌어요?"

먼로가 졌다는 듯 한숨을 쉬었다. 과장된 연기 같았지만 원래 모습인지도 몰랐다.

"다투긴 했던 것 같네요."

"무엇 때문에?"

일라이어스가 끼어들었다.

"제니와의 다툼은 늘 그녀의 생활 방식 때문이었어요. 그때는 내가 제니의 나이에 더 중점을 두었던 듯해요. 쉰이 넘었으니 이제는 철 좀 들어야 하지 않겠냐고요. 소용없는 짓이었죠. 늘 그랬듯."

"제니가 죽던 날 밤에도 만났나요? 그녀가 살던 건물에 갔었어요?"

"아니요."

거짓말일 수도 있지만, 사실을 알아낼 수는 없었다.

"제니를 여전히 사랑했나요?"

내 질문에 먼로가 눈을 휘둥그렇게 떴다.

"세상에! 아니에요, 딜레이니. 나는 에드윈의 친구예요. 몇 십 년이나 그런 관계로 지내왔죠. 에드윈과의 우정이 아니라면 어떤 이유로든 내가 제니와 다투거나 좋지 않은 말을 할 이유가 없어요."

먼로의 말 전체에서 단순하고 명확한 진실이 내비쳤다. 하지만 그의 말은 계산된 것 같았다. 뭔가 다른 의미를 전하고 싶은 것이 분명했다.

"에드윈과의 우정이라고요? 그 우정이 그렇게 견고한가요?"

내가 물었다.

"처음부터 그랬어요."

먼로가 드디어 커피를 한 모금 마시며 내 눈을 뚫어지게 쳐다보았다.

"그랬군요."

"자, 이제 답이 되었나요? 난 정말 출근해야겠네요. 우리가 잘 지낼 수 있게 되면 좋겠어요. 당신은 에드윈과 일할 사람이니까요. 커피 고마워요."

먼로는 친구를 위해서라면 무엇이든, 거짓말도 할 수 있다고 말하고 싶은 것 같았다. 물론 이것도 추측일 뿐이지만. 일라이어스가 없었으면 2절판에 대해 자세히 물었을 테지만, 에드윈과 다른 살코기 시장 멤버들에게는 비밀이 너무 많아서 일라이어스가 어디까지 알아도 되는지 파악이 될 때까지는 조심하고 싶었다.

"저도 그랬으면 좋겠어요. 시간 내줘서 감사합니다."

내가 말했고, 우리 모두 일어섰다.

일라이어스가 택시로 돌아오자마자 말했다.

"저 남자가 제니가 죽던 날에 그 집에 갔을 가능성이 있는 거지? 그래서 물어본 거지?"

"그래요. 가능성이 커요."

스물다섯

"오늘은 일찍 들어갈게요."

내가 택시에서 내리며 말했다.

"고마워, 색시. 우리도 너무 숨 막히게 굴지 않도록 노력할게. 좋은 하루 보내."

일라이어스가 모자를 들어 올리며 웃었다.

톰이 나를 집에 데려다준 지 약 일곱 시간 반밖에 지나지 않았다. 주중에 그렇게 늦게 집에 들어간 건 정말 오랜만이었다. 자주 주 이럴 순 없겠지만 정신없이 피곤하지는 않았다.

"딜레이니, 안녕!"

에드윈이 '갈라진 책'을 나와서 인사를 건넸다.

"나랑 같이 페이스트리 좀 사러 갑시다. 가면서 얘기도 하고, 브루노랑 인사도 하고."

한시름 놓으며 안도감이 들었다. 내가 이렇게 에드윈을 걱정하고 있었을 줄은 미처 몰랐다. 무사히 살아 있는 걸 보니 너무 좋았다.

"좋은 아침이에요, 에드윈. 무슨 일 있는 건 아니죠?"

나는 빵집으로 가며 물었다.

"난 괜찮아요. 오늘은 좀 상태가 좋네요."

에드윈이 나를 먼저 빵집으로 들여보내고 따라 들어왔다. 문이 천천히 닫혔다. 빵집 안에는 신선하고 달콤한 냄새가 가득했다. 놀라울 만큼 넓은 좌석 공간까지 쭉 이어진 분홍색과 노란색의 특이한 실내 장식이 눈에 들어왔다. '갈라진 책'과 달리 어떻게 이렇게 넓은 공간이 있을 수 있는지 의아했다.

나무 탁자와 의자는 중간 밝기로 칠해져 있었다. 사방이 빵과 과자였다. 선반들과 긴 탁자뿐 아니라 계산대와 그 아래 쇼케이스에도 케이크, 쿠키, 브라우니, 크림파이 들이 가득했다. 그렇게 많은 빵은 처음 보았다.

조금 뒤에 계산대에 서 있는, 덩치가 크고 심술궂게 생긴 남자가 눈에 들어왔다. 얼룩진 흰색 반팔 티셔츠에서 뻗어 나온 팔이 우락부락했다. 대머리였고, 이렇게 이른 시간에도 수염이 거무스름하게 자라 있었다.

"에드윈, 어서 와."

스코틀랜드보다는 아일랜드 억양 같았다. 그가 미소를 짓자 무서워 보이던 눈에 쾌활한 주름이 졌다.

"여기 있어요, 라시터 부인. 꼬맹이들이 타르트 부스러기 한 조각까지 맛있게 먹을 거예요."

계산대 너머로 밝은 분홍색 상자가 건네졌다.

"고마워요."

부인은 대답하고 돌아서다가 에드윈을 보고 멈췄다. 중년에서 노년으로 넘어가는 나이였지만 눈은 젊은이처럼 반짝였다.

"매컬리스터 씨, 최근에 제임스 매튜 배리(『피터팬』의 작가—옮긴이)의 『녹색 숲의 모자』가 들어왔다면서요? 한번 가서 가격을 흥정하고 싶군요."

"좋은 소식이네요, 라시터 부인. 재판이 아니라 초판이라는 점을 염두에 두세요. 아주 비싸답니다."

"나도 알아요. 하지만 하나 갖고 싶네요."

"햄릿에게 고객들과 무슨 책이든 흥정할 전적인 권한을 주었답니다. 지금 가게에 있을 거예요."

부인은 순간 움찔하는 듯했으나 재빨리 표정을 수습했다. 나도 모르게 눈을 가늘게 뜨고 그녀를 관찰했다. 방금 그 표정은 무슨 의미지? 에드윈은 신경 쓰지 않는 듯했다.

"햄릿은 착한 아이죠, 매컬리스터 씨. 하지만 나는 당신과 흥정하고 싶어요. 오늘 가게에 계세요? 오후에요."

"그럴 예정이지만 전화로 확인을 해주면 좋겠네요. 기꺼이 도와드리고 싶습니다."

"고마워요."

부인은 내 쪽으로 와 의무적인 딱딱한 미소를 지어 보인 뒤 가게를 나갔다.

"오랜 고객이죠. 나와 오래 알고 지낸 사람들은 다른 사람을 상대하기 어려워해요. 곧 다시 만나겠네요."

에드윈이 말하고 돌아섰다.

"브루노!"

에드윈이 계산대 위로 손을 뻗어 브루노의 우락부락한 손을 잡고 친근하게 악수를 나눴다.

"이쪽은 우리 서점에 새로 온 딜레이니야. 미국 캔자스에서 왔어."

브루노가 우렁차게 외쳤다

"미국 좋지! 스코틀랜드에 온 걸 환영해요! 떠나고 싶지 않아질 겁니다. 자, 보자…… 과일 타르트 좋아하죠?"

"어떻게 알았어요?"

내가 말했다.

"난 척 보면 알아요. 자, 첫 타르트는 서비스예요. 그다음은 이웃 할인이고."

브루노는 순식간에 계산대 아래 쇼케이스에서 타르트를 꺼내 접시에 담은 뒤 내게 내밀었다. 내가 에드윈을 바라보자, 에드윈이 고개를 끄덕였다.

"감사합니다."

나는 브루노에게 타르트 접시를 건네받으며 인사했다.

"바나나 머핀 줄까, 에드윈?"

브루노가 물었다.

"그거 좋겠네. 그리고 커피도 두 잔?"

에드윈이 나를 바라보아서 이번엔 내가 고개를 끄덕였다.

"제니 일은 정말 유감이야, 에드윈."

브루노가 바나나 머핀을 접시에 담아 거대한 손 위에 올려 내밀었다.

"고마워, 브루노. 제니는 여기 당근 케이크를 참 좋아했어."

"아, 알지. 오면 꼭 두 개씩 주문했지. 두 달 전에도 그랬어."

"두 달 전이라고?"

에드윈이 접시를 받자마자 머핀이 한쪽으로 쏠렸지만 에드윈은 자신이 접시를 들고 있는 것조차 잊어버린 듯했다.

"그래. 두 달은 못 본 것 같아."

"이상하네."

내가 에드윈에게 물었다.

"왜요?"

"최근에도 서점에 일주일에 한 번은 왔거든요. 브루노의 당근 케이크를 좋아해서 서점에 올 때마다 여기도 빼놓지 않고 들렀는데."

"배가 안 고팠나 보지."

브루노가 말했다.

"배고픈 것과 상관없이 서점에 들르면 여기 당근 케이크를 꼭 먹었다고."

"시간이 없었을 수도 있고요."

나도 추측을 보탰다.

하지만 에드윈은 제니가 제과점이 들르지 않은 데는 다른 이유가 있을 거라고 생각하고 뭔가 단서라도 찾으려는 듯 갑자기 가게 안을 찬찬히 둘러보았다.

"모르겠다. 위로 고마워, 브루노."

"별말씀을."

우리는 번잡하지 않은 구석의 작은 탁자에 자리를 잡았다.

"어떻게 지내고 있어요, 색시? 그러고 보니 집 찾는 것도 도와주지 못하고 있었네. 미안해요. 오늘은 그 문제를 해결할까요?"

"실은 벌써 멋진 곳을 찾았어요."

"아, 그래요? 어딘지 말해줄 수 있나요?"

나는 첫날 일라이어스를 만난 이야기와 게스트하우스 뒤에 숨어 있는 나의 새집 이야기를 들려주었다. 에드윈은 미소를 띠고 들으며 일라이어스와 애거사에게 흥미를 보였다.

"동생 살인 사건이 해결되면 꼭 축하 자리를 가집시다. 환영식도 제대로 하지 못했으니까요. 곧 해결되겠죠. 일라이어스와 애거사를 포함해 모두 초대하도록 하죠. 내가 다른 일에 정신이 없는 동안 딜레이니를 돌봐주었으니 개인적으로 감사를 표해야겠네요."

"재미있을 것 같아요."

나는 타르트를 크게 한 입 베어 물었다. 미뢰가 터지는 듯한 감각에 신음이 흘러나오려는 것을 간신히 참았다. 달콤하고 부드럽고 과일향이 가득한 맛이었다. 에드윈도 미소 지으며 자신의 머핀을 한 입 먹었다.

"이거 너무 맛있네요."

나는 입을 우물거리며 말했다.

"야, 이보다 맛있는 것도 드물죠."

에드윈이 머핀을 한 입 더 베어 물고 창문을 내다보며 씹어 삼켰다.

"딜레이니, 어제 경찰에게 갔다고 하던데, 맞아요? 로지가 메시지를 남겼어요. 비밀이라고 생각하지는 않는 것 같던데."

"그랬어요."

경찰을 찾아간 얘기를 먼저 꺼내진 않더라도 거짓말을 할 생각은 전혀 없었다. 물론 경찰서에서 한 말도.

"무슨 말을 했는지 물어봐도 될까요? 제니랑 관계있는 건가요?"

"그래요."

"더 자세히 얘기해줄 수 있을까요?"

"물론이죠."

나는 타르트를 내려놓았다. 모든 얘기를 해주고 싶었고, 에드윈에게 몇 가지 질문도 하고 싶었다. 하지만 조심스럽게 말을 고르지 않을 수 없었다.

"햄릿은 제니가 누군가에게 소리를 지르는 사람이 아니라고 했어요. 난 반대로 그럴 수도 있다고 생각했고요. 햄릿이 경찰을 찾아가고 싶어 했지만 내가 직접 가겠다고 했죠. 제니가 살던 건물에 사는 어떤 사람에게서 그 얘기를 들은 건 나니까. 그 사람은 경찰에 얘기하지 않으려고 했고."

"그게 누구죠?"

"그레고리 히스요."

"모르는 사람이군요."

"매니저 집 건너편에 사는 사람이에요. 우리가 갔을 때 문을 열고 나왔던……."

"기억나는 것 같아요. 경찰은 뭐라고 했죠?"

"그레고리의 이름은 알려주지 않았어요. 그랬더니 그러면 아무 소용이 없다고 하더군요. 그리고…… 경찰이 당신에 대해 물어봤어요. 비밀이 있는 것 같다고요. 그게 뭔지 알고 싶다고 했어요. 그가 말하는 것을 보니 그 비밀이 책과 관련이 있다고 생각하는 것 같았어요."

에드윈이 머핀을 내려놓고 눈을 가늘게 떴다.

"2절판에 대해선 말하지 않았어요."

내가 말했다.

"내가 딜레이니를 정말 곤란하게 만들었군요. 미안합니다. 어쩌다가 경찰들이 책을 의심하게 되었는지 알아봐야겠네요. 내가 잘못했어요. 2절판에 대해 말하지 말라고 부탁하는 게 아니었는데."

"제가 자발적으로 간 거예요. 그쪽에서 오라고 한 게 아니고요. 스스로 그런 입장을 만든 건데요, 뭐. 혹시 이제는 2절판에 대해 말해도 될 때라고 생각하세요?"

아마도 우리 둘 다 품고 있을 생각, 햄릿이 어떤 정보를 줘서 경찰들이 책에 관심을 가지게 된 건 아닐까 하는 말은 하지 않았다. 윈터스가 그런 인상을 풍긴 것은 아니었다. 사실 윈터스는 햄릿을 수상하게 생각하는 파트너의 의견 쪽으로 점점 기우는 듯한 발언을 했다. 하지만 햄릿이 말하지 않았다면 어떻게 책들을 의심할 생각을 한 것일까?

"못마땅하겠지만 아직은 안 돼요."

"아직도 친구들을 보호해야 해서요?"

"꼭 그런 건 아니에요. 나 스스로 먼저 답을 찾아보고 있다고 할까요?"

"그래서 어제 연락이 안 된 거예요?"

"그것도 미안하네요. 하지만 아니에요. 제니의 장례식 준비를 했어요. 너무 힘들어서 누군가와 얘기할 기분이 아니었어요. 로지가 내 휴대 전화에 메시지를 남겼더군요. 내가 연락하지 않으면 얼마나 걱정되는지 아느냐는 내용이었어요. 조금 이따 얘기해봐야죠."

"로지가 많이 걱정했어요."

"그랬겠죠."

타르트를 다 먹는 동안 내 부엌 식탁에 둔 종잇조각에 대해 말을 할까 망설였다. 왜 말을 하지 않은 건지 정말 알 수 없었다. 가끔 본능적으로 가슴을 죄어 오는 경계심 같은 것 때문일까? 에드윈이 다른 방에 가 있는 동안 발견한 것이라서, 당시엔 어쩌다 보니 말하지 못해서 그런 걸지도 몰랐다. 아무래도 지금 말하기는 조금 늦은 듯했다. 아니면 좀 더 시간이 필요한 건지도.

에드윈이 다시 입을 열었다.

"딜레이니가 우리 중 몇 명에 대해 그다지 아름답지 못한 사실들을 알게 될지도 모르겠군요. 구린 구석이 없는 사람은 로지뿐이에요. 지루하게 살아온 건 아니지만 분명 나무랄 데 없는 삶을 살았어요. 우리 중 누군가의 추한 개인사를 발견했다고 해도 너무 성

급히 단죄하지는 말아줘요."

"그럼요. 설령 그렇다고 해도 저는 함부로 비판하지 않을 거예요. 전 그런 사람이 아니에요."

"나는 사람은 두 가지만 보고 판단하면 된다고 생각한답니다. 친절한가, 그리고 책을 읽는가. 책을 읽지 않는 사람에게는 빛을 보여줄 독서 안내자가 필요해요. 책을 읽는 사람이라면 남들에게 추천할 목록 하나쯤은 가지고 있을 테고요. 나는 그 목록도 수집합니다."

"그거 괜찮은데요?"

"자, 그럼 이제 톰과 데이트한 얘기를 해봐요. 듣자 하니 둘 사이에 불꽃이 튀었다면서요?"

나는 얼굴이 빨개졌다.

"어, 글쎄요. 아직 잘 모르겠어요. 즐거운 시간이었지만 불꽃까지는 아니었던 것 같아요."

그러자 에드윈은 전화 인터뷰 이래로 처음으로 엄청 큰 소리로 웃었다.

"아이고, 딜레이니. 감정이 그대로 드러나는데요? 톰은 훌륭한 남자예요. 둘이 좋은 시간을 보냈다니 기쁩니다. 아무리 숨기려 해도 불꽃이 튀었던 게 분명히 보이네요. 하지만 그 녀석이 아직까지는 정착 같은 것에 관심을 보이지 않으니 조심은 하도록 해요."

"몇 번 들어서 잘 숙지하고 있어요. 우린 그냥 만났을 뿐이에요. 저도 정착 같은 걸 생각하기 시작이라도 하려면 한 번은 더 만나봐야 할 거예요."

"그래야죠. 자, 이제 일하러 갑시다."

서점에 로지가 와 있었다. 그녀는 자신이 서점에 도착했을 때 에
드윈과 내가 빵집으로 들어가는 걸 봤다고 했다. 에드윈이 무사해
서 기뻤다고 말했지만 전날 연락이 되지 않아 화가 났던 것을 숨
기진 않았다. 에드윈이 사과했고, 로지는 사과를 받아들였지만 화
가 완전히 풀린 것 같지 않았다. 헥터도 화가 난 듯 등을 돌리고 계
산대 위에 앉아 있었다. 에드윈이 귀를 긁어주자 바로 앉긴 했지
만. 로지는 그런 헥터를 보고 눈을 굴렸다.

"참, 딜레이니. 배달이 왔어요. 문을 열자마자 오데."

로지가 손가락으로 가리킨 뒤쪽 탁자를 보니 화병에 거대한 백
장미 다발이 꽂혀 있었다. 나는 꺅, 소리를 지르고 말았다. 너무 심
각해지진 말자던 결심이 위태로워졌다. 꽃다발 사이에 끼워진 카
드를 꺼냈다.

아름다운 저녁 고마워요. 두 번째 데이트가 너무 기다려져요. 다음
번엔 킬트를 입을게요.

"예쁘기도 하지."

로지가 어깨 너머로 꽃을 들여다보며 말했다.

"데이트가 잘됐나 보네."

"그랬어요."

"로지?"

앞쪽에서 에드윈이 로지를 찾았다.

"햄릿은요?"

"전화해서 오전 근무를 빼줄 수 있냐고 했어요. 맥더프 역을 맡은 녀석이 아파서 대타를 해야 한대요."

"오전에 맥더프 역을 할 사람은 몇 명 더 있을 텐데."

에드윈이 멍하니 말했다.

에드윈의 목소리가 심상치 않은 것을 느낀 로지가 그가 있는 쪽으로 갔다. 나도 카드를 내려놓고 로지의 뒤를 따랐다. 에드윈이 전면창 앞에 서서 밖을 내다보고 있었다.

"무슨 일이에요, 에드윈."

로지가 물었다.

"이상하네. 햄릿은 절대…… 딜레이니, 나와 공연 보러 가는 거 어때요?"

"좋죠."

"로지, 당분간 가게에 혼자 있어도 되겠어요?"

"야, 에드윈이 전화만 받는다면요."

"그럴 거예요. 제가 지켜볼게요."

내가 말했다.

스물여섯

밖은 화창하지 않았다. 주차를 한 에드윈은 뒷자리에서 우산을 꺼낸 뒤 싱그러운 잔디 위로 앞장서 걸어갔다. 나는 언덕 위의 성과 로열마일을 올려다보며 시민들이 쓰레기를 버리던 호수였던 공원의 옛 모습을 머릿속에 그려보았다. 역사 속 모습은 찾아볼 길 없는 깨끗하고 아름다운 잔디와 덤불에 감사할 뿐이었다.

우리는 널따란 잔디밭 한가운데에 세워진 무대로 향했다. 커튼과 무대 뒤 막힌 공간도 있는 진짜 무대였다. 관객석에는 간단한 접이의자들이 놓여 있었다. 경사진 곳에 배치되어 있어 시야가 가려지는 곳이 없을 듯했다.

에드윈이 맨 뒷줄을 가리켰다. 우리가 의자에 앉자 가짜 천둥이 우르릉, 하고 쳤다. 진짜인가 싶어 뒤를 돌아볼 정도였다. 그리고 마녀들이 등장했다.

나도 이 연극을 잘 알고 있었다. 사실 거의 외우다시피하는 작품이었다. 이 연극의 등장인물들이 고등학교 때부터 내게 말을 걸었다. 고등학생 때 셰익스피어를 좋아하는 건 '쿨한' 일이 아니라서 안 그래도 찌질이 같은 평판에 한 건 더 추가하지 않기 위해 나는 기호를 숨겨야 했다. 하지만 대학에 들어간 다음에는 조심성을 훌훌 털어버리고 내가 읽고 있는 것을 숨기거나 참을 필요 없이 그의 작품을 마음껏 즐겼다.

나에게 말을 거는 등장인물들의 목소리가 얼마나 생생한지 대학에서도 말한 적은 없었다. 그냥 상상력이 풍부한 것에 불과한 건지도 모르지만 간단치 않은 문제였다. 그러나 어떻게 보면 내가 조금 남다를 뿐, 그렇게 복잡한 문제도 아니었다. 혹시 이미 나의 책속 목소리들이 마지막 인사를 건넨 후가 아닐까 하는 생각도 잠시 들었다. 그렇더라도 배우들의 대사를 따라하지 않으려면 정신을 바짝 차리고 입을 다물고 있어야 했다.

2막 3장이 되어서야 맥더프가 레녹스와 함께 등장했다. 에드윈도 이 연극을 잘 아는 것이 분명했다. 해당 장면이 되자 우리는 허리를 세우고 앉으며 서로 눈빛을 교환했다. 맥더프는 햄릿이 아니었다. '갈라진 책'에서 일하는 우리의 동료이자 맥더프를 연기한다던 배우는 어디로 간 것일까? 나와 에드윈은 가능한 한 눈에 띄지 않게 공연장을 빠져나왔다.

그곳에서 충분히 멀어지고 나자 에드윈은 휴대 전화를 꺼내 햄릿에게 전화를 걸었다. 햄릿은 전화를 받지 않았다. 에드윈은 햄릿에게 메시지를 남긴 뒤 로지에게 전화를 걸었다.

"알았어요. 야, 나중에 전화할게요."

"별일 없대요?"

나의 물음에 에드윈이 어깨를 으쓱했다.

"햄릿에게서 다시 전화 온 건 없었대요."

"스케줄이 바뀌었는데 로지에게 얘기하지 않은 건지도 모르잖아요."

"그럴 수도 있죠. 기숙사에 가봐야겠어요. 별일 없겠지만 걱정이 되네요. 몇 가지 생각나는 게 있는데…… 찾아봐야겠어요. 딜레이니는 택시를 타고 서점으로 돌아가도록 해요. 나중에 다시 얘기하죠."

"아뇨! 나도 같이 갈래요. 문제가 생긴 건 아닌지 나도 확인하고 싶어요. 둘이 만나서 따로 얘기할 게 있다면 난 피해 있을게요."

에드윈이 잠시 고민하는 것 같더니 받아들였다.

"그러죠. 그럼 갑시다."

아까까지는 조심스레 차를 몰던 에드윈이 이젠 일라이어스와 비슷한 스타일이 되었다. 에드윈은 능숙한 솜씨로 핸들을 이리저리 마구 돌리며 골목들을 쏜살같이 빠져나갔다. 시트로엥 좌석에는 손잡이가 없어서 나는 균형을 잃지 않기 위해 있는 힘을 다해 발에 힘을 주면서 동시에 햄릿에게 전화를 걸었다.

햄릿은 전화를 받지 않았고, 나는 다행히도 온전한 몸으로 어느 거리에 도착했다. 에드윈은 주차 표시가 되어 있지 않은 보도 옆 공간에 차를 세웠다.

"괜찮아요. 주차 자리를 찾느라 시간을 낭비하느니 차라리 벌금을 내는 것이 좋겠어요."

우리는 서둘러 차에서 내려 오래된 석조 건물 뒤에 위치한 현대적인 기숙사로 들어갔다. 안내 데스크를 그냥 지나쳤지만 그곳에 앉아 있던 두 명의 학생은 흘긋 보기만 했다. 좁은 복도에 들어선 지 얼마 되지 않아 3층 왼쪽 방에 다다랐다. 에드윈이 문을 두드렸다.

"햄릿, 에드윈이야. 안에 있니?"

바로 문이 열렸지만 밖으로 나온 사람은 햄릿이 아니었다.

"매컬리스터 씨, 안녕하세요?"

"채즈, 안녕."

나는 그제야 햄릿이 얼마나 또래와 다른지 깨달았다. 지금 내 앞에 서 있는 이 남자애와 햄릿은 같은 나이일 테지만 너무 달라 보였다. 굳이 또래와 비교해보지 않아도 햄릿은 성숙했다. 하지만 이 열아홉 살짜리 학생과의 대비는 충격적일 정도였다. 햄릿은 어른스럽게 행동했다. 상대방의 눈을 자신 있게, 똑바로 바라봤으며 대화를 할 땐 집중하고 명료하게 말했다.

채즈는 좀 씻을 필요가 있어 보였다. 빗질과 면도도 포함해서. 채즈는 머리를 긁적이며 에드윈과 눈을 똑바로 맞추지 못했고, 차분히 서 있질 못했다.

"안에 햄릿 있니?"

에드윈이 물었다.

"아뇨."

"어디 갔는지 아니?"

"아뇨."

에드윈이 나를 보고 인상을 쓰더니 다시 채즈를 보았다.

"채즈, 미안한데 방 좀 둘러봐야 할 것 같아."

"어······."

키도 더 크고 나이도 더 많은 남자가 밀고 들어가자 이 어린아이는 어쩔 줄 몰라 하며 쳐다만 보았다. 그러다 고개를 돌려 나를 보았다. 나 역시 미소를 짓고 그를 밀치고 안으로 들어갔다.

그렇게 지저분하지는 않았다. 침대 정리는 잘 되어 있지 않았지만 대학생 남자아이들이 방에 쌓아둘 만한, 알 수 없는 쓰레기더미 같이 섬뜩한 풍경은 보이지 않았다. 방에는 똑같은 침대, 책상, 옷장이 두 개씩 놓여 있었다. 책상 위에는 랩톱 컴퓨터, 프린터, 교과서와 문서들이 그득했다. 에드윈은 한쪽 책상 앞에 서서 물건들을 눈으로만 살펴보았다. 나도 들여다보았지만 중요해 보이는 물건은 없었다.

"햄릿을 마지막으로 본 게 언제야?"

에드윈이 채즈에게 물었다.

"오늘 아침 수업 전이요."

채즈가 침대에 앉으며 대답했다.

"무슨 일이에요?"

"오늘 무슨 일이 있다는 말은 안 했니?"

에드윈이 물었다.

"별로······."

채즈가 잠시 무언가를 생각하는 듯했다.

"일을 하러 간다고, 일찍 가서 손님에게 줄 물건을 찾아봐야 한다고 했어요. 자세한 얘기는 하지 않았어요."

"공원에서 하는 연극 얘기는 안 했어?"

"오늘은 안 했어요."

"최근에 얘기한 적은 없었어?"

"연극하는 게 정말 좋다고요. 하지만 근무하는 데 방해가 될까 봐 걱정했어요. 아무래도 에드윈과 의논해봐야겠다고 하더라고요."

에드윈의 표정을 보니 아직 그에 대한 대화를 나누지 않은 것 같았다.

"채즈, 나는 에드윈과 햄릿과 일하는 딜레이니라고 해요. 혹시 햄릿이 에드윈의 동생이 죽은 것 때문에 속상해하지 않았어요?"

내가 끼어들었다. 별로 환영받지 못할 일일지라도 꼭 물어봐야 할 것 같아서였다.

"아, 네! 그래요. 유감이에요, 매컬리스터 씨. 햄릿이 정말 속상해했어요. 제니와 친구였으니까요. 제니 맞죠? 제니가 죽기 전날에 보러 갔었다면서 많이 힘들어했죠. 그러고 나서 햄릿이 생각을 많이 했어요."

"그날 몇 시에 돌아왔나요? 제니를 보러 다녀온 날 밤에요."

내가 물었다.

그때 나는 채즈가 막 대답을 하려다가 멈추는 것을 보았다. 중대한 문제일 수도 있음을 깨달은 것이다. 햄릿만큼 영리하고 성숙한 아이가 아닐지 몰라도 바보는 아니었다. 잘못 대답했다가는 룸메이트의 인생을 위험에 빠뜨릴 수도 있는 말을 굳이 하고 싶지 않은 것 같았다.

"잘 모르겠어요."

채즈가 말했다.

"좀 생각을 해봐."

에드윈이 처음 듣는 단호한 목소리로 말했다.

채즈가 한참 있다가 말했다.

"기억이 안 나요."

"햄릿을 보면 바로 나한테 전화하라고 해주겠니?"

에드윈이 여전히 단호한 말투로 말했다.

"물론이죠."

채즈가 진지하게 말했다.

채즈는 우리가 나가자마자 햄릿에게 전화를 할 것 같았다. 누구든 햄릿을 발견하길 바랐다. 빠른 시간 내에.

기숙사 건물을 떠나는 발걸음은 느렸다. 에드윈은 생각에 잠겨 시트로엥으로 가는 동안 말이 없었다. '갈라진 책'으로 돌아가면서도 마찬가지였다. 그는 내가 말하는 것도 바라지 않는 듯했다.

"내가 지나쳤던 건지도 모르겠군요."

에드윈이 서점 근처에 차를 세우며 마침내 입을 열었다.

"햄릿이 늘 내게 자신의 행방을 알려야 할 의무는 없죠. 나에게 알리고 싶지 않은 것들도 있을 테니까. 더구나 햄릿은 겨우 열아홉이에요. 남자애들이 그럴 때도 있죠."

"옷장도 살펴봤는데, 옷이 그대로 있는 것 같았어요. 멀리 간 거라면 옷과 랩톱을 챙겼겠죠. 잠시 어디 간 걸 거예요."

내가 말했다.

"그렇군요."

"에드윈, 경찰에 얘기하고 싶어요? 햄릿이 실종되었을 수도 있다고 말이에요. 그렇게 나쁜 생각은 아닐지도 몰라요."

나는 그게 가장 좋은 생각 같았다. 갑자기 경찰 취조에나 어울릴 수많은 질문이 떠올랐다.

에드윈이 한숨을 쉬었다.

"그럴지도 모르겠네요."

"베니는 어때요?"

내가 물었다.

"베니가 왜요?"

"원래 경찰이었다면서요. 도움을 받을 수도 있잖아요."

"그럴 수 있겠네요."

"친구들 때문에 신경 쓰인다면 이해해요."

"햄릿은 내가 찾아볼게요. 찾을 수 있을 거예요. 베니에게 얘기하든지, 나중에 같이 경찰을 찾아가보든지 합시다."

"알았어요."

에드윈은 서점으로 들어가지 않겠다고 했다. 나는 그에게 전화를 꼭 받으라고 당부했다. 에드윈은 내게 정확한 계획을 말해주지 않고 언덕으로 차를 몰았다.

서점으로 돌아가자 로지와 헥터가 반갑게 맞아주었다. 로지가 깃털 총채로 앞쪽 책장을 마구 터는 동안 헥터는 계산대에 앉아 있었다. 헥터는 앞머리를 빨간 리본으로 묶어 올렸다. 다정한 갈색 눈이 보여 참 좋았다.

"딜레이니! 햄릿 찾았어?"

"아뇨. 곧 찾겠죠. 룸메이트 채즈와 벌써 연락이 됐을 수도 있고요."

"너무 걱정돼. 누가 에드윈의 가족을 전부 죽이려고 하는 건 아니겠지? 아아, 너무 끔찍해."

그렇게까지는 생각하지 못했다. 에드윈도 그런 생각은 하지 않을 듯했다. 그런데 로지는 햄릿이 제니의 죽음과 어떤 식으로든 관계가 있거나 도망쳤을 거라는 생각은 전혀 하지 않는 듯했다.

"엇, 설마요."

나는 되도록 자신 있는 목소리로 말하려 애썼다.

"햄릿은 자신을 보호할 줄 알 거예요. 아직은 걱정할 필요 없어요. 햄릿에게 시간을 주자고요. 에드윈도 어제처럼 바쁜 일이 있어서 걱정하는 다른 사람들을 잊어버리고 연락을 하지 않을 때가 있다면서요. 햄릿도 괜찮을 거예요. 분명 별일 없을 거예요. 좀 있으면 연락을 해서 우리 모두 괜히 난리를 피웠다고 할 거예요."

나는 조금 웃어 보이기까지 했다.

"그 말이 맞았으면 좋겠다."

깃털 총채가 다시 정신없는 움직임을 시작했다.

그때 문이 열리고 종이 딸랑거렸다. 그동안은 그 소리가 경쾌하다고 생각했는데, 오늘은 왠지 모르게 불길하게 들려 나도 모르게 흠칫했다.

"어머, 안녕하세요."

로지가 말했다.

서점으로 들어온 남자는 지팡이에 의지해 걸었고, 왼쪽 얼굴 전체에 멍이 들어 있었다. 나는 놀라지 않을 수 없었다.

"로지."

남자가 인사했다.

"야, 들어와요. 딜레이니, 전에 말한 적 있지? 버스에 치였던 분이야. 레그 브랜던."

"아!"

로지가 목격했다던 사고에 대해 까맣게 잊고 있었다. 처음에 사고 이야기를 들었을 땐 엄청 당황했는데. 그 후에 로지에게 안부를 물어볼걸 하는 후회가 들었다.

"괜찮으세요, 브랜던 씨?"

"많이 나았어요."

남자가 웃었다.

로지와 나이가 비슷한 것 같았지만 지팡이와 멍에도 불구하고 어딘지 탄탄해 보였다. 중간 정도 되는 몸집이 꼿꼿했고 어깨가 넓었다.

"몸이 아프긴 하지만 부러진 곳은 없어요. 뇌진탕도 없었고. 정말 기적이에요."

"그러네요."

나는 대꾸하면서 로지가 그 사고는 남자의 잘못이었다고 말한 것이 기억났다. 혹시 상황이 바뀐 건가 하는 생각도 들었다. 그러고 나서야 레그가 로지를 만나러 서점에 왔다는 것을 깨달았다. 둘은 수줍은 미소를 지었다. 낭만적인 불꽃이 튀었다. 내가 엄청난 방해꾼이 된 기분이었다.

"만나서 반가웠어요, 레그. 저는 일이 있어서……."

별로 먼 거리는 아니었지만 나는 서점 안쪽으로 자리를 옮겼다. 그때, 꽃을 받고도 톰에게 아직 감사 인사를 하지 않은 것이 생각 났다. 나는 다시 서점 입구 쪽으로 나와 로지에게 잠시 펍에 다녀 오겠다고 말했다.

서둘러 거리를 지나 펍에 도착했다. 창문으로 안을 들여다보니 톰은 바에 서 있었고, 아주 통통한 손님 둘이 높은 탁자 옆에 서 있 었다. 똑같은 트위드 조끼를 입고 있어서 쌍둥이처럼 보였다.

내가 들어가자 톰이 일어나 미소를 지으며 손을 흔들었다.

"안녕하세요."

나는 손님들을 지나쳐 톰에게 다가가며 미소 지었다.

"안녕, 잘 있었어요?"

톰이 말했다.

"네. 꽃 보내준 거 고마워요. 깜짝 놀랐어요."

"로지가 전화를 했어요. 에드윈과 일 때문에 바로 나갔지만 꽃 을 보자마자 나에 대한 사랑을 천명했다고요."

"그래요?"

"아니, 사실은 그냥 좋아하더라고요."

"정말 그랬어요."

"잘됐네요. 그랬으면 하고 보낸 거니까요."

"그런데 톰, 햄릿에 대해 좀 더 물어봐도 될까요?"

"그럼요. 근데 왜요?"

"괜한 걱정일 수도 있지만, 햄릿이 연락이 되지 않아서요. 별일 아닐 수도 있지만……."

"걱정되는 거 이해해요."

톰의 표정이 진지해졌다. 그는 조끼를 입은 손님 하나가 부르자 손을 흔들어 쫓았다.

"오늘 아침에 공원 무대에서 공연을 할 거라고 했거든요. 그런데 그곳에 없더라고요. 어디에 갔는지 아무에게도 말하지 않은 것 같아요. 기숙사에도 없고. 톰이 '갈라진 책' 사람들을 잘 안다고 해서요. 최근과 햄릿과 대화를 나눈 적이 있나요?"

"전혀요. 최근에 만났을 땐 다시 한 번 제니 일로 위로를 건넸어요. 다들 잘 견디고 있냐고 물었죠. 햄릿은 그럭저럭 지내고 있다고, 극복할 수 있을 거라고 했어요."

"다른 말은 없었어요?"

"그다지 질문을 많이 하지 않았어요. 솔직히 내 일도 아닌데 너무 많이 물어보는 게 좀 그랬거든요. 다들 웬만큼 잘 지내는 듯해서 다행이라고만 하고 말았어요. 내가 뭔가 도울 일이 있을까요?"

"아니에요. 곧 나타날 거예요. 우리 모두 별일 아닌데 걱정하고 있는 걸 거예요, 분명."

"톰 플레처, 정말 아름다운 색시네. 방해하는 것 같아 미안하지만 내 잔도 좀 채워주라고."

한 손님이 톰을 불렀다.

"일 보세요. 나중에 다시 얘기해요. 꽃 정말 고마워요."

내가 말했다.

"이제야 말해서 미안한데, 오늘 저녁 식사 함께하는 거 어때요? 바로 옆의 식당에서 말고요. 펍을 봐줄 사람이 있거든요."

"어, 너무 쉽게 승낙하면 안 되지만, 현재로선 아무 약속도 없으니, 그러죠."

"일곱 시쯤에 당신 집으로 데리러 갈까요?"

"준비하고 있을게요."

나는 펍에서 나가기 전에 다시 한 번 바를 둘러보았다. 톰은 물론 조끼를 입은 손님 둘도 나를 뚫어지게 쳐다보고 있다가 똑같은 미소를 지으며 손을 흔들었다. 나는 그제야 그 둘이 쌍둥이라는 것을 알 수 있었다. 나는 조금 당황했지만 손을 흔들어주었다. 얼굴이 달아오르는 것이 느껴졌다.

서점으로 돌아오는데 머릿속이 어지러웠다. 햄릿에 대한 걱정이 가장 앞섰지만 내 앞에 제니를 죽인 범인에 대한 단서가 놓인 느낌이었다. 나는 2절판에 대해서도 알았고, 먼로와 대화를 나누었으며, 에드윈과 그의 가족에 대한 이야기, 햄릿의 과거에 대한 이야기도 들었다. 주느비에브와는 경매 이후 대화를 하지 못했다. 지금 에드윈이 그에게 간 것은 아닐까 싶었다. 내 생각이 맞다면 왜일까? 둘은 연인일까, 아니면 그냥 친구일까? 둘의 관계가 제니의 죽음과 관계가 있을까? 내가 모든 것을 제대로 맞춰나가고 있는 걸까? 어떻게 맞춰야 답을 얻을 수 있을까?

서점으로 돌아가자 레그는 이미 돌아가고 없었다. 로지는 자신이 병원을 방문한 후로 둘 사이가 금방 가까워졌다고 했다.

"경찰에 얘기는 했어요?"

"아니. 그냥 레그만 보러 간 거였어. 몰래 돌아다니면서 찾아봤지."

헥터를 목도리로 숨기고 병원 입구를 지나 발끝으로 살살 각 방을 살피는 로지의 모습이 떠올랐다.

"레그가 사고는 자기 잘못이었다고 하더라고. 자기 말고는 아무도 다치지 않아서 다행이라고."

"그러고 나서 둘이 눈이 맞은 거예요?"

"그런 것 같아 보이지?"

로지가 슬픈 목소리로 말했다.

"기쁘지 않아요?"

"내 연애 때문에 기쁜 것보다 햄릿 때문에 걱정되는 게 더 커서."

나는 새 직장에서 처음으로 독단적 결정을 내려 로지에게 헥터를 데리고 집으로 가라고 했다. 서점에서 무슨 일이 일어나든 이번에는 내가 감당할 차례였다. 무슨 일이 생기면 전화하겠다고 했다. 로지는 잠시 거부했지만, 곧 그러겠다고 했다.

로지가 돌아간 뒤, 나는 가고 싶던 창고로 가지 못하고 서점을 지켰다. 창고에 있으면 그곳에서 벌인 일에 온통 정신이 팔려 서점에서 무슨 소리가 나도 듣지 못할 게 분명했다. 다시 책들이 말을 걸까 기대했지만 소용없었다. 현실에서 벌어진 극적인 일들로 머리가 꽉 차 그런 건지도 몰랐다.

나는 서점 뒤쪽 탁자에 앉아 햄릿이 서랍에서 꺼내놓은 종이들을 들여다보았다. 의자를 탁자로 바싹 붙이다가 탁자 아래의 얕고 넓은 서랍에 손등이 부딪쳤다. 햄릿이 사무 물품을 넣어두는 곳이라는 생각은 미처 하지 못하고 서랍을 열었다. 안에는 펜, 연필, 포스트잇, 작은 수첩 같은 문구들이 들어 있었고, 펜과 연필을 보관하는 칸 뒤의 서랍 벽면에 보라색 종잇조각 하나가 붙어 있었다.

나는 종이를 향해 손을 뻗다가 잠시 멈췄다. 건들지 말아야 할 이유들이 있었지만 상관하지 않기로 결심하고 다시 손을 뻗었다. 종이를 꺼내고 난 뒤 나도 모르게 서랍을 쾅 닫고, 그 소리에 지레 놀라 펄쩍 뛰었다.

"겁도 많지, 딜레이니."

나는 혼잣말을 했다.

종이는 반으로 접혀 있었다. 조심스럽게 펼쳤다. 내 식탁 위의 종이와 같았다. 그리고 종이에 적힌 글씨도. 그러나 이 종이는 찢기지 않고 온전했으며 다음과 같이 적혀 있었다.

하다고
너무
안 팔았어
매트리스에
떠나야
고

주변에 다른 글자들이 더 있어야 하는 가운데 조각이었다.

이제야 의미를 조금 알 수 있었다. 아마 제니는 매트리스에 2절판을 넣어 두었을 것이다. 내가 말도 안 되는 추측을 하는 걸까? 매트에 두었다면 분명 경찰이 찾았겠지. 에드윈도 보았을 것이고.

이제 겨우 두 시였지만 나는 새로운 직장에서 두 번째 독단적 결정을 내리려 했다. 서점을 닫고 집으로 갈 것이다. 에드윈이나 로지에게 전화를 걸어 그래도 되냐고 묻지 않을 것이다. 그래도 괜찮을 것 같았지만, 괜찮지 않다고 해도 어쩔 수 없었다. 더 이상 기다릴 수 없었다.

스물일곱

나는 마지막 조각을 맞췄다. 일라이어스와 애거사가 내 어깨 너머로 들여다보고 있었다.

"와, 됐네."

애거사가 내 옆으로 의자를 끌어와 앉으며 말했다.

"이제야 말이 되네. 이 큰 조각이 없었으면 못 맞췄겠다. 이거 봐, 짐작이 되잖아."

에드윈에게 미안하다고 전해줘.

악마의 유혹이 너무 심했어.

하지만 안 팔았어. 앞으로도 안 팔 거야.

그건 매트리스에 숨겨놨어.

지금은 떠나야겠어.

미안하다고 전해줘.

내가 쪽지를 소리 내어 읽었다.

"제니가 매트리스에 뭘 숨기고 있었어?"

일라이어스도 의자를 가져와 앉았다.

"그런가 봐요. 에드윈 대신 뭔가 귀중한 걸 가지고 있었던 것 같아요. 햄릿이 이 쪽지를 가지고 온 게 아닌가 싶네요. 그가 쪽지를 발견했을 땐 이 부분밖에 없었던 거죠. 어떻게 가지고 있었는지 모르겠어요. 제니는 왜 다른 부분은 찢어놓은 걸까요? 햄릿은 왜 에드윈에게 얘기하지 않은 걸까요? 아니, 얘기했는지도 모르죠. 제니와 햄릿이 다투었는지도 모르겠어요. 하지만 햄릿은 절대 아니라고 했는데."

애거사가 내 손을 잡았다. 내가 두서없이 하는 말을 제대로 알아들을 순 없었겠지만 요지는 전달된 것 같았다.

"사람은 다급한 상황에서 뜻밖의 행동을 하기도 하니까."

"제니의 집 서랍에서 조그만 조각들을 찾았다고 했지?"

일라이어스가 물었다.

"그랬어요."

"제니가 오빠의 믿음을 배신하려 했는데 마음을 바꾼 것 같네."

애거사가 말한 뒤 입을 꾹 다물었다.

"그런 것 같아요. 그래서 제니가 죽은 것 같고요."

내가 말했다.

이제 어떻게 해야 할까? 경찰에 전화를 해야 할까? 전화를 하면 무슨 말을 해야 할까? 제니가 경찰은 알지 못했던 2절판을 가지고 에드윈을 배신하려 했었다고? 아니다. 그럼 로지에게 전화를 해야 할까? 아니면 톰에게? 아니다. 로지는 상처를 입고 더욱 걱정할 것이 분명했고, 톰과 나는 아직 서로에 대해 잘 모른다. 에드윈에게 전화하자는 생각은 서둘러 기각했다. 에드윈은 아직 쪽지에 대해 알 필요가 없었다. 괜히 마음만 아프게 만들 뿐이지. 그리고 당장 제니의 집으로 가 매트리스를 살펴보려 할 것이다.

"일라이어스, 제니의 집에 데려다줄래요?"

일라이어스와 애거사가 서로의 얼굴을 바라보았다. 애거사가 눈살을 찌푸렸다.

"모르겠네……."

나는 최선을 다해 상황을 설명했다. 에드윈이 이 쪽지를 보면 가슴이 찢어질 것이고, 만일 내가 매트리스에서 어떠한 물건을 찾아내면 많은 사람이 상처 받을 일이 줄어들 거라고. 전에 매니저가 문을 열어주어서 에드윈과 함께 안에 들어간 적이 있으니 이번에도 그에게 부탁하면 들여보내줄 거라고 말이다.

물건을 찾아내 에드윈에게 가져다주면 제니의 죽음이 절도에 의한 것이 아니라는 점을 확실히 알 수 있게 될 것이다. 그럼 정말 좋겠다. 만일 물건을 발견하지 못하면 바로 경찰에게 가서 에드윈이 말하지 않은 것까지 전부 말할 것이다. 그렇게 되면 어쩔 수 없으니 말이다.

일라이어스가 애거사를 바라보았다. 애거사는 결국 고개를 끄덕였다.

"그러지, 그럼."

일라이어스가 말했다.

"정말 고마워요."

내가 말했다.

"갔다가 바로 와야 해."

애거사가 말했다.

"그럼."

일라이어스가 대답했다.

"어서 가자."

집에서 출발할 때 주룩주룩 내리던 비가 제니의 집 건물 앞에 도착했을 때는 세차게 퍼부었다. 1970년대 건축물이 검은 폭풍 구름을 배경으로 음침하게 서 있어 어설픈 특수 효과를 사용한 옛날 공포 영화가 생각났다. 나는 한참 택시 안에 앉아서 아무도 없는 건물 입구를 바라보았다.

"좀 잦아들 때까지 기다릴까?"

일라이어스가 물었다.

"아니에요. 얼른 들어가야죠."

"우산이 있어야겠네."

"있어요."

나는 가방에서 아침에 넣어둔 우산 하나를 꺼냈다.

"좋아. 가자."

"고맙지만 혼자 들어가야겠어요. 그래도 될까요?"

"음, 그건 좀…… 애거사가 싫어할 텐데."

"괜찮을 거예요. 제니는 에드윈을 배신하려고 했던 것 같아요.

하지만 누가 제니를 먼저 배신한 거죠. 제니를 아끼는 줄 알았던 사람이요. 그 사람이 제니를 죽였을지도 모르겠어요. 어쨌든 제니를 배신한 사람이 햄릿인지 확인해야겠어요. 만일 그 물건을 찾지 못하면 알 수 있을 것 같아요. 바로 알 수 있겠죠."

"하지만……."

"알아요. 조심할게요. 제니는 특정한 이유가 있어서 죽은 것 같아요. 만일 일라이어스가 나랑 같이 들어가면 매니저가 순순히 들여보내주지 않을 거예요. 매니저가 나는 알지만 일라이어스는 모르니까요. 마주치는 사람들에게 밖에서 택시가 나를 기다리고 있다고 말할게요. 거짓말도 아니고요."

"알았어."

일라이어스가 한참 후에야 승낙했다. 못마땅한 표정을 짓는 애거사의 얼굴이 떠올랐다. 일라이어스가 한마디 덧붙였다.

"에드윈에게 전화해야 하지 않을까?"

"아뇨, 아직은 안 돼요."

"그렇겠지. 하지만 귀 뒤 머리털이 일어서기 시작하는 순간, 나도 바로 들어갈 거야. 애거사가 늘 귀 뒤 머리털에 주의를 기울여야 한다고 했거든."

"좋은 생각이에요. 고마워요, 일라이어스."

나는 택시 문을 열고 우산을 펼쳤다. 우산을 썼는데도 입구에 들어섰을 때는 쫄딱 젖었다. 거센 빗줄기가 바닥에 닿자마자 튀어 올라 다리를 때렸고, 등 쪽을 충분히 적실 정도로 바람도 불었다. 그래도 머리와 얼굴은 말짱했다.

나는 입구의 작은 처마 밑에서 택시를 향해 손을 흔들었다. 비 때문에 일라이어스의 얼굴이 보이지 않았지만 그가 지켜보고 있다는 것을 알 수 있었다.

역시나 건물 안은 당혹스러울 정도로 고요했다. 수상쩍고 불길한 침묵이 너무나 커다랗게 울리고 있었다. 사람 목소리라도 들렸으면 했지만, 아무 소리도 들리지 않았다.

나는 부르르 떨고 우산을 접은 뒤 입구 벽에 기대놓았다. 누가 가져갈 수도 있었지만 사방에 물을 흘리며 다니고 싶지 않았고, 당분간 집을 나설 사람도 없을 듯했다.

매니저 해리의 현관문을 노크하면서 약간 비스듬히 서서 그레고리의 문이 열리는지도 지켜보았다. 그동안은 불시에 당하기만 했는데, 이번에는 그가 나타나는 장면을 놓치고 싶지 않았다. 해리의 현관문에서는 답이 없었다. 갑자기 무엇을 해야 할지 막막했다.

결국 그레고리의 현관문을 노크하기로 했다. 곧바로 안에서 희미한 소리가 들렸다. 발걸음이 가까워지며 문이 천천히 열렸다.

"아, 이런, 안녕."

그레고리는 정말 놀란 듯했다.

"안녕하세요, 그레고리."

그는 청바지와 티셔츠 차림이었고, 뭔가 태도가 달라져 있었다. 그러고 보니 자신감 넘치던 냉담함이 사라져 있었다. 아마도 내게 너무 많은 말을 했다는 생각이 들어서 그런 게 아닐까.

"미국에서 온 딜레이니."

그레고리는 좀 허둥거리며 입을 열었다.

그는 해리의 현관문을 보고 다시 내 얼굴을 보더니 잠시 발을 움직이다가 다시 제자리에 멈췄다. 나도 해리의 현관문을 한 번 보고 다시 그레고리를 보았다.

"해리 봤어요?"

"아니."

"언제 돌아올지 알아요?"

"아니."

"잘 지냈어요, 그레고리? 무슨 일 있는 것 같아 보여요."

　일라이어스의 귀 뒤 머리털과 마찬가지로, 내 본능이 꿈틀대며 더 깊게 파보라고 했다.

"아무 일도."

　그레고리는 복도로 나오더니 문을 닫았다. 이상한 행동이었고, 그 행동은 나를 불편하게 만들었다. 복도에는 충분한 공간이 있었지만 비좁게 느껴졌다.

"여기 자꾸 오면 안 돼. 좋은 곳이 아니라고."

"왜요? 여기서 무슨 일이 있었는데요. 제니에게 무슨 일이 일어났는지 알아요?"

　그레고리가 고개를 저었다.

"가라고, 딜레이니. 그냥 가."

　공포가 등줄기를 타고 올랐다. 그레고리는 아주 정직한 사람은 아니었지만 나를 진심으로 걱정해주었다. 그의 충고가 갑자기 심각하게 다가왔다.

"알았어요. 갈게요. 밖에 택시가 기다리고 있어요."

내가 말을 마치기도 전에 그레고리는 다시 자기 집으로 들어가 문을 닫고 빗장을 걸었다. 탁, 하는 소리가 복도에 울렸다.

나는 텅 빈 복도를 좌우로 둘러보았다. 으스스한 기분이 드는 것이 그럴 만한 이유가 있는 건지, 아니면 그저 이상한 분위기에 위압당해서 그런 건지 알 수 없었다. 어쨌거나 지금은 돌아갔다가 나중에 다시 오는 것이 좋을 것 같았다. 일라이어스와 함께 오든지, 에드윈과 함께 오든지. 나는 잠시 그렇게 더 서 있었지만 해리나 그레고리의 문구멍에서는 벗어나 있었다.

그런데 갑자기 해리의 현관문이 열리더니 그가 나왔다. 해리는 나를 보고 정말 놀란 듯했다.

"앗!"

해리는 공구가 잔뜩 걸린 벨트를 차고 있었다.

"아, 해리! 반가워요."

내가 말했다.

"어, 난 좀 바쁜데. 제니의 집에서 할 일이 있어요."

해리는 말을 내뱉곤 후회된다는 듯 고개를 절레절레 저었다.

"그거 잘됐네요. 다시 한 번 제니 집에 들어가 볼 수 없을까 하고 있었거든요. 살 곳을 찾고 있어서. 당신과 같이 가보면 좋겠네요."

나는 열심히 말했다.

해리가 얼굴을 굳히고 나를 보았다.

"왜 다시 보고 싶다는 거죠?"

"살 곳을 찾고 있어서요."

나는 말을 되풀이했다.

"이 도시에서 살 곳을 찾기가 쉽지 않잖아요. 이 건물이 마음에 들어요. 그래서 어쩌면…… 물론 정리가 된 다음에요. 일단은 안을 확인해보고 싶어요."

아주 형편없는 즉흥 연기는 아닌 듯했다.

"야?"

"예."

"좋아요. 따라와요."

하지만 해리는 엘리베이터로 바로 향하지 않고 그대로 서서 자기 주머니를 두드리기 시작했다.

"아, 잠깐. 열쇠 뭉치를 잊었네. 내 정신 좀 봐. 찾는 동안 잠깐 들어와요."

제니의 집에 가려고 했으면서 열쇠를 가져오지 않았다고?

"여기서 기다릴게요."

"그러든지."

해리는 현관문을 열어둔 채 다시 안으로 들어갔다. 방으로 연결된 안쪽 복도로 사라지는 그의 뒷모습을 지켜보았다. 공구 벨트 아래에 뒷주머니가 보였는데, 안에 무언가가 들어 있었다. 열쇠 뭉치인지는 확실치 않았다. 해리의 집은 제니의 집과 구조가 같았다. 심지어 가구도 같았다. 제니의 집 여기저기에 깔려 있던 깔개는 없었지만 조명도, 소파도, 의자도, 협탁도, 텔레비전이 놓인 서랍장도 같았다. 내 시선이 서랍장으로 향했다가 즉시 종이 한 장이 삐져나온 서랍 하나에 머물렀다.

경고도 없이, 서점에서 나를 덮쳤던 파동이 다시 밀어닥쳤다. 내가 귀신에라도 들린 걸까, 누군가가 중요한 메시지를 전하는 걸까, 아니면 직관이 우리의 주의를 끌기 위해 더 강력하게 작용하는 방식이 이런 걸까?

"아니, 그럴 리 없잖아."

나는 중얼거렸다.

나는 해리의 집 현관으로 들어갔다. 안쪽 복도를 보았지만 해리의 모습은 보이지 않았다. 서랍장은 그다지 멀리 있지 않았지만 걱정이 될 정도로 안쪽에 있기는 했다.

나는 삐져나온 종이를 보며 귀를 기울였다.

"너였니? 말해봐."

내 머릿속 인물들이 아직 존재한다면 들을 수 있을 정도의 작은 목소리로 속삭였다. 하지만 아무 소리도 들리지 않았다. 한마디도. 침묵, 망할 고요만이 존재하는 건물이었다. 나는 다시 안쪽 복도를 바라보았다. 해리는 여전히 보이지 않았다. 저 서랍을 들여다보지 않고서는 돌아갈 수 없었다.

왜 그래야 하는지 이유는 알 수 없었다. 그저 울렁거리는 감각만이 저 종이가 2절 초판본의 일부일지도 모른다는 추측을 하게 만들었다. 어쩌면 내가 그동안 밝혀낸 많은 정보들이 머릿속에서 엄청난 무의식적인 처리를 거친 끝에 나온 결과인지도 몰랐다. 그 정보들이 논리적으로 맞는지 곰곰이 생각해볼 시간이 없었다. 그 무의식이 나를 충동질하며 얼른 서랍장으로 달려가 안을 들여다보라고 재촉했다.

나는 재빨리 달려가 종이가 삐져나온 서랍을 잡아당겼다. 그런데 세상에! 시시한 문서들과 잡지 위에 상상할 수도 없을 만큼 값진 셰익스피어의 2절 초판본이 놓여 있었다. 나는 그것을 조심스럽게 꺼내 들었다. 너무 깊이 생각하지 않으려 했다. 캔자스에서 온 딜레이니 니콜스가 역사적으로 엄청나게 중대한 책 한 권을 들고 있는 것이었다. 고향의 가족과 친구들이 지금의 나를 본다면 뭐라고 할까?

그때 현관문이 쾅, 하고 닫혔다. 마치 총소리 같았다. 그 순간의 영광에 취해 귀중한 시간을 낭비하고 있었던 것이다.

"그 종이 뭉치는 뭐지?"

해리가 말했다.

나는 터져나오려던 비명을 꿀꺽 삼키고 말했다.

"이건 에드윈 거야."

"아니, 내 거야. 뭔지는 모르겠지만 가치가 있는 것이었으면 좋겠네."

나는 멍하니 고개를 끄덕였다.

"얌전히 내려놓으면 다치진 않을 거야."

해리가 말했다.

"알았어."

나는 2절판을 서랍장 위에 조심스럽게 내려놓았다.

하지만 해리가 나를 순순히 놔줄 리 없었다. 그의 오른손에 긴 스크류 드라이버가 잡혀 있었다. 그러고 보니 손등에 멍이 들어 있었다. 전에는 눈치채지 못했는데. 제니를 죽일 때 생긴 것일까? 아니면 먼로의 눈에 멍을 만들 때?

나는 온 힘을 다해 비명을 질렀다. 일라이어스는 듣지 못할 게 분명했다. 귀 뒤 머리털이 일어서지 않는 다음에야 내가 위험에 빠진 걸 알 수 없을 터였다. 그래도 누군가는 듣지 않을까?

"비명 따윈 아무도 신경 쓰지 않아. 내가 제니를 죽인 날에도 그랬지. 아주 시끄러웠는데 말이야. 여기 사람들은 다들 문제가 있어. 다른 사람 일엔 끼어들 여유가 없지. 자기 일 신경 쓰기에도 바쁘니까."

"잠깐만, 해리. 이 책의 가치도 모르면서 제니를 왜 죽인 거야?"

나는 말을 한 뒤 문득 깨달았다. 이 건물이 왜 이리 조용한지 알 수 있을 것 같았다. 왜 아무도 도와주러 오지 않는 건지도. 고요는 의도적인 것이었다. 때로 큰 소음을 일으키는 나쁜 일을, 무서운 일을 숨기기 위해서였다. 고요함은 위장이었다. 소음을 무시하기 위한.

"돈을 갚지 않았기 때문이지."

해리의 눈에 언뜻 후회가 내비치는 것 같았다. 해리는 조금도 망설이지 않고 나에게 흉악한 죄를 털어놓았다. 그는 나를 순순히 보내주지 않을 심산이었다. 그렇다면 이 모든 이야기를 듣는 게 무슨 소용일까?

"집세 말이야?"

나는 기가 막히다는 표정으로 말했다.

"아니, 집세가 아냐. 약 말이야. 약값을 갚지 않았어. 제니는 다시 약을 시작했고 내가 대주고 있었지. 난 여기 사람 모두에게 약을 대주고 있어."

해리가 자랑스럽다는 듯이 말했다.

"시간을 한참 주고 나서 돈을 받으러 갔더니, 저 한심한 종이 뭉치를 팔아서 갚겠다고 했어. 그런데 얼마 후에 마음이 바뀌었다는 거야. 그리고 오빠에게 부탁하지도 않겠다고 하더군. 그래서 내가 저 책을 직접 가져다가 돈으로 바꾸겠다고 했지. 그것도 거부했어. 숨겼다면서. 발견하기 어렵진 않았어. 가져가지 못하게 한 게 문제였지. 싸워서 내가 이겼어. 이 모든 일이 마무리되면 런던에 가서 팔려고 했어. 누군가가 얼마라도 줄 테니까. 그런데 네가 왔네? 서랍은 왜 연 거야? 거기에 있는 줄 어떻게 알았지?"

"몰랐어."

나는 베란다 창문 쪽으로 작게 두 걸음을 뗐다.

해리도 나를 따라 걸었다. 그가 2절판을 향해 턱짓을 하며 말했다.

"그건 이제 내 거야."

그리고 뭔가 깨달았다는 듯 눈을 반짝였다.

"그래서 에드윈이 그 집을 뒤진 거야? 그러니까 에드윈에게 중요한 물건이란 말이지? 많이 비싼 거야?"

"에드윈은 제니를 사랑했어."

"그랬겠지."

해리가 피식 웃었다.

"이제 상관있나? 안 그래?"

"언제나 상관있지."

나는 말한 뒤 베란다 쪽으로 재빨리 뛰어갔다. 하지만 해리도 빨

350

랐다. 해리는 나와 베란다 유리문 사이로 끼어들어 드라이버를 머리 위로 쳐들었다. 나는 다시 뒤로 물러섰다. 해리는 내가 어느 쪽 문으로도 도망치지 못하게 막아섰다. 나는 재빨리 손에 닿은 물건을, 2절판을 집어 들고 현관을 향해 달렸다. 그리고 해리가 드라이버를 내려찍으려 할 때 2절판을 들어 올렸다. 드라이버는 2절판의 가운데를 그대로 꿰뚫었다.

'그러니 그에게 전하길, 지금까지의 사건들과 함께. 나머지는 침묵.'

찔린 페이지들에서 햄릿의 유언이 흘러나왔다. 하지만 '갈라진 책'의 햄릿이 아니었으니 괜찮았다. 나는 버티며 계속 움직이려 했지만 해리는 너무 힘이 셌다. 그가 드라이버 손잡이를 확 잡아당겨서 2절판이 소파 쪽으로 날아갔다. 소파로 떨어진 2절판은 귀중한 예술 작품이라기보다는 그냥 망가진 책으로 보였다. 해리도 고개를 돌려 2절판을 보았으나 곧바로 다시 내게 달려들었다. 처음 날아온 주먹은 몸을 숙여 피했지만 불행히도 다음 주먹은 뺨에 정통으로 맞았고, 나는 결국 쓰러졌다.

일어나려 했지만 머리를 바닥에 부딪혀 눈앞이 흐릿했고 사방이 빙빙 돌아 손 디딜 곳도 찾을 수 없었다. 해리가 내 옷깃을 잡고 일으키는 게 느껴졌다. 다시 때리려는 것이었다. 그는 나를 죽이려 했다. 그런데 그에게 끌려 일으켜지는 순간, 집 안의 상황이 바뀌었다. 정신이 없어 무슨 일이 일어난 건지 알 수 없었지만, 사방에서 고함 소리가 터졌고, 나는 다시 바닥으로 내동댕이쳐졌다. 거실에서 몸싸움이 벌어지고 있었다. 흐릿한 시야에 세 사람이 보였다.

일라이어스의 귀 뒤 머리털이 제 임무를 수행한 모양이었다.

얼마나 지났을까. 눈앞에 얼굴 하나가 나타났다. 나는 눈을 깜빡이다가 내 몸을 가볍게 흔들며 대답하라고 외치는 사람을 겨우 알아보았다.

"햄릿! 너구나."

나는 힘없이 부르짖었다.

"그래요."

햄릿이 안도의 미소를 지었다. 햄릿의 얼굴은 피투성이가 되었고, 군데군데 멍이 들고 잔뜩 부어 있었다.

"괜찮을 거예요, 딜레이니. 구급차를 불렀어요."

"넌 괜찮니?"

햄릿이 웃었다.

"문제없을 거예요. 딜레이니도 괜찮을 거고요."

"아, 그래."

나는 의식을 잃지는 않았지만 경찰과 구급차가 올 때까지 정신이 몽롱해 계속 눈을 감고 있었다. 햄릿과 일라이어스의 걱정스러운 목소리 가운데 다른 목소리도 들렸다. 자기 나라의 상태를 보고 슬퍼하는 맥더프의 목소리였다. 곁에 좋은 스카치위스키라도 있으면 건배를 들고 싶었다.

'오, 스코틀랜드, 스코틀랜드!'

더 이상 고요는 없었다.

스물여덟

그날 밤 톰과 나는 데이트를 하지 못했지만, 대부분의 저녁 시간을 함께 보냈다. 에드윈, 로지, 일라이어스, 애거사, 햄릿, 심지어 헥터도 함께 있었지만 나는 톰이 걱정해주는 게 가장 고마웠다. 택시에서 나를 안아 침대까지 날라준 사람도 톰이었다. 그의 팔에 안겨 있던 시간이 그날 저녁 최고의 순간이었다. 윈터스와 모건도 안부를 물으러 들렀지만 오래 머물진 않았다. 어떻게 값비싼 책이 연루되었는지 알았냐고 물어보고 싶었지만 지금은 그럴 겨를이 없었다.

병원에서 훌륭한 전문가들의 치료를 받는 동안 경찰의 조사도 받아야 했다. 처음 보는 경찰이었고 이름도 기억나지 않을 만큼 나의 온 신경은 2절판의 존재를 숨기는 데 집중되어 있었다. 온전치 않은 상태에서 거짓말을 하려니 온 정신을 곤두세워야 했다. 오랫동안 머리가 미치도록 아팠다. 뇌진탕이지만 다행히 심하진 않다고 했다.

—그래요. 약값 때문에 제니를 죽였다고 했어요.

—책이라니 무슨 말인지 모르겠네요. 책 얘기는 하지 않았어요. 그레고리 히스가 책 얘기를 했다고요? 그게 누구죠?

—그냥 약물 매매 때문에 벌어진 사건 같아요.

햄릿은 뇌진탕 증세는 없었지만 꽤 얻어맞아 광대뼈에 조금 금이 갔다고 했다. 별일은 없을 거라고 했지만 멍이 꽤 오래갈 것 같았다.

병원에서 퇴원하자 구급차를 따라왔던 일라이어스가 나와 햄릿을 새집으로 데리고 갔고, 애거사가 전화를 해 모두가 모여 있었다. 일라이어스는 햄릿의 부탁을 받고 2절판을 차에 두었다. 그 와중에도 2절판을 챙기다니 대단했다.

"이해가 안 가네요."

에드윈이 경찰을 보낸 후에 말했다.

"두 사람은 거기에 왜 다시 간 거죠?"

"제니의 집을 한 번 더 살펴보고 싶었어요."

나는 보라색 종잇조각에 대해서는 말하지 않았다.

"2절판을 찾아보려고요. 그래야 할 것 같았어요. 해리의 집 서랍에서 종이가 튀어나와 있는 걸 보고 깜짝 놀랐어요. 그다음엔 경악했고요."

로지가 흐윽, 하는 소리를 냈다. 헥터가 일어나 로지의 손을 핥았다.

"미안, 미안해."

햄릿도 입을 열었다.

"나도 마찬가지예요. 그냥 육감이었어요. 2절판이 정말 제니의 집에 없는지 직접 확인해보고 싶었어요. 거기서 해리와 맞닥뜨려 두들겨 맞았어요. 그는 복도 건넛집에 나를 밀어 넣고 그 집 남자에게 나를 조용히 시키라고 했어요."

우리 둘 다 거짓말을 하고 있었다. 우리는 보라색 종잇조각 때문에 그곳에 간 것이다. 식탁 위에 여전히 종잇조각이 맞춰져 있을 것이었다. 햄릿은 종잇조각을 맞추기 전에 의미를 파악했지만 매트리스를 직접 확인해볼 기회가 없었다. 햄릿이 내게 에드윈이든 경찰이든 2절판을 발견했으면 좋겠다고 말한 적이 있었다. 그들이 2절판을 발견하지 못하자 자신이 직접 찾아보기로 결심하고 제니의 집에 간 것이 확실했다.

격투가 끝나고 일라이어스가 해리를 붙잡고 있는 동안, 경찰과 구급차를 기다리면서 햄릿이 내 옆에 앉아 이야기를 조금 들려주었다.

제니는 먼로와 주느비에브에게 연락해 2절판을 팔려고 했다. 제니는 햄릿에게 자신이 거절당한 이야기를 하며, 그들이 여전히 자신을 용서하지 않고 있는 거라고, 에드윈에게 알리겠다고 협박했다고 했다. 제니는 그런 자신이 수치스러워 떠나려고 했다. 쪽지에 쓰인 대로 말이다. 햄릿은 2절판을 에드윈에게 돌려주라고 설득했지만 제니가 거절했고, 그래서 살해당하기 전날 말다툼을 벌인 것이다. 제니도, 햄릿도 소리를 질렀다. 햄릿은 나에게 거짓말을 했고, 경찰에 다시 얘기해서 제니의 집을 한 번 더 수색해 2절판을 찾도록 하고 싶었다. 제니의 손에서 쪽지를 찢어낸 사람이 햄릿이 었다. 햄릿은 자신의 손에 딸려온 일부분만 서점 서랍에 넣어두었 고, 제니가 나머지 조각을 어떻게 했는지는 알 수 없었다.

햄릿은 해리를 의심할 생각은 하지 못하고, 제니 주변의 불쾌한 무리 중 하나가 살인범일 거라고 생각했다. 해리가 그 무리 중 하나일 거라고는 생각하지 못한 것이다. 햄릿은 제니가 오빠를 배신하려 했다는 것을 비롯해 쪽지와 다툼까지 숨기고 있었다. 가족을, 특히 에드윈을 보호하고 싶었기 때문이다.

"하지만 그보다 더 중요한 게 있어요, 딜레이니."

햄릿이 단호하게 말해서 나는 어지러움과 통증을 참으며 열심히 들었다.

"에드윈은 동생이 자신을 배신하려 했다는 걸 알아선 안 돼요. 그래서 먼로와 주느비에브도 말하지 않은 걸 거예요. 제니가 죽은 것보다 에드윈에게 더 큰 상처를 줄 테니까요."

나는 생각을 다시 현재로 돌리려 애쓰며 말했다.

"에드윈, 오늘 어디 갔었어요? 나를 서점에 내려준 다음에요."

"딜레이니와 햄릿과 달리 나는 다른 사람이 의심스러웠어요. 버크를 보러갔죠. 그가 집에 없어서 베이글 가게로 가서 2절판을 발견했다는 남자에 대해 물어봤어요. 오래전, 이 일의 시작점부터 찾아봐야 할 것 같아서. 하지만 아무도 기억하지 못하더군요."

"먼로의 멍든 눈은 수상하지 않았어요?"

내가 물었다.

"아니요. 펍에서 싸운 거라고 인정했으니까. 하지만 다른 사람들에게 알리기 부끄럽다고 해서 말하진 않았어요. 나는 먼로를 믿어요. 왜? 다른 생각이라도 있어요?"

"이제는 아니에요."

에드윈이 걱정스레 인상을 썼다.

"정말 괜찮아요."

그러고 나서 나는 조금 똑바로 앉았다.

"에드윈, 당신과 주느비에브는 친한 친구인가요?"

"야, 아주 좋은 친구죠. 주느비에브 덕분에 위로가 많이 됐어요. 제니를 잘 알았으니까. 제니가 죽은 후 주느비에브가 친절하게도 옛날 얘기를 많이 들려주었어요. 그런데 왜요?"

"아무것도 아니에요."

그렇게 중요한 문제는 아니었지만 둘이 사랑하는 사이인지 알고 싶었다. 아닌 듯했다. 에드윈이 말한 것처럼 그저 좋은 친구인 것 같았다. 필요할 때 곁에 있어 주는. 나는 일라이어스를 바라보았다. 그는 눈을 끔뻑하며 고개를 끄덕여주었다.

나는 버크, 주느비에브, 먼로 모두 에드윈을 걱정했을 뿐이라는 결론을 내렸다. 경매 때 본 그들의 행동은 약물 중독인 동생을 자신의 삶에 끌어들이려는 친구에 대한 염려에서 비롯된 것이었다. 새로 온 나에게 그런 이야기들을 한 이유는 에드윈을 잘 지켜봐주길 바라서였다. 나중에 인사를 전해야겠지만 다들 나의 행동을 양해해주고 있을 듯했다.

나는 햄릿을 보았다.

"그레고리가 널 가두었다고?"

"야. 하지만 딜레이니의 비명 소리를 듣고 같이 도우러 가주었어요."

"그랬구나."

그때 애거사가 뭔가 알아낸 듯한 표정을 짓더니 방에서 나갔다. 그리고 곧바로 돌아와서 나를 바라보며 자신의 주머니를 툭툭, 쳤다. 내가 종잇조각 얘기를 하지 않는다는 것을 알아채고 주머니에 숨긴 것이다. 나는 감사의 미소를 지어 보였다. 정말 좋은 집주인을 만났다.

"드라이버가 꽂힌 책이 내 택시에 있어요. 가져다 드리죠."

일라이어스가 말했다.

"경찰은 2절판에 대해 모르나요? 그럼 해리가 제니를 왜 죽였다고 생각하는 건가요?"

에드윈이 물었다.

"마약 밀매 때문에 틀어져서요. 말이 되죠. 그레고리도 그렇게 증언할 테고."

햄릿이 대답했다.

"그 사람이?"

내가 물었다.

"그래요. 딜레이니를 아주 마음에 들어 하는 것 같던데요."

햄릿이 부어오른 얼굴에 웃음을 띠었다.

"딜레이니의 '기개'를요. 그렇게 말하더라고요."

"네가 다쳐서 유감이야."

내가 말했다.

"딜레이니도요."

햄릿이 말했다.

내 얼굴에도 멍이 심했다. 오른쪽 눈은 한동안 제대로 뜨지 못할 것 같았다.

"둘 다 다치게 해서 미안해요. 그 건물에서 무슨 일이 벌어지고 있는지도 몰랐다니, 참 부끄럽네요. 지금 와서 이런 말을 해봤자 소용없겠지만, 제니를 그 건물에서 나오게 하려고 노력했어요. 하지만 제니는 그곳에서 나오려 하지 않았죠. 약을 얻기 쉬워서 그랬을 거예요. 그걸 알았어야 했는데."

에드윈이 말했다.

"자책하지 말아요, 에드윈. 당신 동생은 자기 행동에 책임을 져야 하는 어른이었어요. 그건 그녀의 잘못이었을 뿐이에요."

애거사의 말에 에드윈은 고개를 끄덕였지만, 아무 말도 하지 않았다.

햄릿이 말했다.

"해리는 그 건물 사람들을 장악하고 있었어요. 집주인일 뿐 아니라 마약 공급자였으니까요. 오랫동안 나쁜 짓을 많이 저질렀죠. 모두의 약점을 쥐고 있었으니. 그레고리가 다 말해주었어요. 나를 가둬두고 있는 동안에요. 꽤 수다쟁이던데요? 자세히 말하지 않으려고 조심했지만. 딜레이니와 일라이어스에게 거짓말을 했다는 얘기도 했어요. 턱시도 입은 남자가 그날 제니의 집으로 올라가는 것을 봤다고. 실은 일주일쯤 전에 봤대요. 혼선을 주고 싶어 그랬다는군요. 하지만 당신 비명 소리를 듣고 나서는, 이런 생활을 청

산하고 싶은 듯했어요. 심경의 변화가 온 거죠. 나도 그 건물에서 제니를 빼내기 위해 더 노력했어야 했어요, 에드윈."

"아, 햄릿"

에드윈이 햄릿의 팔에 손을 올렸다.

"매케너 부인의 말이 옳아. 제니는 어른이었어. 어른답지 못했지만. 완전히 망가졌던 그녀를 너도 여러 번 구해주었지. 로지도 그랬고, 나도. 우리 모두 노력했지만 제니는 빠져나오지 못했어. 그래서 슬픈 결말을 맞을 수밖에 없었고. 참 슬픈 일이지만 우리 모두 할 수 있는 만큼 했어. 너는 그 이상을 했지. 절대 자책하지 마. 너와 딜레이니가 무사한 것만도 얼마나 고마운지 몰라."

햄릿이 고개를 끄덕이며 다시 나를 바라보았다. 나도 굳센 표정을 지어주었다. 우리는 제니가 남긴 쪽지에 대한, 배신에 대한 비밀을 영원히 지킬 것이다.

햄릿이 다시 말했다.

"그리고 그레고리가 제니에 대해 한 말이요. 약을 끊은 적이 없었다는 말. 그것도 거짓말이었대요. 딜레이니를 어리둥절하게 만들려고요. 이상한 점을 찾아내서 경찰에 말하길 바랐는지도 모르죠. 캔자스에서 온 미국 여자를 좋아한 거예요."

지금으로선 그레고리를 그다지 좋아할 수 없었지만 감옥에서 정당한 대가를 치르게 될 테니까. 게다가 나를 구해준 것은 분명한 사실이니 용서해야 하리라.

일라이어스가 2절판을 가지고 와서 에드윈에게 건넸다.

"아, 이런."

나는 다시 속이 울렁거렸다.

"망가지게 해서 너무 미안해요."

"아, 그렇게 나쁘진 않아."

에드윈이 말했다.

다들 잠시 말이 없다가 작게 웃음을 터뜨렸다. 책은 형편없이 찢어져 있었다. 수백만 달러가 망가진 것이다.

"이건 그냥 물건이야. 사람만큼 중요한 게 어디 있어. 그 반만큼도 안 중요하지."

그렇게 말하고 에드윈은 내게 다가와 아버지처럼 다정하게 안아주었다. 나는 갑자기 눈물이 터질 것 같았지만 꾹 참았다.

애거사가 나섰다.

"차나 커피 드실 분? 배고픈 사람은 없어요? 내가 먹을 걸 좀 가져올게요."

"그럼 감사하겠네요. 나도 도울게요."

로지가 말하며 렉터를 데리고 나갔다.

"나도요."

햄릿과 일라이어스도 뒤를 이었다.

"나도 좀 도와야겠다."

톰만 남은 걸 보고 에드윈도 방을 나섰다.

드디어 오늘 데이트를 약속했던 두 사람만 남겨졌다.

"나만 남아 있어도 괜찮겠어요?"

톰이 물었다.

"그럼요. 데이트를 망쳐서 미안해요."

"다음에 기회가 있겠죠."

"킬트가 정말 멋져요."

톰이 웃었다.

"고마워요. 자주 입어야겠네."

톰이 내 손을 잡으며 말했다.

"딜레이니, 정말 괜찮아요? 뭐 필요한 거 있어요? 쉴 수 있게 모두 자리를 피해주길 바라는 건 아니에요?"

"아직은 괜찮아요. 며칠 두통은 있을 것 같지만요. 그래도 지금은 좀 나아졌어요."

"내가 캔자스의 가족들에게 전화해줄까요? 고향에 돌아가고 싶지는 않아요?"

나와 키스를 하기도 한 검은 머리에 하늘색 눈의 스코틀랜드 남자가 킬트를 입고 나의 부모에게 전화를 해 내가 살인 사건에 휘말려 다쳤다고 말하는 장면을 상상해보았다. 분명 난리가 날 것이다. 캔자스의 밀밭이 엉망이 될 정도로. 잠깐 웃음이 났지만 꾹 참았다.

"아뇨, 나중에 직접 말할게요. 그리고 당분간은 돌아갈 생각이 없어요. 지금은 에든버러가 내 집인걸요."

"그 말을 들으니 너무 기쁘네요."

톰이 걱정스러운 표정에 약간 미소를 띠자 나는 그에게 키스를 하고 싶었다. 하지만 지금은 나의 스코틀랜드 가족이 모두 모여 있었다. 에드윈, 햄릿, 로지, 애거사, 일라이어스는 먹을거리를 만드느라 바빴다.

우리는 오랫동안 먹고 마시고 얘기를 나누다 헤어졌다. 모두 떠나고 혼자 남았다. 불이 꺼지니 두통도 잦아들었다. 나는 눈을 감고 잠을 청했다. 쉽게 잠이 오지 않았다. 목소리들은 들리지 않았지만, 비행기에서 내려 일라이어스의 택시를 탄 이후의 수많은 장면들이 눈앞에 펼쳐졌다. 짧은 시간 동안 정말 많은 일이 있었다. 문득 모든 일이 내가 기대한 모험이라는 생각이 들었다. 살인범의 주먹에 맞았던 일조차도 말이다.

점차 흥분이 가라앉고 긴장이 풀리자 잠이 밀려왔다. 눈을 감기 바로 직전에, 위치타의 박물관에서 해고되고 이상한 구인 광고를 발견한 것이 내겐 큰 행운이었다는 생각이 들었다. 그로 인해 상상도 못 했던 곳으로 떠나올 수 있었으니까. 광고대로 정말 놀라운 여행이 시작된 것 같았다.

옮긴이 후기

　추리 소설이, 흉악한 인간의 행위를 다루는 범죄 소설이 사랑스럽고 귀여울 수도 있을까? 어쩌면 포근한 추리 소설(cozy mystery)이라는 장르명은 그래서 나온 걸 수도 있겠다. 이 소설의 주인공인 딜레이니 니콜스는 호감 가는 다정한 아가씨다. 때에 따라서는 상당한 대담함과 지적 능력을 발휘해 '여행 추리 소설'이라는 지적 모험담의 영역을 잘 헤쳐나가고 있다.

　우리의 20대 주인공 딜레이니는 미국 캔자스 주에서 태어나 캔자스 대학에서 문학과 역사를 전공하고 박물관에서 일해왔다. 뜻밖에 정리해고를 당하고 우연히 한 구인 광고를 보게 되면서 스코틀랜드라는 고색창연한 지역으로 취업 이주를 결심했다.

　지금 영국의 본토를 이루는 브리튼 섬은 북쪽의 스코틀랜드, 남쪽의 잉글랜드와 웨일스로 구분된다. 스코틀랜드는 중세부터 게 일어를 쓰던 켈트족이 독립된 국가를 이루었지만, 18세기까지 브리튼 섬이 점차 통일되면서 잉글랜드의 앵글로색슨족 언어였던 영어를 받아들이게 되었다. 그러나 아직도 게일어의 흔적이 '스코트어'라 불리는 스코틀랜드의 영어 방언으로 남아 있고, 얼마 전에 분리 독립 국민 투표가 행해진 것으로도 알 수 있듯이 고유의 문화를 지키려는 의식도 강하다.

스코틀랜드의 수도인 에든버러는 신비롭고 무시무시한 전설이 전해 내려오며 유령이 출몰하는 유서 깊은 고장이다. 성과 저택에 사는 귀족들은 늘 장소를 바꾸는 자기들만의 비밀 경매를 열어 유서 깊은 문화재들을 거래한다.

딜레이니가 취직하게 된 서점은 기본적으로 고서(古書)를 취급하는 곳이지만 그의 상사인 60대 신사는 다양한 문화재도 수집한다. 이 책의 원제인 '갈라진 책등(The Cracked Spine)'은 양장본(hard cover) 책의 제본 부분이 오랜 독서가들의 손길에 자꾸 꺾이다가 갈라져버린 모습을 뜻한다.

그런 고서들 중에서도 셰익스피어의 첫 작품집 초판본이 이 소설의 핵심 소재로 등장한다. 원래 책 제목은 『윌리엄 셰익스피어의 희극, 역사극, 비극』으로, 셰익스피어가 죽고 난 이후 1623년에 두 명의 친구에 의해 전지의 반인 2절지 크기에 630쪽 분량으로 간행되었다. 서른여섯 편의 희곡이 실린 최초의 셰익스피어 전집인 셈이며 학자들 사이에서는 초판 2절본(First Folio)으로 불린다.

이 밖에도 이 소설에는 스코틀랜드 서민의 독특한 주거 환경 속에서 여행자들을 환대하는 게스트하우스의 이모저모, 영국 특유의 펍 문화를 지키는 섹시한 바텐더와의 로맨스, 도시의 우범 지대 주변에서 위태로운 하루하루를 이어나가는 중독자들과의 아찔한 조우, 에든버러 대학교 학생들의 생활, 공원 야외무대에서 연극을 준비하는 배우들, 지역 경찰서의 특색 있는 풍경 등 흥미로운 이야기들이 가득하다.

영어에 '안락의자 여행자(couch traveler)'라는 말이 있다. 직접 여행을 떠나기보다 여행서를 읽으며 대리만족을 하는 독서가들을 일컫는 표현이다. 물론 독서는 기본적으로 미지의 세계로 떠나는 간접 여행이지만, 책의 주인공이 낯선 곳으로 여행을 떠나 모든 것을 새롭게 접하는 이야기라면, 독자들은 더욱 감정 이입이 되는 친절한 안내 여행을 떠날 수 있을 것이다.

이수영

희귀본 살인사건

초판 1쇄 인쇄 2018년 1월 5일
초판 1쇄 발행 2018년 1월 12일

지은이 페이지 셸턴
옮긴이 이수영
펴낸이 이수철
주   간 하지순
교   정 김동화
디자인 이다은
마케팅 정범용
관   리 전수연

펴낸곳 나무옆의자
출판등록 제396-2013-000037호
주소 서울시 마포구 성미산로1길 67 다산빌딩 301호
전화 02) 790-6630 팩스 02) 718-5752

페이스북 www.facebook.com/namubench9
인쇄 제본 현문자현 종이 월드페이퍼

ISBN 979-11-6157-024-2 03840